ノーラ・ロバーツ/著
香山 栞/訳

裏切りのダイヤモンド(上)

THE LIAR

扶桑社ロマンス
1426

すばらしい永遠の親友ジョアンに捧ぐ

裏切りのダイヤモンド（上）

登場人物

シェルビー・アン・フォックスワース――未亡人。

グリフィン・ロット――建設会社共同経営。愛称グリフ。

リチャード・フォックスワース――金融コンサルタント。
二カ月前に事故死。

キャリー・ローズ・フォックスワース――シェルビーの娘。

エイダ・メイ・ポメロイ――シェルビーの母。

クレイトン・ザカリヤ・ポメロイ――シェルビーの父。医師。

クレイ――シェルビーの兄。

フォレスト――シェルビーの兄。保安官代理。

ヴィオラ・マクニー・ドナヒュー――シェルビーの祖母。愛称ヴィ。
サロン経営。

エマ・ケイト・アディソン――シェルビーの親友。看護師。

ビッツィー・アディソン――エマ・ケイトの母。

マシュー・ベイカー――グリフの共同経営者。愛称マット。
エマ・ケイトの恋人。

タンジー――シェルビーの友人。

デリック――〈ブートレガー・バー&グリル〉経営。
タンジーの夫。

第一部『偽り』

〝ふっと頭をよぎった嘘ではなく、心に染みこんで根づいた嘘が、
人を傷つけるのだ〟

――フランシス・ベーコン

1

引っ越してきて以来ずっと、なんて大きな家だろうと思っていた。その広大な屋敷で、シェルビーは今、夫の重厚なデスクの大きな革張りの椅子に座っていた。椅子はエスプレッソ色で、決してブラウンではない。リチャードはその手のことにやたらとうるさかった。光沢を放つデスクは、アフリカ産のゼブラの木を用いてイタリアでつくられた特注品だ。

イタリアにシマウマ（ゼブラ）がいたなんて知らなかったと冗談を言ったら、夫から例の目つきで見られた。広大な屋敷に住み、高級な服をまとって左手の薬指に大きなダイヤモンドの指輪をはめていようと、しょせんシェルビー・アン・ポメロイはテネシー州で生まれ育った田舎者に変わりないと告げる目つきで。

かつては夫もシェルビーの冗談を理解して笑ってくれた——あたかも彼女が彼の人生を照らすきらめきであるかのように。けれど、夫の目に映るシェルビーは、またたく間に色あせてしまった。

五年ほど前、星降る晩にリチャードと出会った彼女は、すっかり彼に夢中になり、住み慣れた故郷を離れ、想像もしなかった世界へと導かれた。

当時リチャードはシェルビーをプリンセスのように扱い、本で読んだり映画で観たりしたことしかなかった場所にも連れていってくれた。それに、かつてはわたしを愛していた――そうよね？　それを覚えておくことが大事だ。リチャードはかつてわたしを愛し、求め、女性なら誰もが望むものを与えてくれた。

そして養ってくれた。リチャードはたびたびそう口にした。ぼくがきみを養っているんだと。

わたしが妊娠したとき、もしかしたらリチャードは怒っていたのかもしれない。身ごもったことを打ち明けたとき、彼から例の目つきで見られて、ほんの一瞬不安になった。でも、リチャードは結婚してくれた――一世一代の大冒険のように、わたしをラスヴェガスへ連れ去って。

あのころはふたりとも幸せだった。それを覚えておくのも大事だ。そのことを忘れず、幸せだったころの記憶にしがみついていなければならないのだから。

二十四歳で未亡人になった女性には思い出が必要だ。

これまでの生活が実はまがいもので、一文無しどころか巨額の負債を抱えていると知った女性には、幸せな時期もあったと思いだすことが必要なのだ。

弁護士や会計士や税務署の職員からは長々と状況を説明されたが、レバレッジだのヘッジファンドだの抵当権実行だの言われてもちんぷんかんぷんだった。初めて足を踏み入れたときから威圧的に感じていたこの豪邸は、実質的にはシェルビーのものではなく——住宅ローン会社のものだった。車も購入したものではなく、リース料を滞納しているらしい。

調度品はクレジットカードで購入されていたが、こちらも支払いが滞っていた。さらに税金の納入も。正直、税金のことはとても考えられない。考えるのすら恐ろしくて。

リチャードが亡くなってからの二カ月と八日間、シェルビーはひたすら考えることしかしていなかった。きみが心配する必要はないと夫に言われていたことや、きみにはまったく関係ないと、例の目つきで告げられたことに関して。

今やそのすべてがシェルビー自身の問題となっている。茫然自失になるほど巨額の負債を債権者や住宅ローン会社やアメリカ政府に対して抱えているのだ。

実際には茫然となっているゆとりなどなかった。わたしには子供が、娘がいるのだから。今、何より大切なのは娘のキャリーだ。まだたった三歳の娘。そう思ったとたん、つややかなデスクに突っ伏して泣きたくなった。

「泣いてる場合じゃないわ。もうあの子にはわたししかいないし、やるべきことはなんでもしないと」

シェルビーは〝私文書〟と書かれた箱のひとつを開けた。すでに弁護士や税務署職員がいったん全部持ち去り、くまなく目を通してコピーをとったはずだ。

今度はわたしがすべてに目を通し、何が資産として残っているか確かめよう。キャリーのために。

負債を完済したあと、子供を養えるだけのお金をなんとか見つけなければならない。もちろん働くつもりだが、それだけでは足りないだろう。

シェルビーはスーツや靴、レストラン、ホテル、それに自家用飛行機の領収書に目を通した。わたしは裕福な暮らしに執着心はない。めまぐるしかった結婚一年目やキャリーを出産したあとに、そう悟った。

キャリーが生まれたあと、わたしが望んだのは憩いのマイホームだけだ。

ふと手をとめ、リチャードのホームオフィスを見まわした。彼好みの激しい色彩のモダンアート、夫曰(いわ)くそれをもっとも際立たせる真っ白な壁、ダークブラウンの調度品や革張りの椅子。

こんなのマイホームじゃない。最初からそうだった。引っ越してまだたった三カ月だけど、たとえここに八十年住んだとしても、その思いは決して変わらないだろう。

リチャードはなんの相談もなくこの家を購入し、わたしの好みもきかずに調度品をそろえた。〝きみへのサプライズだ〟そう言って、夫はヴィラノーヴァにそびえる巨大な豪邸のドアを開けた。リチャードによれば、このがらんとした屋敷はフィラデルフィア郊外で最高の物件らしい。

シェルビーは心から気に入ったふりをした。派手な色彩ややけに高い天井に気後れしながらも、一カ所に腰を落ち着けられるのがありがたかった。これでキャリーにもマイホームができ、よい学校に通って、治安のいい場所で遊べるようになると。

それに友達だってできると。わたしも友人をつくるつもりだった——ずっとそう願っていたのだ。

だが、そんなゆとりはなかった。

一千万ドルの生命保険証券などなかったように。夫はそのことでも嘘をついていた。それに、キャリーのための大学進学資金のことも。

いったいなぜ？

シェルビーはその疑問を棚あげすることにした。どうせ答えはわからないし、自問しても意味がない。

とりあえず、手元にはリチャードのスーツや靴やネクタイ、ゴルフクラブやスキー板などのスポーツ用品がある。それをすべて委託販売店に持ちこもう。持っていけるものはすべて。

手元に残さなくていいものは何もかも持っていって売却しよう。なんならネットオークションのｅＢａｙに出品してもいい。あるいは、地域情報サイトのクレイグズリストや質屋だってかまわない。

わたしのクローゼットにも売れるものは山ほどある。それに宝石も。

シェルビーはラスヴェガスに行ったときに夫がはめてくれたダイヤモンドの指輪を見おろした。結婚指輪だけ手元に残し、ダイヤモンドの指輪は売ろう。そうよ、わたし自身のもので売却できるものもたくさんある。

キャリーのためだもの。

シェルビーはひとつひとつファイルに目を通した。コンピューターはすべて持ち去られ、まだ戻ってこない。けれど、ここには印刷された書類がある。

次に、医療関連のファイルを開いた。

夫は健康に気を遣っていた。そうだ、リチャードが会員だったカントリークラブやフィットネスセンターの退会手続きもしないと。すっかり忘れてたわ。彼は常に体を鍛え、欠かさず健康診断を受け、いたって健康だった。

リチャードが毎日飲んでいたビタミン剤やサプリメントも全部捨てよう。そう思いながら、書類をめくった。

ここにある書類や記録を保管しておく必要はないだろう。いたって健康だったリチャードはサウスカロライナ州沿岸からわずか数キロ沖の大西洋で三十三歳にして溺死した。

この書類はすべてシュレッダーにかけたほうがいいだろう。リチャードはシュレッダーが大好きで、ホームオフィスにも自分専用のものを一台置いていた。夫の定期健診の血液検査の結果や二年前に受けたインフルエンザの予防接種の領収書、バスケットボールで指を脱臼して救急処置室に送られたときの書類など、債権者は見なくていいはずだ。

あの脱臼なんて三年も前の出来事だ。紙くずの山ができるほどシュレッダーを使う人だったのに、医療関係の書類はこんなに長く保管していたのね。

ため息をついた拍子に、四年ほど前の日付の書類が目にとまった。脇にどけようとして、ふと手をとめ、眉をひそめた。こんな医者知らないわ。もちろん、当時はヒューストンの高層アパートメントに住んでいたし、毎年のように——ときには一年足らずで——引っ越していたから、いちいち医者の名前を覚えているわけじゃない。でも、これはニューヨークの医者だ。

「変ね」シェルビーはつぶやいた。「どうしてリチャードはニューヨークの医者になんか……」

次の瞬間、すっと全身が凍りついた。頭も胸もみぞおちも。震える指で書類をつかんで引き寄せた——まるで、そうすれば文面が変わるかのように。

だが、近づけても文面は変わらなかった。

二〇一一年七月十二日、〈マウント・シナイ医療センター〉、執刀医ドクター・デポック・ハリヤーナー、患者リチャード・アンドルー・フォックスワース、待機手術——精管切除。

リチャードはわたしに何も告げずにパイプカットの手術を受けていた。キャリーが生まれて二カ月経ったか経たないころ、二度と子供ができないよう対処していたのだ。もうひとり子供がほしいとシェルビーが言いだしたときには、彼もそう望んでいるふりをした。子づくりを始めて一年経ってもシェルビーが妊娠しなかったときは、彼も検査を受けることに同意してくれた。

あのときの夫の言葉は今でも思いだせる。

〝もっとリラックスするだけでいいんだよ、シェルビー。そんなにやきもきして気を張りつめていたら、絶対妊娠できないぞ〟

「ええ、絶対に無理ね、あなたがそう手を打ったんだもの。子供のことまでわたしに嘘をつくなんて。毎月胸が張り裂けそうなほど傷ついていたわたしに。ひどすぎるわ！　よくもそんな嘘を！」

デスクに手をついて立ちあがり、まぶたに指を押しあてた。七月、たしかあれは七月上旬で、キャリーが生まれて八週間経ったころだ。あのときのことはよく覚えてる。夫は出張だと言っていた。行き先はニューヨークだと——それは嘘をつかなかったのね。

わたしが赤ちゃんをニューヨークに連れていきたがらないのを、リチャードは見越していたはずだ。夫はすべて手配し、わたしに新たなサプライズを用意した。自家用飛行機でわたしと赤ちゃんをテネシーに里帰りさせるというサプライズを。

わたしが家族と一緒に過ごせるようにと夫は言っていた。みんなに赤ちゃんを見せびらかし、母や祖母に二、三週間たっぷりキャリーを甘やかしてもらえばいいと。

わたしは大喜びし、心から感謝した。けれど、リチャードはもう二度と子供ができないよう、わたしをただ追い払っただけだった。

シェルビーはデスクへ引き返し、リチャードのために写真立てに入れた写真を手にとった。その里帰り中に兄のクレイに撮ってもらったわたしとキャリーの写真だ。夫は感謝の印に贈ったそのプレゼントを引っ越すたびに必ずデスクに飾り、大切にしているようだった。

「それも嘘。ただの嘘だったのね。あなたはわたしたちを愛してなんかいなかった。愛していたなら、こんなに多くの嘘をつき続けたはずがない」

裏切られたことに逆上し、思わずデスクの写真立てを投げつけたくなった。けれど、わが子の顔が目に入って思いとどまった。まるで壊れやすい貴重な磁器を扱うように、シェルビーは注意深く写真立てをデスクに戻した。

そして床に崩れ落ちた――今はとてもデスクの椅子には座れそうにない。真っ白な壁に激しい色彩のモダンアートが飾られた部屋の床に座りこむと、身を揺らしながらすすり泣いた。それは愛する男性が亡くなったからではなく、そもそもそんな男性が存在しなかったことによる涙だった。

シェルビーには眠っている暇などなかった。コーヒーは嫌いだったが、リチャードのイタリア製のコーヒーメーカーで大きなマグカップにエスプレッソをたっぷり注いだ。

ひとしきり泣いたせいで頭がずきずきし、カフェインで神経が高ぶっている状態で、箱に入っていた私文書にくまなく目を通し、紙の山を築いていった。

新たな目でホテルやレストランの領収書を見ると、夫が嘘をついていただけでなく、浮気をしていたこともわかった。

男性客ひとりには高すぎるルームサービス。その出張中にティファニーで購入したシルバーのバングルの領収書――シェルビーはリチャードからそんなものはもらっていなかった。別の出張でも高級ランジェリーブランド〈ラ・ペルラ〉で五千ドルの買い物をしている――わたしも身につけるよう夫からすすめられたブランドだ。さらに、ヴァーモント州のＢ＆Ｂに週末に泊まった領収書。あのときリチャードは取引をまとめるためにシカゴへ行き、うまくいきそうだと語っていた。

なぜ彼は嘘や不貞の証拠をすべて保管していたんだろう？　きっと、わたしが彼を信頼していたからだわ。

それどころか、たとえ真実を知っても受け入れるからだろう。わたしが浮気を疑っていたことを夫もわかっていたはずだ。彼がこういうものを保管していたのは、わたしがあまりにも従順で夫の私文書をのぞいたりしないと踏んでいたからに違いない。たしかに、わたしは夫の言いなりだった。

リチャードは彼に別の人生があることを隠していた。シェルビーはそれを明らかにする術(すべ)を持たず、問いただそうともしなかった――夫はそれを見越していたはずだ。浮気相手はいったい何人いたのだろう？　人数は関係ないわ。ひとりだって多すぎるくらいなのだから。きっと、どの女性もテネシーの山間(やまあい)にある田舎町出身のシェルビーより――愚かにも十九で彼に夢中になって妊娠した女より――洗練され、知識や経験が豊富だったのだろう。

リチャードはなぜわたしと結婚したの？

当時はわたしのことを少しは愛し、求めていたのかもしれない。けれど、わたしでは物足りなくなって不満を抱き、浮気するようになったのだろう。

でも、果たしてそんなことが問題かしら。もう夫は亡くなってるのよ。

ええ、問題よ。

夫はまんまとわたしをだまし、屈辱的な思いを味わわせた。それどころか返済に何年もかかるような借金をわたしに残し、娘の将来も台無しにした。

大問題に決まってるわ。

シェルビーはさらに一時間かけてホームオフィスを隅々までチェックした。金庫はすでに開けられている。それがあることは知っていたものの、暗証番号を知らされていなかったため、弁護士に許可を与えて開けてもらったのだ。

大半の法的書類は弁護士によって持ち去られていたが、五千ドルの現金は残っていた。シェルビーはそれをとりだして脇に置いた。ほかにはキャリーの出生証明書と一家のパスポートがあった。

リチャードのパスポートを開き、証明写真をじっと見つめた。

なんてハンサムなんだろう。深いブラウンの髪に黄褐色の目、人当たりがよく洗練されていて、まるで映画俳優のようだ。キャリーに夫のえくぼが受け継がれるのをどんなに望んだことか。わたしにとってあのえくぼはとても魅力的だった。

シェルビーはパスポートを脇に置いた。自分やキャリーが使うことはなさそうだけど、鞄にかばんつめておこう。リチャードのものは破棄しよう。もっとも——処分すべきかは弁護士にきいてみたほうがいいのかもしれない。

何も隠されているものはなかったが、シュレッダーにかけたり荷づくり用の箱につめたりする前にふたたびすべてに目を通した。

コーヒーで神経が高ぶり、悲嘆に暮れながら、二階まで吹き抜けになった広い玄関ホールを横切り、弧を描く階段をのぼり始めた。分厚い靴下をはいているおかげで硬材の床に足音は響かなかった。

まずキャリーの様子を確かめようとかわいらしい子供部屋に入った。身をかがめて娘の頬にキスしてから、お尻を天井に向けた格好で寝るのが好きなキャリーを毛布でくるみ直した。

子供部屋のドアは開けたまま、廊下に出て主寝室に向かった。

シェルビーはその部屋が大嫌いだった。グレーの壁も黒のレザーのヘッドボードも、直線的な黒い調度品も。

ほかの女性たちと別のベッドで寝た夫と、この部屋のベッドで愛を交わしたかと思うと、ますます嫌いになった。

わたしも病院で検査を受けないと。そう思ったとたん、胃がきりきりと締めつけられた。夫から性病をうつされていないか確認する必要がある。でも、今は考えるのはよそう。明日、病院に予約を入れることにして、今は考えないことだ。

シェルビーはリチャードのクローゼットに直行した——ランデヴー・リッジの実家で使っていた寝室とほぼ同じ広さのクローゼットに。

夫のスーツのなかにはほとんど袖を通していないものもあった。アルマーニ、ヴェルサーチ、クチネリ。リチャードはイタリアのブランド物のスーツを好んだ。それに靴も。黒のフェラガモのローファーを靴の棚からつかみ、裏返して靴底を確かめた。

ほとんどすり減っていない。

続いて戸棚を開け、ガーメントバッグをとりだした。

明日の朝、委託販売店にできるだけたくさんスーツを持っていこう。

「もっと早くにやるべきだったわ」

でも、夫を亡くした当初はショックと悲しみに打ちのめされ、そのあとは弁護士や会計士や税務署職員への対応に追われた。

シェルビーはグレーのピンストライプのスーツのポケットを探り、空っぽであることを確かめてからガーメントバッグに入れた。ひと袋に五着は入りそうだ。スーツをつめる袋が四枚、ジャケットやコートを入れる袋が五枚——あるいは六枚。それに、シャツやカジュアルなパンツを入れる袋も必要だわ。

単純作業を行ううちに気持ちが落ち着き、徐々にスペースがあいていくにしたがって心が少し軽くなった。

濃いブロンズ色のレザージャケットを手にとった瞬間、シェルビーは躊躇した。それはリチャードのお気に入りで、フライトジャケット風のデザインや深いブロンズ色が彼によく似合っていた。そして、わたしからの贈り物のなかで、彼が心から気に入った数少ないもののうちのひとつだ。

片方の袖を撫でると、バターのように柔らかくなめらかで、せめてしばらくとっておきたい衝動に駆られた。

次の瞬間、あの手術の領収書のことを思いだし、シェルビーは容赦なくポケットを探りだした。

もちろん空っぽだった。リチャードは毎晩必ずポケットの中身をとりだして小銭が入っていればドレッサーに置くかガラスの器に放りこんだ。携帯電話は充電器に、鍵は玄関脇のトレーに置くかホームオフィスのキャビネットのなかにつるした。決してポケットから何か出し忘れて、その重みでラインが崩れるようなまねはしなかった。

だが、母が洗濯をする前によくやっていたようにポケットをぎゅっと握ってみると、何かの感触があった。ふたたびポケットを確かめたが、やはり空っぽだった。今度は指を突っこみ、ポケットを裏返してみた。

すると、縫い目に小さな穴があいているのがわかった。そうだ、これは夫のお気に入りのジャケットだった。

シェルビーはジャケットを手にクローゼットを出ると、マニキュアの道具から甘皮用のニッパーをとりだした。委託販売店に持ちこむガーメントバッグに入れる前に縫い直せばいいと自分に言い聞かせ、慎重に穴を広げる。

指を穴に滑りこませると、なかには鍵が入っていた。

ドアの鍵じゃないわね。そう思いつつ、明かりに照らされた鍵を裏返す。車のキーでもない。貸金庫だわ。

でも、どこの銀行だろう？　中身は？　ホームオフィスに金庫があるのに、なぜわざわざ貸金庫に預けたの？

弁護士に伝えるべきだろう。でも、そうするつもりはない。おそらく貸金庫にはリチャードがこの五年間に寝た相手の名前が記された手帳が入っているはずだ。そんなものが発見されなくても、わたしはもう十二分に屈辱を味わった。

銀行と貸金庫は自分で見つけて、こっそり確認しよう。

この屋敷も調度品も車も、税務署や債権者に差し押さえられたってかまわない――株に債券、リチャードがほとんど教えてくれなかった預金も。絵画や宝石、ペンシルヴェニアで過ごした、最初で最後のクリスマスに夫がくれたチンチラのジャケットも。けれど、わずかに残ったこのプライドだけは譲らないわ。

シェルビーはしつこく手を引っ張られて、震えながら悪夢から目覚めた。

「ママ、ママ、ママ。起きて！」

「どうしたの？」まぶたを開けもせずに手をのばし、幼い娘をベッドに引っ張りあげ、またふとんにもぐりこんだ。

「もう朝よ」キャリーが歌うように言う。「フィフィはおなかがぺこぺこだって」

「うーん」キャリーが大好きな犬のぬいぐるみのフィフィは、毎朝おなかをすかせて目覚める。「わかったわ」そうこたえながらも、あと一分だけとそのまま寝そべった。

昨日は服を着たままベッドに横たわり、黒のカシミアのショールにくるまって寝入ってしまった。このまま一時間寄りそっていようとキャリーを――というよりフィフィを――説得するのは無理だろう。でも、あと数分は起きるのを先のばしにできるはずだ。

「あなたの髪はとってもいいにおいがするわ」シェルビーはつぶやいた。

「キャリーの髪、ママの髪」

髪の毛を引っ張られて、シェルビーは微笑(ほほえ)んだ。「ええ、そっくりね」

金色がかった赤毛は母方の家系――マクニー家――から受け継がれたものだ。それに、厄介な巻き毛も。リチャードは光沢のあるなめらかな髪を好んだため、シェルビーは毎週ドライヤーで髪をまっすぐにのばさなければならなかった。

「キャリーの目、ママの目」

キャリーがシェルビーのまぶたを引っ張って開けた――お互いの瞳の色は、明かりに照らされると紫に見えるくらい深いブルーだ。

「ええ、そっくりね」そうこたえた矢先、キャリーに目を指さされてたじろいだ。

「真っ赤」

「でしょうね。今朝フィフィは何を食べたがってるの？」あと五分、あと五分だけこのままでいさせて。

「フィフィが食べたがってるのは……キャンディよ！」

浮き浮きした娘の声に、シェルビーは充血したブルーの目を開けた。「そうなの、フィフィ?」自分のほうに向けられたピンクのプードルの陽気な顔を見る。「キャンディはだめよ」

シェルビーは頭痛にさいなまれながらも、キャリーを仰向けに転がしておなかをくすぐり、うれしそうな悲鳴に微笑んだ。

「じゃあ朝食にしましょう」そう言ってキャリーを抱きあげた。「そのあとは、あちこちに行って、いろんな人に会わなければならないの、わたしのかわいいフェアリー・クイーン」

「マルタは？　マルタも来る？」

「いいえ、キャリー」マルタというのはリチャードに言い張られて雇ったベビーシッターのことだ。「前にも言ったでしょ、マルタはもう来られなくなったって」

「パパと同じね」そうつぶやいたキャリーを抱いて、シェルビーは一階におりた。

「まあ、正確には違うけど。さてと、とびきりおいしい朝食をつくるわね。キャンディにほぼ負けないくらいおいしい朝食ってなんだと思う？」

「ケーキ！」

シェルビーは噴きだした。「惜しい。パンケーキよ。子犬用のパンケーキ」

キャリーはくすくす笑いながら、シェルビーの肩に頭をゆだねた。「ママ大好き」

「わたしもキャリーが大好きよ」キャリーに安定したいい暮らしを与えるためなら、どんなことだってしよう。シェルビーはそう心に誓った。


朝食後、シェルビーは娘の着替えを手伝い、ふたりして防寒着を身につけた。クリスマスには雪を楽しんだけれど、リチャードの事故のあと、一月に降ったときはほとんど気づきもしなかった。

でも、今はもう三月で、雪にはすっかりうんざりしている。それなのに、いまだ寒さは厳しく、雪解けの兆候は見られない。ただ、ガレージのなかはそこそこあたたかく、キャリーをチャイルドシートに乗せて、重たいガーメントバッグを流線型のSUVに積みこむことができた。おそらく、この車も近々手放すことになるだろう。

中古車の購入資金をなんとか捻出しなければ。子供に優しい安全な車が必要だもの。ミニヴァンがいいわね。そんなことを考えながら、ガレージからバックで車を出した。シェルビーは慎重に車を走らせた。このあたりの道路はしっかり除雪されているけれど、どんな高級住宅地でも豪雪の影響はまぬがれず、そこここに深い穴があいている。

シェルビーは近所に知り合いがいなかった。極寒の冬に加え、自分が置かれた状況に圧倒され、外出するより自宅にいることのほうが多かったからだ。キャリーがひどい風邪をひいたことも一因だ。それが理由で、リチャードはひとりでサウスカロライナへ旅行に出かけ、わたしとキャリーは留守番をすることになった。冬休みを利用した家族旅行のはずだったのに。

あのとき、わたしたちふたりもリチャードと一緒にボートに乗ることになっていた。そのことを考えるだけでも恐ろしい。フィフィに話しかける娘の声を聞きながら、シェルビーは渋滞する道路に車を走らせ、委託販売店を探すことに意識を集中した。

店が見つかると、キャリーをベビーカーに乗せ、身を切るような風に悪態をつき、車に積んだガーメントバッグを上から三つまで引っ張りだした。ガーメントバッグが床に滑り落ちないよう注意しつつキャリーの風よけになり、店のドアを開けようと格闘していると、女性がドアを開けてくれた。

「まあ！　お手伝いしますね」

「ありがとうございます。ちょっと重いので、わたしが――」

「おまかせください。メイシー！　掘りだしものが届いたわよ」

別の女性が――すっかりおなかが大きい妊婦が――店の奥から出てきた。「いらっしゃいませ。あら、かわいいお嬢さん、こんにちは」彼女はキャリーに話しかけた。

「おなかに赤ちゃんがいるんでしょ」

「ええ、そうよ」メイシーはおなかに手をあて、シェルビーに微笑んだ。「〈セカンド・チャンス〉へようこそ。何かお売りになりたいものをお持ちいただいたんでしょうか？」

「ええ」シェルビーがさっと店内を見まわすと、ラックや棚は服やアクセサリーで埋めつくされ、紳士服に割り当てられていたのはほんの一画だった。

たちまち期待がしぼんだ。

「ここに来るのは今日が初めてで、どんなものをとり扱われてるか知らなくて……。わたしが持参したのは大半がスーツなんです。紳士物のスーツとシャツとジャケットです」

「紳士服はあまりとり扱っていないんです」シェルビーが幅広いカウンターに置いたガーメントバッグを、店に迎え入れてくれた女性が人さし指でつついた。「ちょっと拝見してもかまいませんか？」

「ええ、どうぞ」

「お客さまはこのあたりの出身ではないようですね」メイシーが言った。

「えっ、ええ、違います」

「こちらにはご旅行で？」

「わたしたちは……いえ、わたしは去年の十二月からヴィラノーヴァに住み始めたばかりで――」

「まあ！　なんてゴージャスなスーツなの。どれも新品同然だわ、メイシー」

「シェリル、サイズは？」

「レギュラーサイズの四十二。それが二十着はありそうよ」

「二十二着です」シェルビーは指を組んだ。「まだほかにも車内にあります」

「ほかにも？」店員ふたりが声をそろえた。

「ええ、靴が……紳士靴でサイズは十です。あとコートにジャケット、それから……。夫は――」

「パパの服！」シェリルがまたスーツを一着ラックにつるすと、キャリーが叫んだ。

「べとべとの手でパパの服をさわっちゃだめなんだよ」

「そうね、キャリー。あの、実は――」シェルビーがどう説明すればいいか思案しつつ口を開くと、キャリーがその悩みを解決してくれた。

「わたしのパパは天国に行ったの」

「まあ、なんてかわいそうに」メイシーがおなかに手をあて、もう片方の手をのばしてキャリーの腕に触れた。

「天国はすてきなところなの」キャリーが女性たちに言った。「だって天使が住んでるんだもん」

「ええ、そうね」メイシーがシェリルを見てうなずいた。「よかったら残りのものも持ってきてください」シェルビーに向かってそう言った。「今とりに行っていただいてかまいませんよ。あなたのお名前は、かわいいお嬢さん？」

「キャリー・ローズ・フォックスワースよ。この子はフィフィ」

「こんにちは、フィフィ。キャリーとフィフィのことはちゃんと見ていますから、残りの荷物をとりに行っていただいてかまいませんよ」

「本当によろしいんですか……」シェルビーはためらったのちに自問した。このふたりの女性が――そのうちのひとりは妊娠七カ月の妊婦だ――わたしが車まで荷物をとりに行って戻ってくるあいだに、キャリーを連れ去るなんてことがあるだろうか。

「じゃあ、すぐに戻ってきます。キャリー、いい子にしてるのよ。ママは車から荷物をとってくるから」

　ふたりともいい人だったわ。そう思いながら、シェルビーは店をあとにして地元の銀行に向かった。こちらがチャンスを与えれば、たいていの人はよくしてくれる。〈セカンド・チャンス〉はシェルビーが持ちこんだものをすべて引きとってくれた。あんなに引き受けるつもりはなかったのに、キャリーに魅了されてしまったからだろう。

「あなたはわたしのラッキー・ガールよ、キャリー・ローズ」

　キャリーは紙パックのジュースをストローで飲みながらにっこりしたものの、その目は後部座席のＤＶＤスクリーンに釘付けだった――もうこれまでに何万回と観た『シュレック』が映るスクリーンに。

2

シェルビーは銀行を六軒まわったあと、今日の運は使い果たしたようだと判断した。それに、キャリーにはランチとお昼寝が必要だ。

キャリーにランチを食べさせてから顔を洗わせ、寝かしつけた。たいていこの寝かしつけに想定の二倍の時間がかかってしまう。その後、心の準備をして、自宅の留守番電話と携帯電話の音声メッセージを確認した。

すでに各クレジットカード会社とは返済プランを話しあったが、案の定どの会社も寛容だった。国税局とも同様のやりとりを交わした。住宅ローン会社にはショート・セール（ローン残高未満の価格での不動産売却）の了承をとってあり、留守番電話には第一回目の自宅の見学日を決めたいという不動産業者からのメッセージが録音されていた。

シェルビー自身、昼寝をしたかったが、もし運よくキャリーがこのまま一時間起きなければ、その隙に片づけられることが山ほどある。

それにはリチャードのホームオフィスを使うのがもっとも合理的だった。この大きな屋敷の大半の部屋はすでに封鎖し、できる限り暖房を切っている。シェルビーは黒い大理石のマントルピースの下に設置された黒とシルバーのガス暖炉をちらっと見た。暖炉を使えたらいいのに。この威圧的な豪邸で唯一気に入っていたのが、スイッチを押すだけであたたかい火が灯（とも）る暖炉だった。

だが、スイッチを押せばお金がかかるし、セーターと分厚い靴下があれば充分あたたかいのに、ガス暖炉の炎のためだけにお金を浪費するわけにはいかない。シェルビーはあらかじめ作成しておいたやることリストをとりだすと、不動産業者に電話をかけ直し、土日に自宅を公開することに同意した。

わたしはキャリーを連れてどこかに出かけ、あとは不動産業者にまかせよう。シェルビーは弁護士から教えてもらった会社――自ら引きとりたくない調度品を買いとってくれそうな会社――の名前が書かれたメモをとりだした。

もし一気にすべての家具を――あるいは、せめてその大半を――売却できなければ、ひとつひとつネットオークションにかけるまでだ。コンピューターが返却され、また使えるようになればの話だが。

もし家具に買い手がつかなければ、ふたたび引きとる屈辱を味わう羽目になる。

この近所では自宅の庭で不要品のセールなど行わないだろうし、いずれにしても屋外は寒すぎる。

続いて、シェルビーは母や祖母や義姉に電話をかけ直し、電話をくれたおばやいとこたちに自分やキャリーが元気なことを伝えてほしいと頼んだ。ただ、わたしはあれこれ片づけるのに忙しいだけだと。

家族にすべてを包み隠さず打ち明けることはできなかった——今はまだ。もちろん、家族が知っているのは真実の一部だ。今のわたしにはせいぜいそのぐらいしか話せない。本当のことを打ち明けたら、つい怒りや涙がこみあげるし、今は抱えているものが多すぎて精神的なゆとりがない。

あえて忙しくするために二階の寝室に直行し、宝石の整理にとりかかった。婚約指輪、二十一歳の誕生日にリチャードからもらったダイヤモンドのイヤリング。キャリーが生まれたときに夫がくれたエメラルドのペンダント。そのほかのアクセサリーやプレゼント。リチャードの腕時計六本とおびただしい数のカフスボタン。

販売委託店に服を持ちこんだときのように、今回もきちんとリストをつくった。宝石と鑑定書と保険書類を袋につめると、販売だけでなく買いとりも行う宝石店を電話で探した。自分でもちゃんとたどり着けそうな地元の店を。

そして近所のスーパーマーケットでもらってきた箱に、私物や自分にとって大事なものをつめ始めた。写真や家族からの贈り物を。不動産業者の助言にしたがって、屋敷から住民の気配を消し去らないと。

キャリーが昼寝から目覚めたときには、細々とした用事を片づけていた。荷づくりや掃除を。もうこの広大な屋敷のタイルや硬材の床やクロムやガラスを掃除してくれる家政婦はいないのだから。

シェルビーは夕食をつくってできるだけ食べた。娘をお風呂に入れ、絵本を読み聞かせて寝かしつけたあと、さらに荷づくりをして、その箱をガレージに運んだ。へとへとになった彼女はご褒美に心地よいジェットバスの熱いお湯につかり、明日の予定表を書くつもりでｉＰａｄを手にベッドにもぐりこんだ。

そして、電気をつけたまま眠りに落ちた。

翌朝、シェルビーはキャリーとフィフィと『シュレック』のＤＶＤとともに出発した。リチャードの革のアタッシェケースにはシェルビーの宝石とその関連書類、夫の腕時計とカフスボタンが入っている。さらに範囲を広げて銀行を三軒まわったあと、今はプライドを気にするゆとりなどないと自分に言い聞かせ、宝石店の前で車を停めた。

またしても『シュレック』を中断されて不機嫌な三歳児をなだめるべく、キャリーには新しいＤＶＤを買ってあげると約束せざるをえなかった。

シェルビーはキャリーを乗せたベビーカーを押しながら店に足を踏み入れた。これはただの取引だと自分に言い聞かせながら。

店内は見渡す限り光り輝き、礼拝と礼拝のあいだの教会のように静寂に包まれていた。思わず踵を返して出ていきたくなったが、黒の細身のスーツをまとい上品な金のイヤリングをした女性店員に歩み寄った。

「すみません、宝石の販売についてどなたかとお話ししたいのですが」

「でしたら、どの店員でもけっこうですよ。宝石を販売するのがわたくしどもの仕事ですから」

「いいえ、宝石を売りたいのはわたしなんです。いくつか売りたいものがあって。たしか、こちらでは買いとりも行ってますよね」

「ええ、そのとおりです」女性店員の目つきが鋭くなり、値踏みするようにシェルビーの頭のてっぺんから爪先まで眺めまわした。

今のわたしは決して最高の状態とは言えないだろう。目の下のくまもカバーできていないはずだ。だけど、祖母からひとつ大事な教訓を教わったとすれば、それはお客が来たら、敬意を持って接するということだ。

つい肩を丸めそうになるのをぐっとこらえ、シェルビーは背筋をぴんとのばし、まっすぐ相手の目を見据えた。「どなたか担当者とお話しできますか、それとも別の店に行ったほうがよろしいですか？」

「買いとりをご希望のものには購入店の領収書がございますか？」

「いいえ、プレゼントされたものもあるので、すべての領収書はありません。ですが、鑑定書と保証書はあります。わたしが娘を連れて高級宝石店をまわり、盗品を売却しようとしている泥棒にでも見えますか？」

シェルビーは今にも感情のダムが決壊してすべてを押し流しそうなほど憤慨していた。店員もそれを感じとったのかあとずさった。

「少々お待ちください」

「ママ、おうちに帰りたいよ」

「そうね、キャリー、わたしもよ。一緒におうちに帰りましょう。あともう少ししたら」

「ご用件を承りましょうか」

品のいいおじいさんといった風貌の男性が現れた。いかにも一生裕福に暮らすお金持ちを描いたハリウッド映画に出てきそうなタイプだ。

「ええ、お願いします。こちらでは宝石の買いとりも行っているそうですが、実はいくつか売りたい宝石があるんです」

「かしこまりました。こちらに移動して椅子におかけになってください。まず宝石を拝見いたします」

「ありがとうございます」

シェルビーは必死に背筋をぴんとのばしながら店内を横切り、装飾が施されたデスクに歩み寄った。椅子を引いてもらった瞬間、愚かにも泣きじゃくりそうになった。

「お、夫からもらった宝石をいくつか持参しました。鑑定書などの書類もあります」

ぎこちない手つきでアタッシェケースを開け、ポーチとジュエリーボックス、鑑定書が入ったマニラ封筒をとりだした。

「あの……彼は……わたしたちは――」いったん口をつぐんでまぶたを閉じ、何度か息を吸う。「すみません、こういうことは初めてで」

「お気になさる必要はまったくありませんよ、ミセス……？」

「フォックスワースです。シェルビー・フォックスワースです」

「わたしはウィルソン・ブラウンです」彼はシェルビーがさしだした手をとり、そっと握手を交わした。「よろしければ、お持ちいただいた品を拝見させてください、ミセス・フォックスワース」

シェルビーは一番高価なものから始めることにして、婚約指輪が入ったポーチを開けた。

ミスター・ブラウンがそれをビロードの布に置いて鑑定用ルーペをとりだすと、彼女は封筒をさしだした。

「ここには三・五カラットでエメラルドカット、Ｄグレードと書かれています。わたしが調べた限り、かなり高品質のはずです。それに、プラチナ台にはサイドストーンが六つあしらわれています。そうですよね？」

　彼はルーペから視線をあげた。「ミセス・フォックスワース、残念ながら、これは人工ダイヤモンドです」

「えっ？」

「これは人工的につくられたもので、サイドストーンも天然石ではありません」

　シェルビーは震えていることに気づかれないよう、両手をデスクの下に隠した。

「つまり偽物ということですか」

「単に人工的につくられたものだということです。これは非常に質のいい人工ダイヤモンドですよ」

　キャリーがぐずり始めた。その声がずきずき痛みだした頭に響き、シェルビーはとっさにバッグからおもちゃの電話をとりだした。「これでひいおばあちゃんに電話して、最近何をしたか教えてあげなさい、キャリー。つまり――」そして話の続きに戻った。「Ｄグレードのダイヤモンドではなく、この指輪には鑑定書に書かれているような価値はないということですか？　十五万五千ドルの値打ちはないと？」

「ええ、ございません」彼の口調はこのうえなく優しかったが、それがかえってつらかった。「ほかの鑑定士の意見もお尋ねになれるよう、何人かご紹介しましょうか」

「あなたは嘘などついていません。わたしにはわかります」だが、リチャードは幾度となく嘘を重ねてきた。ここで泣き崩れるわけにはいかないと、シェルビーは自分に言い聞かせた。今はだめ、こんなところで泣いてはいけない。「残りの宝石も見てもらえますか、ミスター・ブラウン？　そして、ほかのものも偽物かどうか教えてもらえますか？」

「もちろんです」

ダイヤモンドのイヤリングは本物だったが、あとはすべて偽物だった。シェルビーはそのシンプルなデザインの美しいイヤリングを気に入っていた。さりげないスタッドイヤリングで、つけても気後れすることがなかったからだ。

キャリーを連れて退院した日に夫からもらったエメラルドのペンダントも大事にしてきた。けれど、それは夫がそうだったように偽物だった。

「今でも売却をお望みであれば、そのダイヤモンドのスタッドイヤリングを五千ドルで買いとることが可能です」

「ええ、お願いします。その金額でかまいません。それから、残りのものをどこに持ちこめばいいか教えていただけませんか？　一番いいのは質屋でしょうか？　どこかいい店をご存知ですか？　わたしはキャリーを……あまり……いかがわしい店には連れていきたくないんです。もしよろしければ、残りのものの実際の値打ちも教えていただけませんか？」

ミスター・ブラウンは椅子の背にもたれると、シェルビーをしげしげと見つめた。

「婚約指輪はかなりのつくりで、さきほども申しあげたとおり、人工ダイヤモンドとしては高品質です。それを八百ドルで買いとることは可能です」

今度はシェルビーのほうが彼をじっと見つめ、おそろいの結婚指輪を指から抜きとった。「これとセットでおいくらですか？」

シェルビーは泣き崩れることもなく、一万五千六百ドルを手に店をあとにした。リチャードのカフスボタンが偽物じゃなかったおかげで、ボーナスとも言うべき収入になった。昨日と比べ、蓄えが一万五千六百ドル分増えた。借金を完済するには足りないけれど、蓄えが増えたことには変わりない。

それに、ミスター・ブラウンはリチャードの腕時計を鑑定してくれる別の店を紹介してくれた。

シェルビーはラッキー・ガールの御利益をあてにして、さらに銀行を二軒まわったが、その日はあきらめ、また日を改めて探すことにした。

キャリーは『マイ・リトル・ポニー』のＤＶＤを選び、シェルビーは自分用のノートパソコンとＵＳＢメモリーを二、三本購入した。これは投資だと、自分を正当化しながら。さまざまなことを整理するために必要な道具だと。

それに、さっきのは単なる取引だと、自分に言い聞かせた。偽物の宝石は夫のさらなる裏切りの証拠だと思わずに、その臨時収入でひと息つけると考えたほうがいい。

娘にお昼寝をさせている隙にスプレッドシートを作成し、宝石とその買いとり価格を入力した。次に保険を解約した。これで生活費がいくらか節約できる。

多くの部屋を封鎖していても、この豪邸の光熱費はかなりの額になるが、宝石類を売って得たお金が助けになるだろう。

ふと、リチャードが自慢していたワインセラーを思いだし、ノートパソコンを持って移動すると、ワインのリストも作成し始めた。

きっと誰かが買ってくれるはずだ。

今夜は贅沢（ぜいたく）して、わたしもディナーにワインを一杯飲もう。シェルビーはピノ・グリージョのボトルを選んだ。この四年半でワインに多少詳しくなり、少なくとも自分の好みは把握している。これならキャリーの大好物――チキンと団子（ダンプリング）のスープにもぴったりだ。

一日が終わるころには、不安が少しやわらいでいた。とりわけ、リチャードの引き出しに入っていたカシミアの靴下から五千ドルの束を見つけたあとは。

これで山積する問題を片づけ、人生をやり直すための資金が二万ドルになった。

ベッドに横たわりながら、シェルビーは例の鍵をしげしげと眺めた。

「いったいどこの鍵かしら、それに中身はなんだろう？　それを突きとめるまで、決してあきらめないわ」

私立探偵を雇おうかしら。借金を返すための資金がかなり減ってしまうけど、それが合理的な方法かも。

あと数日だけ探してみよう。市内や近郊の銀行を。

翌日、リチャードの腕時計のコレクションが売れて三万五千ドルが資金に加わり、さらにゴルフクラブとスキー板とテニスラケットが二千三百ドルで売れた。上機嫌になったシェルビーは銀行めぐりの合間にキャリーとピザを食べに行った。

これなら私立探偵を雇えそうだし、たぶんそうすべきなのだろう。でも、ミニヴァンも買わなければならないし、わたしが調べたところ車の購入には五万八千ドルかかる見込みだ。それに、資金の一部はクレジットカード会社への返済にまわすのが当然だろう。

まずはワインを売却する準備をしよう、そのあとで私立探偵を雇えばいい。とりあえず、帰り道にもう一軒銀行に立ち寄ろう。

シェルビーはベビーカーを車から出さずに、キャリーを片腕に抱いた。

すると、娘は例の目つきをした――頑固で不機嫌な目つきを。「やだやだ、ママ」

「わたしもいやだけど、これで最後よ。用事がすんだら、おうちに帰って、ファッションショーやティーパーティーをしましょう。あなたとわたしで、キャリー」

「わたしはプリンセスになりたいわ」

「おおせのままに、王女殿下」

シェルビーはくすくす笑う娘を抱いて銀行に入った。

すでに手順を心得ている彼女は、一番短い列に並び、順番を待った。

こんなふうに来る日も来る日もキャリーを車に乗せて連れまわし、日常のスケジュールを乱すようなまねをいつまでも続けるわけにはいかない。三歳半のキャリーと違って、わたしはもう大人だけど、それでもかなり不機嫌になっている。

銀行めぐりはこれで最後にしよう。今日を境に、本気で私立探偵を探し始めないと。

家具やワインは売り払えばいい。もう四六時中心配するのはやめて、そろそろ楽観的になってもいいころだ。

キャリーを片腕で抱きながら歩み寄ると、窓口係が眼鏡の赤いフレームの上からこちらを見た。

「ご用件はなんでしょう?」

「支店長とお話ししたいのですが。わたしはミセス・リチャード・フォックスワースで、委任状を持参しています。去年の十二月に夫が亡くなったので」

「それは心からお悔やみ申しあげます」

「ありがとうございます。こちらの銀行に夫の貸金庫があるはずなのですが。今日はその鍵と委任状を持参しました」

経験上、単刀直入に切りだすほうが、貸金庫の鍵を見つけたもののどこの鍵かわからないと、退屈した銀行員相手にまごまごご説明するよりはるかに話が早いとわかっている。

「お客さまのご質問には、ミセス・バビントンがお答えします。彼女のオフィスはあちらの左手です」

「ありがとうございます」シェルビーは歩きだし、そのオフィスを見つけると、開いていたガラス戸をノックした。「すみません。夫の貸金庫の中身を確認する件で、あなたと話すように言われたのですが」

そのままオフィスに入り――これも今までの経験から学んだことだ――椅子に座ってキャリーを膝にのせた。

「わたしはリチャード・フォックスワースの妻で、委任状と鍵を持参しました」

「まず確認させてください。まあ、なんてきれいな赤毛かしら」ミセス・バビントンがキャリーに向かって言った。

「ママの髪」キャリーは手をのばしてシェルビーの髪をつかんだ。

「ええ、ママの髪にそっくりね。お客さまはミスター・フォックスワースの貸金庫を開けられる人物として登録されておりません」

「え？　もう一度おっしゃっていただけますか？」

「申し訳ございませんが、奥さまのお名前が入った貸金庫カードはございません」

「夫の貸金庫はこちらにあるということですか？」

「はい。ですが、たとえ委任状があっても、ミスター・フォックスワースご自身にいらしていただくのが一番よろしいかと思います。ご主人に奥さまのカードの発行手続きを行っていただけるので」

「夫は……無理なんです。彼は――」

「パパは天国に行っちゃったの」

「まあ」たちまちミセス・バビントンの顔に同情の念が浮かんだ。「なんてかわいそうに」

「天国では天使が歌ってるの。ママ、フィフィがもうおうちに帰りたいって」

「もうすぐよ、キャリー。彼は――リチャードは――事故に遭ったんです。ボートに乗っていたときに突風を受けて。去年の十二月、十二月二十八日でした。ここにその事故に関する書類があります。遺体は発見されなかったので、死亡証明書は発行されませんでした……」

「わかりました。お持ちいただいた書類を拝見させてくださいい、ミセス・フォックスワース。それから、奥さまの写真付き身分証明書も」

「結婚許可証も持参しました。これで必要な書類はすべてそろっていると思います。事故に関する警察の報告書や、弁護士からの書状もあります」シェルビーはすべてを手渡し、固唾をのんだ。

「裁判所命令があれば貸金庫は開けられます」

「そうなんですか？　リチャードの弁護士に……いえ、今ではわたしの弁護士ですが、彼らに頼んでみます」

「少々お待ちいただけますか？」

ミセス・バビントンが書類に目を通すあいだ、キャリーがシェルビーの膝の上でそわそわ身じろぎした。「ママ、早くティーパーティーがしたい。やるって言ったでしょう。わたしはティーパーティーがしたいの」

「ええ、するわよ、ここでの用事が終わったらすぐにプリンセスのティーパーティーを開きましょう。どの人形を招待するか考えておきなさい」

キャリーが招待する人形の名前をあげ始めると、シェルビーは待っている緊張感から突然トイレに行きたくなった。

「委任状もほかの書類もしっかりそろっていますので、貸金庫にご案内します」

「今からですか？」

「日を改めてということでしたら――」

「いえ、本当にありがとうございます」感謝のあまり息が弾み、ふいにめまいがした。

「こういうことは初めてで、どうすればいいかわからなくて」

「わたしがひとつひとつご説明いたします。こちらにご署名いただけますか？　それをコピーさせてください。ティーパーティーにずいぶん大勢のお客さんを招待するのね」ミセス・バビントンは手続きを進めながら、キャリーに話しかけた。「わたしにはあなたぐらいの年ごろの孫娘がいるの。あの子もティーパーティーが大好きよ」

「その子も招待するわ」

「きっと孫娘は大喜びするわ、でもあの子が住んでいるヴァージニア州のリッチモンドは、ここからかなり遠いの。こちらにご署名いただけますか、ミセス・フォックスワース？」

　頭にさまざまな考えが飛び交い、シェルビーはその書類の文字をほとんど読みとれなかった。

　ミセス・バビントンが磁気カードと暗証番号を用いて金庫室の扉を開けると、そこは番号が書かれた引き出しで四方の壁が埋めつくされていた。リチャードの貸金庫は五一二番だった。

「お客さまのプライバシー保護のため、わたしは席を外します。何かご用があれば、お知らせください」

「本当にありがとうございます。貸金庫の中身は持ち帰ってよろしいんでしょうか？」

「はい、奥さまにはその権限がございます。では、ごゆっくり」そうつけ加えると、ミセス・バビントンは目隠し用のカーテンを引いて金庫室を区切った。

「ああ……信じられない」シェルビーはキャリーや自分のものをつめたトートバッグとリチャードのアタッシェケースをテーブルに置くと、娘をぎゅっと抱きしめながら貸金庫に近づいた。

「痛いわ、ママ！」

「ごめん、ごめんね。ああ、緊張するわ。きっと家に置いておきたくない書類の束が入ってるだけよ。どうせつまらないものに決まってる。それどころか、空っぽかもしれないわ」

だったら、さっさと開けなさいと自分に命じた。

おぼつかない手つきで、鍵穴に鍵をさしこんでひねった。カチッと音がして扉が開くと、シェルビーはびくっとした。

「さあ、開けるわよ。空っぽだって気にしないわ。重要なのは、貸金庫を見つけたってことだもの。わたし自身の、わたしひとりの力で。ちょっとおろすわね、キャリー。ここに、ママのすぐそばにいてちょうだい」

キャリーを床におろし、貸金庫を引きだしてテーブルにのせた。

そして無言で凝視した。

「ああ、なんてこと。嘘でしょう（ホーリー・シット）」

「くそ（シット）、ママ！」

「だめよ、そんなこと言っちゃ。ママもあんなこと言っちゃいけなかったわ」シェルビーは思わずテーブルに片手をついた。

貸金庫は空っぽではなかった。まず目に飛びこんできたのは札束だ。しかも百ドル札の束だった。

「ひと束で一万ドル。ああ、キャリー、それがいくつもあるわ」おぼつかないどころか、ぶるぶる震えだした手で、札束を数えた。「全部で二十五束。つまり、二十五万ドルの現金ね」

泥棒にでもなった気分で、カーテンのほうをこっそりうかがうと、現金をアタッシェケースにつめこんだ。

「どうすればいいか弁護士にきかないと」

この現金のことは弁護士に質問するとして、残りのものはどうすればいいの？

たとえば、リチャードの顔写真がついた三枚の運転免許証は？　しかも、そこには別の名前が印刷されている。それに複数のパスポート。

そして三十二口径のセミオートマチックのピストル。

シェルビーは銃に向かってのばしかけた手を引っこめた。なぜ触れたくないのかうまく説明できないけれど、持って帰りたくない。しかし、あえて手にとり、弾倉を外した。

シェルビーはテネシー州の山間部で男兄弟とともに育ち、兄のひとりは警官になった。だから、銃の扱いは心得ている。でも、キャリーがそばにいるのに、弾が装塡さ(そうてん)れた銃を持ち歩くわけにはいかない。

銃と予備の弾倉二個をアタッシェケースに入れ、パスポートと運転免許証を手にとった。さらに貸金庫のなかから同じ三種類の名義でつくられた社会保障カード、アメリカン・エキスプレス・カード、ＶＩＳＡカードが見つかった。すべて同じ三種類の名義で。

このうちのどれかが本物なのだろうか？

そもそも本物だったものなんてあるの？

「ママ、おうちに帰ろう。もう帰ろうよ」キャリーがシェルビーのパンツを引っ張った。

「あとちょっとよ」

「やだ！　ママ、もう帰ろう！」

「あとちょっとって言ったでしょ」にべもなくぴしゃりと言い放ったせいで、キャリーは唇を震わせるかもしれない。でも、なんでも自分の思いどおりにはならないと、子供に思い知らせることもときには必要だ。

その一方で、三歳児にだって毎日連れまわされることにうんざりする権利があると、母親として自覚しなければならない。

シェルビーは身をかがめてキャリーの頭のてっぺんにキスをした。「もうすぐ終わるわ。これをもとに戻すだけだから」

キャリーは本物だと、シェルビーは胸のうちでつぶやいた。大事なのはそれよ。ほかのことはいずれ本物かどうかわかるだろう。あるいは、永遠に謎のままかもしれない。だけど、キャリーは本物だし、二十万ドルを上まわる現金があれば、そこそこのミニヴァンを買って借金の一部を返済し、定職についたあと小さな家を購入するときの頭金ぐらいにはなるだろう。

リチャードにはそのつもりがなかったかもしれないし、貸金庫の中身がどういうものなのか理解できないけれど、結果的に彼は娘の将来のためにお金を用立ててくれたわけだ。おかげで、わたしもひと息つくゆとりができたし、ほかのことはあとで考えれぱいい。

シェルビーはキャリーを抱きあげて、バッグを肩にかけると、まるでそれが命綱でもあるかのようにアタッシェケースの持ち手をぎゅっと握った。

「さあ、帰るわよ、キャリー。ティーパーティーを開きましょう」

3

シェルビーはすべての部屋のドアを開け放ち、ふたたび暖房の電源を入れ、暖炉のスイッチを押した——七つの暖炉すべてのスイッチを。

切り花も買い、クッキーを焼いた。

自宅を早急に売却するもっとも効果的な方法をインターネットで調べた結果、クッキーと花を用意するようにというアドバイスに行き着いたからだ。さらに、不動産業者の指示にしたがって、自宅から個性を排除した。

淡々とした雰囲気を保つために。

もっとも、シェルビーに言わせれば、ここはもともといたって淡々としている。この豪邸を居心地よく感じたことは一度もなかった。調度品がもっと柔らかいデザインで、あたたかい色使いだったら、わが家と思えたかもしれないのに。

でも、それはわたしの感覚であって、どうでもいいことだ。

できるだけ早く自宅を売却できれば、わたしの肩に重くのしかかる借金が減るのだから。

　不動産業者が花やクッキーを抱えて到着したのを見て、シェルビーは花やクッキーにかけた手間やお金を節約できたことに気づいた。不動産業者は舞台係と呼ぶチームを連れてきた。彼らは屋敷内を歩きまわって家具の配置を変え、さらに花を飾り、キャンドルに火を灯した。シェルビーも香り付きのキャンドルを一ダース購入していたが、それは使わずに最終的にどうするのが一番いいか見極めたうえで、返品するなり手元に置くなりすることにした。

「染みひとつありませんね」不動産業者はシェルビーに満面の笑みを向け、祝福するように肩をぽんと叩いた。「すばらしいわ」

　シェルビーは真夜中に自ら汚れを落として、あちこち磨いたことを思いだし、微笑んだ。「できるだけきれいに見せたくて」

「とてもきれいですよ、わたしが保証します。ショート・セールは厄介ですし、買い手も敬遠しがちですが、こちらの物件に興味を示すいいお客さまがすぐに現れるという確信があります」

「そうなることを願います。それから、月曜日の午前中に業者が家具を見に来ますが、もし見学客のなかに家具を――どの家具でも――購入なさりたいかたがいれば、値をつけて売却するつもりです」

「それはいいですね！　すばらしい調度品がいくつもありますし。見学にいらしたお客さまには必ずそう伝えます」

シェルビーは最後にもう一度値踏みするように屋敷を見まわして、リチャードのホームオフィスの金庫の中の銃や書類や現金のことを考えた。

そして、日ごろ持ち歩いている大きなバッグを肩からさげた。

「じゃあ、わたしとキャリーは出かけてきます。いろいろ用事を片づけないといけないので」

それに、ミニヴァンも買わないと。


父はわたしが国産車を買わなかったことに渋い顔をするかもしれないけれど、〈カー・マックス〉で見つけた五年落ちのトヨタの中古車は安全性や信頼性の面で評価が高いし、価格もちょうどよかった。

クレジットカードではなく現金払いにすると言って値切ると、その価格はさらに安くなった。

紙幣を数えながら手が震えそうになったが、ぐっとこらえた。今日は半額を支払い、明日の午後、車を引きとるときに残金を払うことになった。

三ブロック先まで行ったら路肩に車を停めて、ハンドルに突っ伏してしまうかもしれない。何しろ、ひとつの店でこれほどの大金を使ったのは初めてだ。それに、今まで一度も車を購入したことはなかった。

シェルビーは肩の力を抜いて身が震えるがままにまかせたが、それはもう緊張ではなく歓喜によるものだった。

シェルビー・アン・ポメロイは――法的文書にどう書かれていようと、わたしの内面は旧姓のポメロイだ――ついさっき明るいチェリーレッドのトヨタの二〇一〇年式ミニヴァンを買った。自ら、自分自身で。

さらに、恐れることなく交渉したおかげで千ドルも値切ることができた。

「わたしたちは大丈夫よ、キャリー」すっかり『シュレック』に見入っている娘に声をかけた。「これでちゃんとやっていけるわ」

シェルビーは携帯電話でリース会社に連絡し、ＳＵＶを引きとりに来てもらうよう手配した。そして、ふたたび勇気を振り絞り、ミニヴァンを受けとるためにディーラーまで送ってほしいと頼んだ。

キャリーはＤＶＤに夢中になっているし、ついでに保険会社にも連絡することにした。今はこのＳＵＶがオフィス代わりだ。

自動車保険の変更手続きを終えたあと、ワインを売りに出したオークションサイトをチェックした。

「まあ、キャリー、入札があったわよ！」

浮き浮きしながら興味津々で画面をスクロールし、頭のなかで計算した結果、これまでの入札の合計は千ドルほどだった。

「今夜さらに十二本出品するわ。そうよ、そうしよう」

今日はツキに恵まれているようだと判断し、シェルビーはフィラデルフィアまで車を飛ばした。カーナビを使ったにもかかわらず曲がり角を三度も間違え、渋滞に巻きこまれて胃がきりきりと締めつけられた。だが、毛皮店を見つけると、一度も身につけたことのないチンチラのコートを手に、娘を連れて店内に入った。

驚いたことに、誰も哀れみのまなざしを向けたり、コートを返品する彼女に肩身の狭い思いをさせたりしなかった。その売上金で、ひとつのクレジットカード会社に対する負債が激減し、厄介な利息も減った。

シェルビーはシートに座ったまま長いこと微動だにしなかったが、やがて幼い娘にマクドナルドのハッピーセットをご馳走(ちそう)した。こんなのまだまだ序の口よ。ようやく借金の山にひびを入れただけで、これから粉々に打ち砕かなければならないんだもの。

ふたたびフィラデルフィア郊外に出ると、ガソリンを満タンにした。シェルビーは寒さとガソリン価格に悪態をつき、いつの間にか眠ってしまったキャリーを乗せて、しばらくあてもなく車を走らせた。

二度、自宅の――というより住宅ローン会社が所有する家の――前を通りかかったが、停まっている車の数を数えながら行き過ぎた。よかった。見学に来た人がいるなら、そのうちの誰かが屋敷を購入してくれるかもしれない。もちろん、見学者がいるのはいいことだ。でも、できれば早くキャリーを連れ帰って寝かしつけ、借金返済の計画を立てたかった。

十二分に留守にしていたらしく、帰宅したときには不動産業者が待ちかまえていた。「すみません、ちょっと待ってもらえますか?」シェルビーは走りながら言った。「キャリーを至急トイレに連れていかないといけないので」

かろうじてトイレは間に合った。シェルビーがリビングルームに戻ると、不動産業者は腰かけてタブレットで仕事をしていた。

「見学会は大成功でした。見学者は五十人を上まわり、この時期にしてはすばらしい人数です。大勢が興味を示し、入札者も二名います」

「入札者」びっくりして、シェルビーはキャリーをおろした。

「入札額が低かったので、住宅ローン会社は了承しないと思いますが、出だしとしては好調です。それに、四人家族の客が非常に関心を持っていて、いい手応えを感じました。これから四人で話しあって、連絡をくれることになっています」

「すばらしいわ」

「それから、主寝室の調度品にも入札がありました。見学者のつきそいで来た妹さんが、この屋敷ではなく家具の購入を希望しています。わたしからすると入札額はやや低めですが、即刻買いたいそうです。遅くとも月曜日までには」

「お売りします」

不動産業者は噴きだしたが、シェルビーが本気だと気づくと、驚きに目をみはった。

「シェルビー、わたしはまだ入札価格を口にしてもいないんですよ」

「いくらでもかまいません。あの家具は大嫌いなんです。正直、自宅の家具で気に入っているものはひとつもありません。キャリーの部屋のものは例外ですが」シェルビーはそうつけ加えて髪を押さえつけた。キャリーがキッチンのキャビネットの下の段からおもちゃのバスケットを引っ張りだした。「子供部屋のものだけは、わたしがすべて選んだんです。主寝室の家具は今夜引きとってもらっても全然かまいません。この家には寝る場所がいくらでもありますから」

「ちょっと座ってもかまいませんか?」

「ええ、もちろんです。すみません、ミズ・ドナ・タイネスデール、ちょっと興奮してしまって」

「前にも言いましたが、わたしのことはどうかドナと呼んでください」

「ではドナ、コーヒーか何かお飲み物はいかがですか？　わたしったらほんと礼儀知らずで」

「いいから座ってください。あなたにはやることが山ほどあるでしょう。正直、あなたがどうやってそのすべてを行っているのか見当もつきません。でも、わたしは力になりたいんです。それがわたしの仕事ですから。例の家具の入札価格は低すぎます。わたしから対案を出させてください。調度品の売却自体は悪いことではありません、シェルビー。でも、あなたがつけこまれていると感じるのはいやなんです。たとえ、どんなに醜い家具でも」

「えっ！」シェルビーのなかで何かがぱっと光った。あたかも己の正当性を主張するかのように。「あなたもそう思うんですか？　本当に？」

「ええ、ここにある調度品はすべて。キャリーの部屋のものは例外ですが」

シェルビーは思わず噴きだし、驚いたことに次の瞬間にはすすり泣いていた。

「すみません。ああ、ごめんなさい」

「ママ」キャリーがシェルビーの膝にしがみついた。「泣かないで、ママ、泣かないで」

「わたしは大丈夫」シェルビーはキャリーをぎゅっと抱きしめて身を揺らした。「本当に大丈夫よ。ただ疲れているだけだから」

「ママにはお昼寝が必要ね」

「わたしは大丈夫。大丈夫よ、キャリー。心配しないで」

「ワインを注ぎますね」ドナがポケットからティッシュをとりだした。「どうか座ってください。さっき冷蔵庫にワインのボトルがあるのを見つけました」

「ワインを飲むにはまだ時間が早いんじゃないかしら」

「今日は例外です。さあ、教えてください」ドナはグラスをとりに行きながら話し続けた。「ほかにお売りになりたいものはなんですか？　絵画ですか？」

「ええ、そうなんです」シェルビーは骨の髄まで疲れきり、キャリーにティッシュで顔をふいてもらうがままにまかせた。「やることとリストにも書いてあります。ほかのことと同様に、わたしは絵画にも疎くて」

「絨毯（じゅうたん）やランプは？」

「ここを引き払うときに持っていきたいものはすべてもう荷づくりしてあります。キャリーの部屋のものやわたしの服、ここにいるあいだに必要なもの以外はすべて。あとは何もいりません、ミセス――いえ、ドナ。食器でさえわたしのものではないので」

「地下に大きなワインセラーがありますね」

「先日見つけたネットオークションのサイトで二十四本出品しました。すでに複数の入札があり、今夜もう十二本出品するつもりです」

ドナは首を傾け、値踏みするようにシェルビーを見つめた。「ずいぶん頭が切れますね」

「本当に頭がよければ、こんな苦境になど陥っていないはずです。あっ、ありがとうございます」シェルビーはドナからワインのグラスを渡されて、お礼を言った。

「そんなことはないと思いますが、まずは現状を把握しましょう。調度品の査定を依頼した業者の名前を教えてもらえますか？」

「フィラデルフィア郊外にある〈ドルビー＆サンズ〉です」

「よかった。〈ドルビー＆サンズ〉ならいい業者ですし、わたしがまさに推薦しようと思っていたところです」ワインをひと口飲むと、ドナはタブレットでメモをとり、きびきびと言った。「わたしはさっきのお客さまにこちらの希望価格を提示します。本気で主寝室の調度品を購入したいのであれば、彼女はそれに応じるしかありません。そうでなければ、チャド・ドルビーが適正価格で買いとってくれるはずです。チャドは〈ドルビー＆サンズ〉を経営する一家の長男で、おそらくここに査定に来るのも彼でしょう。わたしは食器やガラス製品やホームバーの備品の査定を行う業者を知ってますし、ここにある絵画を買いとってくれそうな美術商も二軒推薦できます」

「あなたにはなんてお礼を言えばいいのかわかりません」

「これがわたしの仕事です」ドナは思いださせるように言った。「それに、あなたのお役に立てたらうれしいわ。わたしにはあなたよりほんの二歳下の娘がいるんです。もし娘が……こんな窮地に陥ったら、誰かが手助けしてくれることを願わずにはいられません。ところで、ご主人のクローゼットを空にしたんですね」

「そうなんです。キャリー、ママは大丈夫よ」シェルビーは娘の髪にキスをした。

「さあ、遊んでらっしゃい。主人のものはほとんど〈セカンド・チャンス〉に持っていきました」ドナにそう話していると、キャリーがするりと膝からおりた。

「それが最善ですね。メイシーとシェリルはとても優秀だし、あの店も繁盛してますから」

「あなたは誰も彼もご存知なんですか?」

「それも仕事のうちです。本はどうなさるんですか?」

「わたしの本と好きな本はすでに荷づくりしました。リチャードが購入した本は図書室にあります。彼はただ……まとめ買いするタイプだったんです」

「では、本も同様に処分しましょう」ドナはうなずいてタブレットを指で叩いた。

「それもわたしのやることとリストに加えます。よろしければ、知り合いの業者があなたに連絡するよう手配しましょうか。そうすれば、あなたは業者と査定の日時を設定できますし」

「そうしてもらえたら、すごく助かります。本当にありがとうございます。わたしはずっと何をどうすればいいかわからず四苦八苦していたんです」

「わたしが見る限り、あなたはしっかり対処なさってますよ」

「ありがとうございます。でも、助言や指示をもらえると本当に助かります。とてもご親切ですね。なのに、どうしてあなたを前にすると、こんなに緊張するのかしら」

ドナが噴きだした。「わたしにはどうもそういう面があるようです。業者には携帯電話と固定電話のどちらの番号を伝えましょうか？」

「両方でかまいません。携帯電話はポケットに入れて常に持ち歩くようにしているんですが、時々忘れることもあるので」

「承知しました。どの業者も商売人なので、もちろん儲けを考えますが、わざと安く見積もることはありません。何か変だと思ったら、わたしに連絡してください」ドナは微笑んだ。「どの業者のこともよく知ってますから。シェルビー、わたしはこの屋敷の買い手を見つけてみせます――それも、ただの買い手ではなく、いい買い手を。一等地にあるすばらしい物件ですし、それにふさわしい買い手がどこかにいるはずです。そういう買い手をなんとしても見つけます」

「ええ、あなたなら見つけてくださると信じています」

心からそう思ったシェルビーは、その晩数週間ぶりに熟睡した。

翌週、シェルビーの頭はずっとフル回転しっぱなしだった。〈ドルビー&サンズ〉に調度品を売却し、ネットオークションで落札されたワインを発送し、リチャードの服が何着か売れたおかげで委託販売店から高額の小切手を受けとり――自分のクローゼットにあった服をつめこんだガーメントバッグを三つ持参した。

食器やガラス製品も業者に買いとってもらってすべて箱づめにし、代わりに四人分のカラフルなプラスチックの皿とボウルとカップのセットを購入した。

とりあえずはそれでこと足りるだろう。

さまざまな支払いの不足分を補うほうが賢明かもしれないが、シェルビーはひとつのクレジットカード会社の負債を完済することにした。

これで一社片づき、残るは十一社だ。

絵画はリチャードが言っていたような本物ではなく、期待していたほどの価値はなかった。だが、その数の多さで多少の収入となった。

シェルビーの心は日に日に軽くなった。三十五センチもの積雪を記録した吹雪にもひるまず、キャリーを厚着させると、初めて一緒に雪だるまをつくった。

家族には報告できることがなかったため、携帯電話で何枚か写真を撮ってテネシー州の実家に送った。

雪だるまづくりでへとへとになった幼い娘はフィフィとともに七時には寝てくれた。

おかげで、その晩は帳簿や請求書ややることリストにじっくりとり組めた。

このお金で小さなクレジットカード会社の負債を完済したほうがいいのかしら。それとも、もっと大きな会社の返済にあて、利払いを引きさげるほうが賢明なの？

二社目の負債を完済して、残り十社にしたい気持ちは山々だけど、利払いの額を減らすほうが適切だろう。

シェルビーは独学で学んだとおり、慎重にインターネットで支払い、帳簿に記録した。

これで負債が四十八万六千四百ドル減った。残りは二百万百八十四ドルだ。

そこに弁護士や会計士から次回届く請求書は含まれていないけれど、今この瞬間、そんなものは微々たる額に思える。

電話が鳴ってドナの名前が表示されると、シェルビーはぱっと受話器をつかんだ。

ひょっとして。

「もしもし」

「こんばんは、シェルビー。ドナです。ちょっと遅いのはわかってますが、いい買い手がついたので、それを知らせたくて」

「まあ！　すばらしい知らせだわ」

「住宅ローン会社も承認すると思います。ご存知のとおり、手続きには何週間、何カ月とかかる可能性がありますが、わたしはできる限り早く推し進めるつもりです。買い手は最初の見学日に来た例の家族です。彼らはそちらのお宅をすっかり気に入り、場所も希望どおりだとか。それと、もうひとつ――奥さまは調度品がまったく気に入らなかったそうです」

シェルビーは思わず噴きだし、天井を見あげて肩の力を抜いた。「本当ですか？」

「ええ、大嫌いですって。屋敷や間取りをしっかり見るために、調度品などないふりをして、視界に入れなかったとか。ご主人のほうはショート・セールだということが気がかりのようです。でも、奥さまが購入を希望しているので、同意するでしょう。住宅ローン会社が希望価格に近い額を提示してきたとしても、あの家族はそれに応じると思います」

「まあ、ドナ」

「先走るのはよくありませんが、お祝いしてもいいと思いますよ、せめて少しは」

「服を全部脱ぎ捨てて、この忌々しい家の端から端まで踊りまわりたい気分です」

「そうなさりたいなら、どうぞご自由に」

「とりあえず踊るだけにします。ありがとうございます。本当にありがとうございます」

「幸運を祈っていてくださいね、シェルビー。住宅ローン会社には明日の朝一番に連絡する予定です。では、おやすみなさい。本当にありがとうございました。では、また」

「おやすみなさい」

全裸にはならなかったが、シェルビーは衛星ラジオをつけた。アデルの曲が流れると、ホームオフィスじゅうを踊りまわり、一緒に歌いだした。

かつてシェルビーには熱望し、憧れ、夢見たものがあった。歌手に――スターになるという夢が。すばらしい歌声に磨きをかけ、人前で披露し、才能に恵まれたことに感謝した。

その歌声がもとでリチャードとも出会った。シェルビーがホライズンというバンドのリードボーカルとしてメンフィスの小さなクラブで歌っていたとき、彼がその店に来たのだ。

当時わたしは十九歳だった。まだその店でビールも買えない未成年だったけれど、わたしに淡い恋心を抱いていたドラマーのタイが、よくコロナのボトルをこっそり手渡してくれたっけ。

またこんなふうに歌ったり踊ったりするのは最高の気分だわ。もう何カ月も子守歌以外に、この歌声を使っていなかった。シェルビーはアデルの曲が終わると、続いてテイラー・スウィフトの曲を歌い始めたが、ふたたび電話が鳴ったため、リモコンのミュートボタンを押した。

笑顔で踊り続けながら、彼女は電話に出た。

「もしもし」

「デイヴィッド・マザーソンと話したいのですが」

「すみませんが、おかけ間違いだと思います」

「デイヴィッド・マザーソンです」男は繰り返し、電話番号を読みあげた。

「たしかにうちの番号ですが……」何かが喉の奥に引っかかった。シェルビーは咳払いをして受話器をぎゅっと握りしめた。「そんな名前の人はここに住んでいません。失礼します」

相手がそれ以上何か言う前に電話を切って金庫に直行し、慎重に暗証番号を入力した。

とりだしたマニラ封筒をデスクに置くと、震える手でぎこちなく開いた。

封筒のなかに保管していたのは、貸金庫で見つけた例の身分証明書、リチャードの笑顔の写真付きの証明書だ。

そのうちのひと組はデイヴィッド・アレン・マザーソン名義だった。

もはや歌ったり踊ったりするような気分ではなくなり、なぜか家じゅうの戸締まりや警報装置を確認したい衝動に駆られた。

電気の無駄遣いだと承知しつつも、玄関ホールの照明を煌々と灯し、二階の廊下の明かりもつけたままにした。そして、自分の寝室には戻らず、キャリーのベッドにもぐりこんだ。

もう二度と電話が鳴らないことを祈りながら、シェルビーは長いことまんじりともせずに横たわっていた。

家具店のスタッフがふたつの寝室と玄関ロビーとダイニングルームの調度品をすべて梱包(こんぽう)して運び去った。リチャードの事故以来、シェルビーはそのダイニングルームで食事をしたことがなかった。主寝室の調度品は何度か交渉を重ねたのち、個人客に売却することにした。

シェルビーは別のクレジットカード会社の分割払いを一括で支払い、負債を完済した。

これで二社片づき、残るは十社だ。

調度品の大半がなくなると、屋敷はますます巨大でよそよそしく感じられた。自分もさっさと出ていきたくて腰のあたりがむずむずしたが、まだ細々とした用事が山ほどあり、それを自ら片づける責任がある。

今日は午後一時半に古書籍商が来ることになっている。その時間を指定したのは、キャリーを昼寝させられると思ったからだ。シェルビーは髪を後ろでひとつにまとめて、クリスマスに祖父母からもらったきれいなアクアマリンのダングルピアスをつけた。あまりにも顔が青白いので、日焼けしているように見える化粧クリームとチークを塗った。家のなかで好んで履いている分厚い靴下は脱いで、上品な黒のヒールに履きかえた。

祖母いわく、ヒールは爪先が少し痛くなるかもしれないが、女性の自信を高めてくれるのだ。

そのときインターホンが鳴り、シェルビーはびくっとした。古書籍商は約束の時間より十五分も早く到着したらしい。その十五分で図書室にコーヒーとクッキーを用意する予定だったのに。

彼がまたインターホンを鳴らさないように願いつつ、階段を駆けおりた。キャリーはお昼寝だと眠りが浅いのだ。

玄関のドアを開けると、予想よりも若くてハンサムな男性が立っていた――これが先入観というものなのね。書籍商に対するイメージを裏切られたわ。

「ミスター・ローダーデール、いいタイミングでいらっしゃいましたね」

「ミセス・フォックスワース」古書籍商はすっと手をさしだし、シェルビーと握手した。

「外は寒いでしょうから、どうぞお入りください。わたしはどんなに経っても、北部のこの寒さには慣れそうにありません」

「まだこちらに引っ越してきて日が浅いんですか？」

「ええ、ひと冬しか暮らしていません。コートをお預かりしましょう」

「ありがとうございます」

古書籍商はがっしりとした体つきでたくましく、顎が角張っていて、はしばみ色の目をしていた。シェルビーが思い描いていた細身で年配の眼鏡をかけた読書家とはまるで大違いだ。

「ドナ――いえ、ミズ・タイネスデールから、あなたがわが家の蔵書に興味を示されるかもしれないと聞きました」シェルビーは丈夫なつくりのピーコートを玄関ホールのクローゼットにつるした。「さっそく見ていただけるよう、図書室にご案内します」

「立派なお宅ですね」

「まあ、広いだけですが」シェルビーは先に立って歩きだし、誰も弾かないグランドピアノが置かれたリビングルームや、これから売却しなければならないビリヤード台があるラウンジを通り過ぎて図書室に向かった。

もっと心地よくあたたかい雰囲気にできれば、キャリーの部屋に次いで図書室がお気に入りの場所になっただろう。今日は暖炉に火を灯し、弱々しい冬の日ざしが窓からさしこむように厚地のカーテンを外してある――これも売却するもののひとつだ。

レモンパイを彷彿させる黄色の革張りのソファやダークブラウンの椅子、やけに光沢のあるテーブルは、すべて週末までに運びだされることになっている。

本棚にぎっしりつまった誰も読んだことのない革装の本もどうかなくなりますように。

「電話でお話ししたように、近々引っ越すので本も売却するつもりです。手元に残したい分はすでに荷づくりしましたが、実を言うと、ここにあるのは——図書室の見ばえがよくなるからと、夫が購入した本なんです」

「立派な蔵書ですね、このお宅のように」

「そうかもしれませんね。わたしは本棚の見た目より本の中身に興味がありますが。では、あなたがご覧になっているあいだに、コーヒーをいれてきますね」

古書籍商が本棚に近づき、適当に一冊とりだした。それは『ファウスト』だった。

「こんなふうに本をまとめて大量に購入する人が大勢いるとどこかで読んだことがあります。本を飾るために」

シェルビーは両手をぎゅっと組みあわせたくなったが、リラックスするよう自分に命じた。もう慣れたはずでしょう、いまだに緊張するなんておかしいわ。

「でも、すべて同じじゃないほうが、人の目には、いいえ、わたしの目には魅力的に映ります。革装も高さも異なるほうが。まあ、わたしは暖炉の前で丸くなって『ファウスト』を読むタイプじゃありませんが」

「それはあなただけではありません」彼はもとの場所に本を戻すと、冷ややかな目を彼女に向けた。「ミセス・フォックスワース、わたしの名前はローダーデールではありません、テッド・プリヴェットといいます」

「えっ？　ミスター・ローダーデールがあなたを代わりによこしたんですか？」

「わたしは古書籍商じゃなく私立探偵です。二、三日前の晩、あなたとは電話で話しました。わたしはデイヴィッド・マザーソンについて尋ねた者です」

彼女はとっさにあとずさった。ヒールを履いていようがいまいが、彼より速く走れるし、逃げきってみせる。この男を外に連れだしてキャリーから遠ざけないと。

「あのときも言いましたが、あなたはおかけ間違いをなさったんでしょう。今すぐお引きとりください。もうすぐ別のかたがいらっしゃるので」

「少しだけ時間をください」プリヴェットは微笑み、自分は無害だと言わんばかりに両手をかかげた。「わたしはただ自分の仕事を行っているだけです、ミセス・フォックスワース。デイヴィッド・マザーソンの足取りをたどったら、ここに行き着きました。わたしがつかんだ情報では……。ここに写真もあります」危害を加えるつもりはないと示すように片手を開いてかかげたまま、ジャケットの内ポケットにもう一方の手をさし入れた。「ちょっと見てもらえますか？　この男性をご存知ありませんか？」

シェルビーの心臓が激しく打った。赤の他人を自宅に招き入れてしまった。大勢の人を出入りさせていたせいで、ついうっかり家に迎え入れてしまったのだ。幼い娘が二階で寝ているというのに。

「あなたはわざと他人を装い、わたしをだましたわ」相手の良心が痛むことを願って、ぴしゃりと言い放った。「それがあなたの仕事なの？」

「ええ、実を言うと、ときにはそういうことも行います」

「あなたもあなたの仕事も気に入らないわ」シェルビーは彼が持っていた写真を奪いとると、じっと見つめた。

リチャードだろうとわかっていたが、それでも彼の顔を――映画スターのような笑顔や金色がかったブラウンの瞳を――見た瞬間、激しいショックを受けた。写真に写っている彼のほうが髪の色が濃く、山羊ひげを生やしているせいで少し老けて見えた。貸金庫にあった身分証明書の写真とまったく同じ風貌だ。でも、リチャード本人であることに変わりはない。

写真に写ったこの男性はわたしの夫だ。ずっと嘘をつき続けてきた夫だ。

わたしは彼にとって、いったいなんだったのだろう？

「これはわたしの亡き夫リチャードです」

「七カ月前、この男はデイヴィッド・マザーソンと名乗り、アトランタの女性から五万五千ドルを巻きあげました」

「いったい何をおっしゃってるんですか？　わたしはデイヴィッド・マザーソンなんて人は知りません。わたしの夫はリチャード・フォックスワースです」

「それより二カ月前、デイヴィッド・マザーソンはフロリダ州のジャクソンヴィルに住む少数の投資家からその倍の額をだましとりました。さらにさかのぼれば、まだまだありますよ。そのなかには五年前にマイアミで起きた巨額の強盗事件も含まれています。そのとき盗まれた希少な切手と宝石は総額二千八百万ドルにのぼるとか」

　この数週間に発覚した真実のせいで、詐欺にはショックを受けなかった。けれど、強盗事件とその被害額には胃がきりきりと締めつけられ、頭がぼうっとなった。

「わたしにはなんのことかさっぱりわかりません。もうお帰りください」

　プリヴェットは写真をしまいながらも、シェルビーの目から視線をそらさなかった。

「マザーソンは不動産詐欺を行っていたアトランタからつい最近拠点を移しました。あなたはここに引っ越してくる前、アトランタにお住まいでしたね」

「リチャードは金融コンサルタントでした。そして、もう亡くなっています。おわかりですか？　彼はクリスマスの直後に他界したんです。ですから、あなたの質問には答えられませんし、わたしには答えがわかりません。あなたにはこんなふうに訪ねてきて、嘘をついてまんまと家に入りこみ、わたしを怯（おび）えさせる権利はないはずです」

語っていた。

プリヴェットはまた両手をかかげた。だが、その目つきは彼が無害でないことを物

「別にあなたを怯えさせようとしているわけじゃありません」

「あなたにそのつもりがなくても、実際そうなんです。わたしは二〇一〇年十月十八日にネヴァダ州のラスヴェガスでリチャードと結婚しました。わたしの結婚相手はデイヴィッド・マザーソンなんて名前じゃありません。それに、そんな名前の人は知り合いにもいません」

プリヴェットが口元をゆがめて、あざ笑った。「四年も結婚していたのに、夫が本当はどうやって生計を立てていたのか知らなかったと言い張るつもりですか？　あの男がいったい何をしていたのかも、本当は何者だったのかも知らなかったと？」

「あなたもわたしをまぬけ呼ばわりする人の列に加わったらどうですか？　生計を立てる？　生計どころの話じゃないわ」シェルビーは打ちのめされた気分で両腕を広げた。「この家はさっさと売却しないと、差し押さえられるのよ。あなたはリチャードが詐欺や盗みを働いていたって言いたいの？　およそ三千万ドルもの盗みを。それが事実なら、リチャードを見つけるためにあなたを雇った人物も借金取りの列に加わればいいわ。わたしは夫が遺した三百万ドルの借金地獄から抜けだそうともがいてるところよ。もう出ていってちょうだい。あなたの雇い主には、間違った相手を疑ってい

ると伝えて。たとえ間違っていなかったとしても、その男は亡くなったと。それに関して、わたしにできることは何ひとつないわ。あなたの雇い主が被害額をとり戻しに来ても、さっきも言ったとおり、もう借金取りの長い列ができてるから」

「あなたは四年間もあの男と暮らしていたのに、一度もマザーソンという名を耳にしたことがないと、わたしに信じろと言うんですか？　まったく何も知らないと？」

　怒りがふくれあがって不安をのみこんだ。もううんざり。本当にうんざりだわ。突発的な火事のごとく癇癪（かんしゃく）が爆発した。「あなたが何を信じようがどうだっていいわ、ミスター・プリヴェット。わたしにはちっとも関係ないもの。この家に無理やり押し入りながら、わたしがその切手や宝石をポケットからとりだしたり、あなたを追い払うために何十万ドルもの現金をさしだしたりすることを期待しているなら、あなたは礼儀知らずなだけでなくどうしようもないまぬけだわ。さあ、さっさと出ていってちょうだい」

「わたしはただ情報を得ようとして――」

「わたしは何も知らないわ。まったく何も。わかっているのは、なじみのないこの土地から逃げだせず、ほしくもないこの家を抱えてるってことだけよ。それは……」

「それは？」

「もうわからないわ」もはや怒りさえ薄れ、シェルビーはただ疲労困憊（ひろうこんぱい）していた。

「わからないことを話せるはずがないでしょう。もしききたいことがあるなら、〈スピアーズ、キャノン、ファイフ&ハノーヴァー法律事務所〉のマイケル・スピアーズやジェシカ・ブロードウェイと話して。ふたりはフィラデルフィアの弁護士で、わたしが陥った苦境に対処してるから。さあ、出ていってちょうだい、さもないと警察を呼ぶわよ」

「はい、今すぐ出ていきます」シェルビーが図書室を出て、プリヴェットのコートをとるためにクローゼットへ直行すると、彼はそのあとに続いた。

プリヴェットは名刺をとりだして彼女にさしだした。「何か思いだしたことがあれば、連絡してください」

「知らないことは思いだせないわ」そうこたえながらも、シェルビーは名刺を受けとった。「もしリチャードがあなたの雇い主からお金を盗んだんだとしたら、申し訳なく思うわ。でも、もうここには来ないでちょうだい。二度目は家に入れないから」

「今度訪ねてくるのは警察かもしれませんよ。そのことを覚えておいてください。それから、その名刺も捨てないように」

「別にまぬけだったからって刑務所に放りこまれたりしないわ。それがわたしの犯した唯一の罪よ」玄関のドアを開けたとたん、シェルビーはインターホンのボタンに手をのばしかけた男性を目にして小さな悲鳴をもらした。

「ミセス・フォックスワースですか？　びっくりさせてしまいましたが、わたしはマーティン・ローダーデールです」

その古書籍商はプリヴェットより年配で、淡いブルーの目にメタルフレームの眼鏡をかけ、かなり白いものがまじった顎ひげを生やしていた。

「わざわざお越しいただいてありがとうございます、ミスター・ローダーデール。さようなら、ミスター・プリヴェット」

「名刺はとっておいてくださいね」プリヴェットはそう言うと、ローダーデールの脇をすり抜け、私道の先に停められたグレーの小型車に向かった。

整備士の祖父を持つシェルビーはその車種に見覚えがあり、注意深く頭の中でメモをとった。グレーのホンダ・シヴィックで、フロリダのナンバープレートね。

もしもまた近所で見かけたら、警察に通報しよう。

「コートをお預かりしましょう」彼女はローダーデールに向かって言った。


その週末には図書室も主寝室も空っぽになった。ビリヤード台やピアノ、リチャードのエクササイズマシーン、その他もろもろはクレイグズリストで売却した。

負債が残っているクレジットカード会社十社のうち一社はまもなく完済できそうだ。

残っていた絵画もすべて壁からおろし、高級なコーヒーメーカーやミキサーともども売り払った。

春分の日の朝、シェルビーが目覚めると雪が十五センチほど積もっていた。まだ降りやんでいないのを見て、ベッド代わりに使っているフィオナ姫の寝袋にまたもぐりこみたくなった。

わたしはほぼ空っぽになった家に暮らしている。それどころか、幼い娘をそんな家に住まわせている。友達も、母親以外には話し相手も遊び相手もいないこの家に。

四年半前の十月の晩、わたしは西部の街できれいなブルーのドレスを買った。リチャードがわたしにブルーの服を着せたがったからだ。そのあと一時間かけてドライヤーで髪をストレートにのばし——夫はなめらかな髪を好んだ——一輪の白薔薇を持って安っぽい小さなチャペルのバージンロードを歩いた。

あのときは人生で一番幸せな日だと思ったけれど、あれは本物の人生じゃなかった。ただの幻想。それどころか単なる嘘だった。

結婚して以来、わたしは毎日よき妻になろうと懸命に努力した。リチャードが好む料理がつくれるように腕を磨き、夫が愚痴をこぼせばぱっと荷づくりして引っ越し、彼好みの服を身につけた。リチャードが帰宅するまでに、必ずキャリーをお風呂に入れて食事を与え、きれいな服に着替えさせた。

もうすべて過去のことよ。

「もうすべて過去のこと」彼女はつぶやいた。「だったら、なぜまだここにいるの？」

シェルビーは以前使っていた化粧室に入り、半ば上の空でルイ・ヴィトンのスーツケースに荷物をつめ始めた。そのスーツケースは、リチャードと駆け落ちしたときに服をつめていたダッフルバッグと交換するようにと、彼がニューヨークで買ってくれたものだ。

やがて、荷づくりに夢中になったシェルビーは、厳格なルールを破ってキャリーに『シュレック』をキッチンで見せながらシリアルを食べさせ、その隙に娘の荷物をまとめた。それから、午前九時前に警察や消防署や配管工以外の人に電話をしてはいけないという母の教えを守り、午前九時になるのを待ってドナに連絡した。

「こんにちは、シェルビー。調子はどう？」

「今日もまた雪が降ってます」

「今回の冬はいつまで経っても終わらないわね。天気予報によれば二十センチの積雪になるそうよ。でも、土曜日には気温が十度まであがるんですって。これが最後になるように願いましょう」

「わたしはこれが最後だとは思えません、ドナ。もうこの家にはわたしとキャリーがいるだけで、ほぼ空っぽの状態です。キッチンカウンターの下のテレビは祖母のために持っていこうと思います。きっと気に入ってくれるでしょうから。あとは大画面の薄型テレビを一台——どれでもかまいません。自宅のテレビを数えてみたら九台ありました。そのうちの一台を父のために実家に持ち帰りたいんです。この家を購入する家族はほかのテレビをほしがるでしょうか？　まだ最終的な売買契約を交わしたわけではないとわかってますが、テレビもこみで売却できますよね。正直、テレビの値段はいくらでもかまいません」

「もちろん、そのように提案することは可能です。買い手に希望価格を提示してもらいましょう」

「わたしはそれでかまいません。彼らがすべて購入することを望むにせよ、そのうちの数台だけほしがるにせよ、あとはわたしが対処します」

そう、自分でどうにかしよう。シェルビーはずきずきし始めたこめかみをさすった。

「でも……あなたとの電話を切ったら、引っ越し業者に連絡するつもりです。ミニヴァンには荷づくりした箱やスーツケースやキャリーのおもちゃをのせるので、娘の家具は運べないんです。それから、ドナ、あなたに途方もない頼みごとをしてもかまいませんか？」

「もちろんです。わたしは何をすればいいですか？」

「この家の私書箱のようなものを用意してもらいたいんです。わたしが自宅の売買契約に関する書類に手紙やメールで対処できるように。わたしはどうしても故郷に帰らなければなりません、ドナ」

　そう口にしたとたん、凝っていた肩がゆるんだ。

「キャリーを故郷に連れ帰らなければならないんです。あの子はこのごたごたのせいで同い年の友達をつくる機会がまったくありませんでした。この家は空っぽな状態です。最初からそうだった気がします。でも、もう今は空っぽじゃないふりなどできません。もうこれ以上ここにはいられないんです。すべての準備が整えば、明日にでも出発します。遅くても土曜日には旅立つ予定です」

「それは途方もない頼みごとでも厄介ごとでもありません。ご自宅のことはわたしにまかせて、もう心配しないでください。故郷まであなたが運転するんですか？　たったひとりで？」

「わたしにはキャリーがいます。この固定電話は解約しますが、何か用があれば携帯電話に連絡してください。ノートパソコンがあるのでメールを送ります。もし今回の契約がまとまらなければ、別の買い手を探してもらえますか。でも、うまくまとまることを願っています。この家を手に入れたがっている家族が購入し、ここで家庭を築いてくれることを。でも、わたしたちはもう出ていかなければなりません」

「故郷に着いたらメールしてもらえますか？　あなたのことが少し心配なので」

「ええ、送ります。わたしたちなら大丈夫ですよ。あなたがこんなにいいかただということがもっと早くわかればよかったのに。今さらこんなことを言うなんてまぬけですけど」

「そんなことはありませんよ」ドナは笑った。「わたしも同じ気持ちです。こちらのことは何も心配しないでください。故郷に戻ったあと、何かしてほしいことがあれば、知らせてくださいね。あなたはフィラデルフィアにわたしという友人がいるんですから、シェルビー」

「あなたもテネシーにわたしという友人がいることを覚えていてください」

電話を切ると、シェルビーは深く息を吸った。そして、やらなければならないことを注意深くリストアップし始めた。このリストの項目をすべて消去したら、故郷に帰ろう。

キャリーを連れてランデヴー・リッジに帰ろう。

4

シェルビーはキャリーに邪魔されないようあの手この手を使ってなだめ、出発の準備を整えるのにほぼ一日を要した。あちこちの銀行口座を解約して別の支店に預金を移し、住所変更や郵便物の転送の手続きも行った。引っ越し業者にキャリーの家具の解体と配送、組み立てを依頼する料金がいくらかかるかわかったときは、思わずたじろぎ、引っ越し用トラックをレンタルして自ら行おうかとも考えた。

だが、どのみちベッドやドレッサーを一階におろしてトラックに積みこむのに人手が必要だった。

シェルビーはごくりとつばをのみ、結局引っ越し業者に依頼することにした。

もっとも、翌日、引っ越し業者に二十ドルのチップを渡してリビングルームの大型テレビを壁からとり外してもらい、梱包したのちミニヴァンまで運んでもらったので、そのもとはとれた。

ドナは約束どおり、私書箱を設置してくれた。

シェルビーは残ったものを荷づくりし、道中必要になりそうなものを大きなトートバッグにつめた。

金曜日のこんな遅い時間に出発するなんてばかげているかもしれない。翌朝すっきりした気分で旅立つほうが賢明だし、良識的だろう。けれど、最初から自分のものではなかった家で、もうひと晩たりとも過ごしたくなかった。

シェルビーは地下室から最上階までくまなく歩きまわったのち、また階段をおり、二階まで吹き抜けになった玄関ホールに立った。

派手な絵画ややけに光沢のある調度品がなくなったおかげで、この屋敷が生まれ変わった姿を頭に思い描くことができた。あたたかみが感じられる淡い色彩、趣のある大きな古い絵画。花やキャンドルが飾れるように廊下に置かれた、ゆるやかな曲線を描く家具。

古いものと新しいものが融合し、さりげない遊び心を感じさせるカジュアルで優雅な雰囲気。

それに、アンティークのミラー――さまざまな形の古いミラーを壁にかけ、すてきな飾り棚に本や家族写真を雑然と並べ、それから……。

もうこの家はわたしのものじゃないのよ。わたしの住まいでも、わたしが抱える問題でもない。

「ここが大嫌いだったなんて言わないわ。このあと引っ越してくる人に失礼だし、まるで呪いをかけるようなものだもの。だから、住んでいたときはできる限りきれいに使ったとだけ言うわ」

シェルビーはキッチンカウンターに鍵とドナに宛てた感謝のメモを置くと、キャリーの手をとった。

「さあ、キャリー、出発するわよ」

「ひいおばあちゃんとひいおじいちゃんとおばあちゃんとおじいちゃんに会いに行くんでしょ」

「そうよ、それにほかのみんなにも」

シェルビーはシンデレラの絵が描かれた小さなキャリーバッグを引っ張るキャリーを連れてガレージに出た。以前はシンデレラがキャリーのお気に入りのプリンセスだったが、今はその座をフィオナ姫に奪われている。

「まずあなたとフィフィをチャイルドシートに乗せるわね」

チャイルドシートのベルトを締めていると、キャリーに頬をぽんぽんと叩かれた。

〝こっちを見て、わたしに注意を払って〟という娘の合図だ。

「どうしたの、キャリー？」

「ねえ、すぐに着く?」

まあ、大変。おもしろがると同時にあきらめの気分を味わいながら、シェルビーはキャリーの頬をぽんぽんと叩き返した。ガレージから出てもいないのに、〝まだ着かないの?〟が始まったんだとしたら、とても長い旅になりそうだ。

「テネシーまで行くって言ったでしょ。かなり時間がかかるから、あっという間には着かないわ。でも……」ワクワクするようなことが起こると言わんばかりに、目を見開いた。「今夜はモーテルに泊まるのよ。まるで冒険家みたいに」

「ぼうけんか?」

「そうよ。あなたとわたしでね、キャリー・ローズ。さあ、ドアに手をはさまれないように鼻に手をあててなさい」キャリーが鼻に指をくっつけてくすくす笑っている隙に、シェルビーはミニヴァンのサイドドアを閉めた。

ガレージを出ると、ふたたびガレージのドアが閉まるまでしばらくその場にとどまった。

「はい、これでおしまい」

そう言って、振り返ることなく走り去った。

道路は渋滞していたが、シェルビーは気にしないことにした。目的地にたどり着くのに必要な時間がかかるだけだ。

『シュレック』はキャリーがとことん退屈したときのためにとっておくことにして、シェルビーは娘が知っている歌や、延々と同じ曲を繰り返さずにすむよう新たに覚えておいた曲でキャリーを楽しませ続けた。

たいていはそれでなんとかしのげた。

州境を越えてメリーランド州に入った瞬間、勝利の気分を味わった。そのままただひたすら車を走らせたかったが、三時間経ったところでハイウェイをおり、マクドナルドのハッピーセットでキャリーを笑顔にして、娘のおなかを満たした。

さらに二時間運転すれば、中間地点までたどり着けるだろう。そこで一泊する予定だ。あらかじめ宿泊先のモーテルを選び、カーナビの目的地もそこに設定してある。

ヴァージニア州で車を停めたとき、そのモーテルを選んで正解だったと感じた。キャリーは長時間のドライブに退屈し、不機嫌になっていた。けれど、モーテルのベッドでジャンプして遊ぶと機嫌がよくなった。

新しいパジャマに着替えさせ、キャリーとフィフィに絵本を読み聞かせたのも功を奏した。たとえ花火の音がしたとしても幼い娘は起きそうになかったが、シェルビーはバスルームに移動してから実家に電話をかけた。

「お母さん、このあいだ話したとおり、今夜の宿に到着したわ」

「今どこにいるの？　そこはいったいどこなの？」

「ヴァージニア州のウィズヴィルのそばにある〈ベスト・ウェスタン〉よ」

「客室は清潔なの？」

「ええ、お母さん。ここに来る前に、インターネットで評判をチェックしたわ」

「ちゃんと鍵をかけたんでしょうね？」母親のエイダ・メイが鋭い口調できいた。

「ええ、かけてあるわ」

「念には念を入れて、ドアノブの下に椅子の背を嚙ませておきなさい」

「わかった」

「で、かわいい天使は元気なの？」

「ぐっすり眠ってるわ。道中もすごくいい子だったし」

「あの子を抱きしめるのが待ち遠しいわ。それに、あなたもよ、シェルビー。出発する前に、今日発つと知らせてほしかったわ。クレイ・ジュニアが車で迎えに行くこともできたのに」

わたしは三人きょうだいの末っ子で唯一の女の子だ。だから、母親がやきもきするのも当然だと、シェルビーは自分に言い聞かせた。

「わたしは大丈夫だと約束するわ、お母さん。もう中間地点まで来たし、キャリーもわたしも大丈夫。クレイには仕事があるし、自分の家族もいるでしょう」

「あなただってクレイの家族に変わりないわ」

「クレイに会うのが待ちきれないわ。それに、みんなに会うのも」

みんなの顔や声、故郷の丘や草原を思いだし、ちょっと泣きそうになったが、努めて明るい声で言った。

「明日の朝八時にはここを発つつもりだけど、もう少し遅くなるかもしれないわ。でも、遅くとも午後二時までには到着するはずよ。何時ごろ着くかわかったら、また知らせるわね。お母さん、わたしたちが実家で暮らすことを承知してくれてありがとう」

「お礼なんか言われたくないわ。あなたはわたしの娘で、キャリーは孫娘なんだから。ここはあなたたちの家よ。いいから帰ってらっしゃい、シェルビー・アン」

「じゃあ、また明日。お父さんには、わたしたちが安全な宿に泊まっていると伝えて」

「危ない目に遭わないように気をつけてね。それから、しっかり休むのよ。疲れた声をしてるから」

「たしかにちょっと疲れてるわ。おやすみなさい、お母さん」

まだ午後八時になったばかりだったが、シェルビーはベッドにもぐりこみ、幼い娘のように数分後には眠りに落ちていた。

シェルビーは断片的にしか覚えていない夢にショックを受け、暗闇のなか目覚めた。激しく荒れ狂う黒い海原に翻弄される白い点――それは嵐の海の荒波にのまれそうになっているボートだった。波が打ちつけ、稲妻が光るなか、シェルビーは必死に舵(かじ)を握り、どうにか乗りきろうとしていた。そのとき、どこからかキャリーが泣きながらシェルビーを呼ぶ声がした。

リチャードは？　例のごとく高級なスーツに身を包んだ彼は、ボートの操縦方法などまったく知らないシェルビーを舵から引き離した。

次の瞬間、ボートから落下し、海にのみこまれた。

寒さに震えながら見知らぬ暗い部屋でぱっと飛び起きたシェルビーは、必死に呼吸を整えた。

海に転落したのはリチャードで、わたしじゃないわ。それに、溺死したのもリチャードだ。

キャリーは小さなかわいいお尻を天井に向け、うつぶせで眠っていた。あたたかく安全な場所で。

シェルビーはふたたび身を横たえると、しばらくキャリーの背中をさすって気持ちを落ち着かせようとした。けれど、すっかり目が覚めてしまったため、二度寝はあきらめ、忍び足でバスルームに移動した。

キャリーが見知らぬ部屋で目覚めても母親がどこにいるかわかるように、ドアを開けておくべきかしら。それとも、娘が明かりやシャワーの音で起きないように閉めておいたほうがいいの？　ドアを閉めなければ、ほぼ確実に娘は起きてしまうだろう。

結局、妥協して、ほんの少しだけドアを開けておくことにした。

モーテルのシャワーがこんなに気持ちがいいとは思いもしなかった。悪夢で冷えきった体はすっかりあたたまり、いつまでも残っていた疲れもとれた。

シェルビーは普段使っているシャンプーとシャワージェルを持参していた。リチャードと出会うずっと前から、この手のものは高級品を使用している。でも、それはそういう家庭で育ったからだ。祖母がランデヴー・リッジで一番人気のサロンを経営していることを思えば当然だろう。

今や祖母は日帰りスパも手がけている。あの勢いは誰にもとめられないわね。

ああ、祖母やみんなに会うのが待ちきれないわ。故郷に戻って山の空気を吸い、緑や青空を眺め、地元の人々の話し声を聞きたい――自分のイントネーションがおかしいと感じさせない話し声を。

シェルビーは濡れた髪にタオルを巻きつけてから、キャリーと同じくらいのころに母から教わったことを実践した。

彼女は全身にローションを塗りたくった。たとえ自分の手でも、こうして素肌が触れあうのはとても心地いい。もう久しく誰かに触れられたことはなかった。

身支度をして、キャリーの様子をこっそりうかがってから、もう少しだけドアを開けてメイクにとりかかった。青白い顔とはれぼったいまぶたで故郷に戻るつもりはない。

痩せ細った体で帰郷することはどうにもできないが、故郷に戻って腰を落ち着け、肩の荷が少し軽くなれば、きっと食欲が戻るだろう。

それに、服装は悪くない――黒のレギンスと春を彷彿させる若草色のシャツという服装は。シェルビーはイヤリングをして香水をさっと振りかけた。エイダ・メイ・ポメロイいわく、イヤリングをして香水をまとわなければ、女性の身支度は完了しないのだ。

精一杯のことはしたと思ったところでバスルームから出ると、すべての荷物をバッグにつめた。故郷に戻るキャリーに着せる服――白い花柄のかわいいブルーのワンピースと白のセーター――をのぞいて。シェルビーはベッドの両側にあるランプの片方をつけ、ベッドにあがって娘に鼻をすり寄せて起こした。

「キャリー・ローズ、わたしのキャリー・ローズはどこにいるの？　まだ夢の国でピンクのポニーに乗ってるのかしら」

「わたしはここよ、ママ！」赤ちゃんうさぎのように柔らかくてあたたかい娘が、両腕を広げたシェルビーのほうを向いた。「これから冒険旅行に出かけるんでしょ」

「ええ、そうよ」この貴重なひとときを味わいたくて、シェルビーはしばらく娘を抱きしめていた。

「わたし、おねしょしなかった」

「ええ、もう赤ちゃんじゃないものね。さあ、トイレに行って、そのあと着替えましょう」

キャリーの髪を三つ編みにしてワンピースとおそろいのブルーのリボンを結び、ワッフルの朝食を食べさせた。それからまた顔を洗ってやり、ミニヴァンのガソリンを満タンにしても、七時半には出発できた。

早く出発できたのは、幸先のいい証拠だろう。

十時には車を停めてトイレ休憩した。シェルビーはコーラでエネルギーを補給し、キャリーの持ち手つきマグにもコーラを注いでやってから、母親の携帯電話宛にメールした。

〝朝早く出発したわ。あまり渋滞してないから十二時半には到着するはずよ〟

彼女がふたたびハイウェイに乗ると、グレーの小型車が三台後ろにつき、そのまま尾行し始めた。

あの若い未亡人は中古のミニヴァンで故郷をめざしているらしい。これまでのところ、彼女の行動はいたって普通で不審な点は見られない。

だが、彼女は何か知っているはずだと、プリヴェットは思った。それをきっと突きとめてみせる。


空高くそびえる緑の山が目に入ったとたん、シェルビーは胸がつまり、目の奥がつんとなった。どれほどこの帰郷を望み、必要としていたかわかっていたつもりだったが、実際はそれ以上だった。

ここにあるものはすべてが本物だし、もう安心だ。

「ねえ、キャリー。あっちを見てごらんなさい。ランデヴー・リッジがあるのはそっちよ。グレート・スモーキー山脈も見えるでしょう」

「おばあちゃんがいるグレート・スモーキー山脈」

「ええ、グレート・スモーーーキー山脈よ」シェルビーはにっこりしてミラーで後部座席を見た。

「グレート・スモーーーキー山脈。おばあちゃんとひいおばあちゃん、ひいおじいちゃんとおじいちゃん、クレイおじちゃん、ギリーおばちゃん、フォレストおじちゃん」

キャリーは家族の名前をあげ始め、シェルビーが驚いたことにほとんどの親戚だけでなくペットの犬や猫の名前まで口にした。

もしかしたら、この帰郷を待ちわび、必要としていたのは、わたしだけじゃなかったのかもしれない。

正午になるころには、窓を半分開けて山のにおいをかぎながら、樹木のあいだをくねくねとのびる道に車を走らせていた。松の木、川や細流。雪はまったく見当たらず、その代わりに小さな星形の野の花が色鮮やかに咲き乱れている。通り過ぎる家や小屋のまわりには、新鮮なバターを思わせる黄色のラッパ水仙が植えられていた。花の香りが移るよう外に干されたシーツ。青空に円を描く鷹。

「ママ、おなかがすいた。フィフィもおなかがすいたって。もう着く？　もうすぐ着くの、ママ？」

「もうすぐよ、キャリー」

「まだ着かないの？」

「あとちょっとよ。おばあちゃんの家に着いたら、あなたもフィフィも何か食べさせてもらえるわ」

「クッキーがいいな」

「たぶんクッキーもあると思うわ」

シェルビーは地元住民がビリーズ・クリークと呼ぶ小川を渡った。その小川は彼女の父親が生まれる前の時代、ビリーという少年がそこで溺れたことからそう名付けられた。未舗装の道を走っていると、渓谷やあばら屋、装塡された散弾銃がすぐ手にとれる場所に置かれているトレーラーハウスが見えた。

しばらくすると〈マウンテン・スプリング・キャンプ場〉の看板が目に入った。昔、兄のフォレストが夏場に働いていたキャンプ場だ。フォレストはそこでエマ・ケイト・アディソンと全裸で泳ぎ、それ以上のことも多少したらしい。シェルビーがそのことを知っているのは、エマ・ケイトが幼いころから高校時代までずっと大親友だったからだ。

次に、シェルビーが十歳のときに建てられたリゾートホテルへ続く脇道が現れた。兄のクレイはそこで急流下りのガイドをしている。そして、そのホテルのパティシエだった妻のギリーと出会った。ギリーは今ふたり目の子を身ごもっている。

けれど、妻子を持ったり、仕事についたりする前は、みんな退屈していた。

以前はシェルビーもこのあたりのトレイルや小川に詳しく、泳げるくらい深い場所や、アメリカクロクマがうろつく場所を把握していた。暑い夏の日は、ふたりの兄やエマ・ケイトとダウンタウンに繰りだし、雑貨店でコーラを買ったり、祖母のサロンへお小遣いをねだりに行ったりしたものだ。

いつまでもぼうっと景色を眺めていられる場所も知っていた。山頂の陰に日が沈み、夕闇が淡いグレーの雲に包まれるころ、夜鷹がどんなふうに鳴くのかも。

また一から学べばいいわ。ひとつ残らず。重要なのは、娘がそういうことを知ることだ。キャリーも素足であたたかい芝生を踏みしめたり、冷たい小川に足首を洗われたりすれば、有頂天になるだろう。

「お願い、ママ、ねえお願い！　もう着くでしょう？」

「あとほんのちょっとよ。ほら、あの家を見て。ママはあそこの家に住む女の子と知り合いなの。ロリリーっていう子で、お母さんと暮らしてるのよ。お母さんのミズ・メイベリンは、あなたのひいおばあちゃんのサロンで働いているわ。それに、ひいおばあちゃんの話だと、今ではロリリーも一緒に働いてるそうよ。あっ、見て、道路の少し先に分岐点（フォーク）があるわ」

「ごはんのときに使うフォーク？」

「そうよ」娘に負けないくらいじれったい気分で、シェルビーは笑った。「でも、道路の分かれ目っていう意味もあるの――右に行くか、左に行くかの分かれ目よ。もし右に行けば――右っていうのは、あなたがお絵かきするほうの手だけど、もし右に行けば、すぐにランデヴー・リッジに着くわ。でも左に行けば……」

胸を高鳴らせつつ、シェルビーは左の道を選んだ。予定より少し早く着きそうだ。

「家にたどり着くわ」

「おばあちゃんちに」

「ええ、そうよ」

ひと握りの家がぽつりぽつりと見え――そのうちの数軒はシェルビーが故郷を離れてから建った新築だ――道路は今もくねくねと曲がりながらのぼり坂になっている。

エマ・ケイトの実家の私道には、車体の側面に〈ザ・フィックス・イット・ガイズ〉とペンキで書かれた大きなトラックが停まっていた。

そして、ついに実家に到着した。

車やトラックがあちこちに停まっていて、私道はぎっしり埋まり、車道の路肩にまで車が並んでいる。前庭では子供たちが犬とともに駆けまわり、二階建ての美しい家のまわりには両親が赤ちゃんのように大事に育ててきた春の花が満開だ。ヒマラヤスギが日ざしを浴びてきらめき、母のお気に入りのピンクのハナミズキがイースターの朝のようにきれいに咲き誇っている。

玄関ポーチの柱のあいだには横断幕がつるされていた。

〝シェルビー&キャリー・ローズ、おかえりなさい！〟

シェルビーは感謝するあまりハンドルに突っ伏してすすり泣きそうになったが、キャリーがチャイルドシートの上で身を弾ませた。

「お外に出して！　車からおろして！　ねえ早く、ママ！」

そのとき家の真ん前の木挽き台に置かれた掲示板が目にとまった。

〝シェルビー専用の駐車スペース〟

思わず噴きだすと、ふたりの男の子が彼女のミニヴァンを見つけて歓声をあげながら駆け寄ってきた。

「その木挽き台をどかしてあげるよ、シェルビー！」

おじのグレーディーの息子たちだ。クリスマスに会ったときから身長が十五センチくらいのびたように見える。

「誰かがパーティーを開いてるの？」シェルビーはふたりに声をかけた。

「これはシェルビーのためのパーティーだよ。やあ、キャリー」兄のメーコンがキャリーの側の窓をコンコンと叩いた。

「ねえ、この人は誰？　誰なの、ママ？」

「あなたの親戚のメーコンよ」

「しんせきのメーコン！」キャリーは両手を振った。「こんにちは！」

私道に乗り入れてエンジンを切ったとたん、途方もない安堵感に包まれた。「着いたわ、キャリー。やっと着いた」

「出して、出して、出して」

「ええ、出してあげるわ」

車からおりてサイドドアを開けようとした矢先、シェルビーは子供たちにとり囲まれ、母が走ってきた。

背丈が百八十センチを上まわる母は、その長い脚で家からミニヴァンへ駆け寄った。赤毛が際立つ黄色のサンドレスの裾を波打たせながら。

シェルビーは息つく間もなく抱きしめられ、母のトレードマークとも言うべき香水のレールデュタンの香りに包まれた。

「おかえりなさい！　よく帰ってきたわね！　まあ、シェルビー・アン、蛇みたいに細いじゃない。たっぷり食べさせて、もとどおりにしてあげるわ。ちょっと子供たちは少し離れてちょうだい。さあ、ちゃんと顔を見せて！」エイダ・メイがシェルビーの顔をはさんで上向かせた。「もうこれからは何も心配いらないわ」娘の目がうるんだのを見て言った。「マスカラがにじむから泣いちゃだめよ。もう大丈夫だから。このドアはどうやって開ければいいの？」

シェルビーはハンドルを引っ張ってサイドドアを開けた。

「おばあちゃん！　おばあちゃん！」キャリーが腕をのばした。「出して、出して！」

「ええ、出してあげるわ。この子を車からおろすにはどうすればいいの？　さあ、よく顔を見せてちょうだい！」エイダ・メイがキャリーの顔じゅうにキスをするあいだ、シェルビーはチャイルドシートのベルトを外した。「あなたは五月のお日さまのように輝いてるわ。それにワンピースもすてきよ。ねえ、おばあちゃんにハグしてちょうだい」

エイダ・メイはキャリーにぎゅっと抱きつかれると、黄色のバックベルトのヒールでくるりとまわった。

「みんなはそこらじゅうに散らばってるわ」ターンするエイダ・メイの頰を涙が伝う。

「泣かないで、おばあちゃん」

「これはうれし涙よ。ウォータープルーフのマスカラでよかったわ。パーティーに集まった人はこの前庭だけじゃなく、家のなかにも、もうバーベキューが始まった裏庭にもいるわ。大勢のお客さんのために食べ物をたっぷり用意したし、お祝いのシャンパンもあるのよ」

キャリーを片腕に抱きながら、エイダ・メイはシェルビーを引き寄せ、三世代でハグを交わした。「おかえりなさい、シェルビー」

「ありがとう、お母さん。とても言葉では言い表せないほど感謝してるわ」

「さあ、家に入りましょう、甘いアイスティーを出してあげる。引っ越し業者は二時間ほど前に来たわ」

「もう来たの？」

「すべてキャリーの部屋に運びあげてもらったわ。わたしたちが用意したキャリーの部屋はとってもかわいくてすてきなの。あなたの部屋はママの部屋のすぐお隣よ」エイダ・メイは家に向かいながらキャリーに言った。「シェルビー、あなたはクレイの昔の部屋を使って。あなたの昔の部屋より広いから。壁は塗り直して、マットレスも新品のものと交換済みよ。古いマットレスはすり切れてたの。キャリーの部屋は昔フォレストが使っていた部屋だから、ふたつの部屋のあいだのバスルームを一緒に使ってちょうだい。タオルは新品のものを用意したわ。あなたのおばあちゃんのスパで購入したから、使い心地はいいはずよ」

シェルビーはそこまでしなくてもよかったのにと言いそうになった。だが、エイダ・メイにとって家族の世話を焼かないのは、息をしないのも同然だ。

「ギリーがとってもすてきなケーキを焼いてくれたのよ。いつ赤ちゃんが生まれてもおかしくない状態だけど、腕前は一流のパティシエ並みだから」

そのとき兄のクレイが家から出てきた。両親に似て長身で、髪と目の色は父親譲りのダークブラウンだ。クレイはにっこりしながらシェルビーを抱きあげ、こまのようにまわった。

「やっと到着したな」そう耳元でつぶやいた。

「できるだけ早く戻ってきたわ」

「ぼくにも抱かせてくれ」兄は母にそう言うと、キャリーを奪った。「やあ、キャリー。ぼくのことを覚えてるかい？」

「クレイおじちゃん」

「女の子は決まってハンサムな男を忘れないものだ。さてと、何かトラブルが起きてないか確かめに行こう」

「トラブルなんてあるわけないわ」エイダ・メイはシェルビーの腰に腕をまわした。「あなたは冷たい飲み物でも飲んで座りなさい」

シェルビーは家のあちらこちらで親戚にあたたかく迎えられてハグを交わし、たどり着いたキッチンでも歓迎を受けた。ギリーはキャリーよりひとつ年下の男の子を片腕に抱いて立っていた。たしかにいつ赤ちゃんが生まれてもおかしくない状態だわ。

「ぼくが抱くよ」クレイは息子のジャクソンをもう片方の腕に抱いた。「これで男女のペアを手に入れたぞ」そう言うと、鬨(とき)の声をあげながら裏口から飛びだし、ふたりの子供に歓声をあげさせた。

「クレイはまさに父親になるべくして生まれた子ね。いいことだわ」エイダ・メイはギリーのおなかをさすった。「もう座ったほうがいいわ」

「わたしは大丈夫です、今のほうが元気ですし」ギリーはシェルビーに両腕をまわして抱きしめ、左右に身を揺らした。「会えて本当にうれしいわ。アイスティーのピッチャーは外よ。ビールもたくさんあるわ。それに、シャンパンが四本――お義母さんは女性限定だと言ってるけど。ここにいる男性は誰もシャンパンの味がわからないから、ですって」

「たしかにそうね。わたしはまずアイスティーをいただくわ」シェルビーはいまだに息をつく間がなかったが、あとにすることにした。「ギリー、あなたはとっても元気そうね」

ダークブラウンの髪のクレイとは対照的に、ギリーは金髪だった。彼女は妊娠でふっくらした顔に髪がかからないようポニーテールにし、ヤグルマギクのようなブルーの瞳を輝かせていた。

「本当に元気そうね。体調はいいの？」

「ええ、いたって元気よ。出産予定日まであと五週間と二日なの」

シェルビーは裏の広いポーチに出て、裏庭を見まわした。すでに芽が出ている野菜畑、子供たちがよじのぼっているブランコ、煙が立ちのぼるバーベキューグリル、兵隊のごとく整然と並んだピクニックテーブル、風船が縛りつけられた椅子。

バーベキュー担当の父は例のごとく滑稽なエプロンを身につけ、グリルの前に立っている。そのエプロンには〝わたしのガッツにキスをして〟と書かれていた。

気がつくとシェルビーは父に抱きしめられていた。泣いちゃだめ。パーティーに水を差すようなまねをしちゃだめよ。「ただいま、お父さん」

「おかえり、シェルビー」

父は百九十センチ近い身をかがめてシェルビーの頭のてっぺんにキスをすると、ぎゅっと抱きしめた。この田舎町で開業医として働く父は、マラソンが趣味のせいか相変わらずハンサムで元気そうだ。

「痩せすぎだな」

「その問題はお母さんが解決するそうよ」

「ああ、母さんなら解決してくれるだろう」父はシェルビーの体を少し離した。「医者からのアドバイスとしては、しっかり食べて水分をとり、たっぷり寝て、甘やかしてもらうことだ。じゃあ、お代の二十ドルをもらおうか」

「つけにしておいてちょうだい」

「みんなそう言うんだ。さあ、飲み物をとりに行くといい。わたしはこのリブを全部焼くことになってるからな」

シェルビーはあとずさったとたん、背後から抱きしめられた。心地よいひげの感触に身をよじって振り向き、ハグを返した。「おじいちゃん」

「つい先日ヴィにこう言ったんだ。〝なあ、ヴィ、何か欠けてる気がするよ。それがいったいなんなのか特定できないが〟ってね。今わかったよ。欠けてたのは、シェルビーだったんだな」

シェルビーはのびあがって白いひげをてのひらで撫でると、祖父の陽気なブルーの目を見あげた。「このなかからわたしを見つけてくれて、ありがとう」祖父の分厚い胸に頭をもたせかけた。「ここはカーニバルみたいね。どこもかしこも楽しげで色鮮やかで」

「おまえもそろそろ戻ってきて、このカーニバルに参加していいころだったんだよ。これからはここに腰を落ち着けるのかい？」

「お義父さん」シェルビーの父親のクレイトンがさえぎるように言った。

「あれこれ尋ねないよう口止めされてるんだ」陽気な瞳が一瞬にして好戦的になった。「だが、故郷に腰を落ち着けるのかどうか自分の孫娘にきけないなんて冗談じゃない」

「いいのよ、お父さん。ええ、ここに腰を落ち着けるつもりよ」

「そいつはよかった。おっと、ヴィがにらんでる。わたしがおまえを独り占めしているせいだな。ヴィはおまえの後ろにいるぞ」そう言って、祖父はシェルビーの体をくるりとまわした。

シェルビーの視線の先には、明るいブルーのワンピースをまとった祖母のヴィオラ・マクニー・ドナヒューが立っていた。小粋なボブカットにした赤褐色の巻き毛、映画スターさながらの大きなサングラス、シェルビーを見つめる鮮やかなブルーの瞳。

とても誰かの祖母には見えないわ。シェルビーは祖母を呼びながら芝生を駆け寄った。

「おばあちゃん」

ヴィは腰にあてていた両手をおろして腕を広げた。

「やっと戻ってきたわね。でも、一番のお楽しみは最後にとっておけと言うものね」

「おばあちゃん、とってもきれいよ」

「そういうあなたは幸運にもわたしにそっくりね。四十年前のわたしそのものよ。肌がきれいなのはマクニー家の血筋なの。あなたのかわいい天使も肌がきれいね」

シェルビーはぐるりと見まわし、キャリーが親戚の子供たちと一緒に数匹の子犬と芝生を転げまわっているのを見て微笑んだ。「あの子はわたしの宝物よ」

「そうね」

「わたしはもっと――」

「後悔は時間の無駄よ。ちょっと歩きましょう」祖母の言葉にシェルビーの目がうるんだ。「あなたのお父さんの野菜畑を見てやってちょうだい。ランデヴー・リッジで一番のトマトがとれそうよ。もうくよくよするのはやめなさい。とにかく心配ごとは頭から追い払うの」

「でも、心配ごとが山ほどあるのよ、おばあちゃん。今すぐに説明できないほどたくさん」

「心配したって何も解決しないし、くよくよしてもしわができるだけよ。だから、とりあえず棚あげしなさい。やるべきことはいずれできるわ。あなたはもうひとりじゃないんだから、シェルビー」

「わたし……頼れる人がいるのがどういうことかすっかり忘れてたわ。まるで夢を見ているみたい」

「これは現実だし、今までだってそうだったのよ。さあ、こっちに来て、抱きしめさせて、シェルビー」ヴィオラは孫娘をぎゅっと抱きしめると、背中をさすった。「あなたはもう故郷に戻ったのよ」

シェルビーは雲がかかった連なる山を眺めた。どっしりと揺るぎなく、まがいものではない山を。

わたしはもう故郷にいるのね。

5

誰かが祖父のバンジョーをとってくると、すぐにグレーディーおじの妻のロザリーがフィドルを、クレイがギターをとりだした。みんなは山岳地帯で親しまれているブルーグラス（テンポの速いカントリーミュージック）を聴きたがった。明るい高音の旋律や弦楽器が奏でるハーモニーに、シェルビーは記憶を呼び覚まされ、胸の奥に明かりが灯った。それは何かが生まれた瞬間だった。

音楽や山脈、緑の樹木やここに集った人々に囲まれて、シェルビーの新たな人生が始まった。

ピクニックテーブルには家族や友人や隣人がそろっていた。シェルビーは芝生で踊るいとこたちや、音楽に合わせ、黄色のヒールを履いて幼いジャクソンを揺らしている母を眺めた。父はキャリーを膝にのせ、ポテトサラダやスペアリブを一緒に食べながら何やら真剣な顔で話しこんでいる。

音楽にまじって祖母の笑い声が響いた。芝生にあぐらをかいたヴィオラは、シャンパングラスを傾けながらギリーににっこり笑いかけている。

母の妹のワイノナは、破けたジーンズをはいた痩せっぽちの男の子と——おばが〝ハリスター家の男の子〟と呼ぶ少年と——ぴったりくっついている一番下の娘を鷹のような目つきで監視していた。

いとこのラークは十六歳で、体つきがとてもセクシーだし、鷹のように監視したくなるのも当然だろう。

シェルビー自身も母親に鷹のような目つきで監視されていたため、みんなが熱心にさしだす料理を食べ続け、リチャードを思いだすシャンパンまで口にした。

やがて、祖父に頼まれて歌も歌った。『コットン・アイド・ジョー』や『ソルティー・ドッグ』、『ロンサム・ロード・ブルース』に『ロスト・ジョン』を。まるで昨日のことのように歌詞はすぐ思いだせた。燦々（さんさん）と降り注ぐ日ざしを浴びながら、大きな青空に向かって庭で楽しく歌っているうちに、傷ついた心が癒（いや）されていった。

この心の重荷からも、ついぞ内面を知ることができなかった男性からも、最初から最後まで偽りだった結婚生活からも解放されるに違いない。

嘘偽りのない本物の世界がここで待っていてくれたなんて、まるで奇跡だわ。

シェルビーはタイミングを見計らってその場から抜けだすと家に入り、二階にあがった。キャリーの部屋に足を踏み入れたとたん、彼女の胸はいっぱいになった。

淡いピンクの壁、窓を縁取る白いレースのカーテン。窓辺からは裏庭やその向こうの山々が一望できる。家具はすべて白で統一され、ピンクと白の天蓋付きベッドも用意されていた。白い本棚には人形やおもちゃや本まで並び、ベッドにはぬいぐるみがいくつか置かれていた。

あの豪邸の子供部屋に比べたら半分の広さしかないけれど、キャリーにぴったりの雰囲気だわ。シェルビーは両側にドアがついた共用のバスルームに移動した——案の定、母はそこもぴかぴかに磨きあげていた。続いて、兄がかつて使っていた部屋に足を踏み入れた。今日からここがわたしの寝室だ。

廊下の突きあたりにある昔の自分の部屋でもそうだったように、子供のころ使っていた錬鉄製のベッドが窓に面して置かれていた。その位置なら目覚めたとき、山が見えるからだ。寝具はシンプルな白の羽根ぶとんだったが、いかにもエイダ・メイらしく錬鉄製のヘッドボードにはレースで縁取られた白やグリーンやブルーのカバーをかけた枕が並んでいた。ベッドの足元には曾祖母(そうそぼ)がかぎ針で編んだブルーとグリーンの上掛けが畳んである。

連なる山を彷彿させるあたたかみのあるくすんだグリーンの壁には、いとこのジェスリンが描いた水彩画が二枚かけられていた。幻想的な淡い色彩で描かれた春の草原と夜明けの森の絵だ。古いドレッサーにはシェルビーが大好きな白のチューリップを生けた花瓶と、銀の写真立てにおさめられた生後二カ月のキャリーを抱くシェルビーの写真が飾ってあった。

すでにスーツケースは運びあげられていた。頼んでもいないのに――いいえ、頼むまでもなかったわね。残りの段ボール箱は、あとでわたしが中身を確認してどうするか決められるようガレージに積みあげられているに違いない。あの中身は、もはや自分のものとは思えない結婚生活の場から仕方なく引きとってきたものだ。

シェルビーはぐったりして、すとんとベッドの端に座った。音楽や話し声が窓越しに聞こえる。わたしは今みんなから離れて、窓ガラスを一枚隔てた自室のベッドに座り、自分が抱えているものをどうすればいいか考えあぐねている。窓を開けさえすれば、ひとりぼっちじゃなくなり、みんなの一員になれるのに。

けれど……。

今は、今日だけは、誰もがあたたかく迎えてくれて、歓迎以外の言葉をのみこんでいる。けれど、その裏でささやかれている質問をいずれされるだろう。その答えにはわたしが抱えている問題の一部が含まれているため、さらなる質問を投げかけられるはずだ。

どの程度打ち明け、どう伝えればいいのだろう?

夫が嘘をついていたどころか、浮気をし――さらなる悪事を働いていた可能性があると、誰かに告白したところで、何かメリットはあるのだろうか？　シェルビーは夫が詐欺師で泥棒だったかもしれないと心の奥底で恐れていた。リチャードの正体がなんであれ――たとえ彼がそれを上まわる悪党だったのだとしても――キャリーの父親であることに変わりはない。

故人となった彼はもう自分を弁護することも、かけられた容疑について釈明することもできない。

それに、ここに座ってくよくよ考えていたって何も解決しないわ。わたしはせっかくの歓迎や、よく晴れた天気や響き渡る音楽を無駄にしている。また一階におりてケーキを食べるとしよう――すでにちょっと胃がむかむかするけど。立ちあがって階下におりるよう自分に命じた矢先、こちらに近づいてくる足音が廊下に響いた。

シェルビーはぱっと立ちあがると、笑顔を張りつけた。

部屋に入ってきたのは、歓迎の輪のなかで唯一欠けていた兄のフォレストだった。

フォレストはクレイほど長身ではなく背丈が百八十センチ前後だった。祖母はけんかの強そうな体つきだと誇りをこめて評していたが、実際フォレストはけんかが強かった。髪は父親譲りのダークブラウンだが、目はシェルビー同様鮮やかなブルーだ。今その目は彼女をじっと見据えていた。冷静なそのまなざしに、誰も口にしなかった疑問をいくつもたたえながら。

まだ誰も口にしていない疑問を。

「久しぶり」シェルビーはにっこり微笑もうとした。「お母さんから聞いたわ。今日も仕事があったんでしょう」警官のフォレストにとって保安官代理の仕事はまさに天職のようだ。

「ああ」

父親に似て彫りの深い顔立ち、母親譲りの目。その顎にかすかに紫色のあざができていた。

「誰かとけんかしたの？」

フォレストは一瞬ぽかんとしてから顎をこすった。「これは仕事絡みのあざだ。ゆうべアルロ・キャタリーが〈シェイディーズ・バー〉でちょっと……暴れたんだ。おまえもあいつのことを覚えてるだろう。それはそうと、みんなが外でおまえのことを捜してたぞ。案の定ここにいたな」

「ええ、巣立った部屋から数歩しか離れていない部屋にね」

戸口にもたれながら、フォレストは冷静な目でシェルビーの顔をじっと見つめた。

「そのようだな」

「いい加減にしてちょうだい、フォレスト」家族のなかでフォレストほどシェルビーを悩ませ、心配させる反面、気持ちを落ち着かせてくれる人はいない。「いつになったらわたしに腹を立てるのをやめてくれるの？　もう四年、もうすぐ五年になるわ。永遠にわたしに腹を立て続けるなんて不可能よ」

「おれは怒ってるわけじゃない。あれは過去のことだ、今はむしろいらだっている」

「じゃあ、いつになったらわたしにいらだつのをやめるの？」

「いつとは言えないな」

「わたしが間違ってたと言ってほしいの？　あんなふうにリチャードと駆け落ちするなんて、ひどい過ちを犯したと」

フォレストはしばし考えこんだ。「ああ、手始めにそうしてくれ」

「そんなことはできないわ。だって――」ドレッサーの上の写真を指さす。「キャリーが過ちだったと言うも同然だもの、でも、あの子は過ちじゃない。キャリーはわたしに与えられた宝物で、あの子を授かったのは人生で最高の出来事よ」

「おまえはあのろくでなしと駆け落ちしたんだぞ、シェルビー」

彼女の全身の筋肉がかっと熱くなってこわばった。「あのときはリチャードのことをろくでなしだなんて思わなかった、そうでなければ駆け落ちなんかしなかったわ。なぜそんなにも偉ぶれるの、ポメロイ保安官代理？」

「別に偉ぶってるわけじゃない、ただ自分の言い分が正しかったと言ってるだけだ。おれは妹がろくでなしと駆け落ちしたことや、妹や妹にそっくりな姪に何年も会えなかったことにいらだってるだけだ」

「わたしはできるだけ里帰りしたわ。そのときはキャリーも連れてきた。自分では精一杯のことをしたつもりよ。リチャードがろくでなしだったと言ってほしいの？　それならできるわ。あの人はろくでなしだと判明したから。わたしは判断を誤って、ろくでなしと結婚したのよ。さあ、これで気分がよくなった？」

「ああ、いくらかは」フォレストはシェルビーの目をじっとのぞきこんだ。「あいつに殴られたことはあるのか？」

「ないわよ、そんなことなかったわ」びっくりして両手をかかげた。「リチャードがそんなふうにわたしを傷つけたことは一度もないわ。誓って本当よ」

「おまえは葬式にも誕生日会にも結婚式にも帰ってこなかった。クレイの結婚式だって、かろうじて間に合ったくらいだ。あいつはどうやっておまえを故郷から遠ざけていたんだ？」

「いろいろ複雑な事情があったのよ、フォレスト」

「それをわかりやすく説明してくれ」

「リチャードからだめだと言われたの」ふつふつと怒りがこみあげて燃えあがった。

「これならわかりやすい？」

兄は身じろぎして肩をすくめてから、また肩をさげた。「おまえはだめだと言われて簡単に引きさがるタイプじゃなかったはずだ」

「それが簡単だと思っているなら、大いなる誤解よ」

「おれはなぜおまえがそんなにやつれて痩せ細り、打ちひしがれて故郷に戻ってきたのか、どうしても知りたいんだ」

「たぶん、それは結婚相手がろくでなしだっただけじゃなく、わたしをたいして好きでもなかったことに気づいたからじゃないかしら」

怒りが罪悪感をあおり、それが疲労につながった。「わたしが未亡人になって、娘が父親を失う前に、もうリチャードを――これっぽっちも愛していないことに――たいして好きでもなかったことに気づいたからよ」

こみあげる涙が喉につまり、必死に築きあげたダムが決壊して感情があふれそうになった。

「それでも故郷に戻らなかったのか？」

「ええ、戻らなかったわ。ろくでなしと結婚したのは、自分自身もろくでなしだったせいかもしれないから。それに、自ら招いた窮地からどうすればキャリーと脱出できるのか、わからなかったからかもしれない。とりあえず今はこれで勘弁してもらえる？　もうこれで充分だと思ってもらえる？　今すぐ残りの話をすべて話さなければならないなら、わたしの心は砕け散ってしまうわ」

フォレストが近づいてきて隣に腰かけた。「いらだちが、ちょっとむっとしている程度におさまりそうだよ」

シェルビーは涙があふれてこぼれ落ちるのをとめられなかった。「ちょっとむっとしているだけなら前進だわ」横を向いて兄の肩に顔を押しつけた。「まるで脚や腕や心の半分を失ったみたいにあなたのことが恋しかった」

「わかるよ」フォレストはシェルビーの肩を抱いた。「おれだって同じようにおまえが恋しかった。だからこそ、ちょっとむっとしているぐらいに気持ちがおさまるのに五年もかかったんだ。おまえにはいくつか尋ねたいことがある」

「あなたはいつだってききたいことがあるのよ」

「なぜおまえは、キャリーが生まれる前に発売された中古のミニヴァンに、スーツケース二、三個と山ほどの段ボール箱、それにやたらと大きな薄型テレビを積んでフィラデルフィアから運転してきたんだ？」

「あのテレビはお父さんにあげるのよ」

「ふうん。見栄っ張りだな。ほかにもききたいことはあるが、それはまたの機会にするよ。もうおなかがすいたし、ビールも——一本どころか二、三本飲みたいからな。それに、そろそろおまえを連れていかないと、母さんが捜しにやってきて、おまえを泣かせたおれは尻の皮をはがされかねない」

「わたしはあれこれ質問される前に腰を落ち着ける時間が必要なの。それに、ひと息つく時間が」

「それなら、この家はうってつけの場所だ。さあ、行こう」

「オーケー」彼女は兄とともに立ちあがった。「ちょっとむっとしているあなたに、わたしもちょっとむっとしそうだわ」

「それなら公平だな」

「いらだちをまぎらすために、クレイに手伝ってもらってあのテレビを家に運び入れて、どこに設置すればいいか決めてもらえる？」

「おれのアパートメントにもテレビが必要だが、ここまで観に来て、父さんの手料理をたらふく食うことにするよ」

「それなら公平だわ」

「おれは公平にふるまおうとしてるんだ」フォレストはシェルビーの肩に腕をまわしたまま言った。「エマ・ケイトが戻ってきたのを知ってるか？」

「えっ、そうなの？　彼女はボルチモアに住んでるんじゃなかったの？」

「半年前、いや、七カ月前まではそうだった。去年彼女の父親がクライド・バローの家の屋根から落ちて、ひどいけがを負うまでは」

「その話なら知ってるわ。でも、よくなったんでしょう」

「当初エマ・ケイトは父親の面倒を見に戻ってきた。だが、彼女の母親のミス・ビッツィーがどういう人か、おまえも知ってるだろう」

「赤ちゃんアヒル並みに無力よね」

「そのとおりだ。エマ・ケイトはまず二カ月滞在した。看護師の彼女は、入退院を繰り返しながらリハビリを受ける父親にとってかなりの支えになったはずだ。そのあいだにエマ・ケイトが今つきあっている恋人が何度か会いに来た。彼はいいやつだよ。話を手短にまとめると、エマ・ケイトは欠勤と予算削減のせいでボルチモアの病院をクビになったか、勤めを続けるのが困難になったらしい。それで、ランデヴー・リッジの診療所で働かないかと言われ、恋人とともに引っ越してきたんだ」

「お父さんの診療所ね」

「ああ。父さんによれば、エマ・ケイトは非常に優秀な看護師らしい。マットは——彼女と一緒に引っ越してきたその恋人は——仕事上のパートナーとランデヴー・リッジで事業をおこした。共同経営者のグリフもボルチモア出身だ。ふたりは建設業を手がけ、会社名は〈ザ・フィックス・イット・ガイズ〉だ」

「そのロゴが入ったトラックをエマ・ケイトの実家の前で見たわ」

「マットとグリフはミズ・ビッツィーに頼まれてキッチンのリフォーム工事を行ってるんだ。聞いた話によれば、彼女が五分ごとに希望を変えるせいで仕事が長引いてるらしい。エマ・ケイトとマットはおれの向かいのアパートメントで暮らしていて、グリフはポッサムロード五番地にあるトリップルホーンの古い家を購入した」

「わたしが十歳のころ、すでにあの家は崩れかけていたわ」

シェルビーはその家が大好きだった。

「グリフが今改修しているよ。終わらせるにはおそらく残りの人生を費やしそうだが、工事は進んでいる」

「ずいぶんいろんなニュースに詳しいのね、フォレスト」

「それはおまえがずっと帰ってこなくて噂話を耳にしていないせいだろう。エマ・ケイトにも会いに行ったほうがいいぞ」

「今日来てくれることを願ってたんだけど」

「エマ・ケイトには仕事があるし、おまえに関しちゃ、まだいらだってるんだと思うぞ。彼女のいらだちもなだめたほうがいいんじゃないか」

「そんなに多くの人を傷つけたかと思うと、つらいわ」

「だったら、もう二度とあんなまねはするな。また故郷を離れると決めたときは、きちんと別れを告げたほうがいい」

シェルビーが裏口から外を眺めると、息子を肩車して駆けまわるクレイや、ブランコに座ったキャリーの背中を押す祖母の姿が見えた。

「わたしはもうどこにも行かないわ。十二分なほど故郷を離れてたから」

シェルビーはマットレスをとり替えた子供時代のベッドで眠った。夜は涼しかったが、外気が入るよう窓はほんの少し開けておいた。目覚めたときには、小雨が降っていた。そののどかな雨音に口元がゆるみ、またふとんにもぐりこんだ。あと数分したらベッドから起きてキャリーの様子を見に行き、朝食をつくってあげないと。

荷ほどきもして、やるべきことをすべて片づけよう。だから、あともう五分だけ。

ふたたび目覚めたときには、雨脚は弱まって霧雨に変わり、木の葉や樋から雨粒が落ちる音がしていた。鳥のさえずりも聞こえる。鳥のさえずりで目覚めるなんて、いったいいつぶりだろう。

寝返りを打って、サイドテーブルに置かれたすてきなガラス製の時計を目にしたとたん、弓から放たれた矢のごとくぱっと飛び起きた。

バスルームを駆け抜けてキャリーの部屋に飛びこむと、ベッドはもぬけの殻だった。

午前九時過ぎまで惰眠をむさぼり、娘の居場所の見当もつかないなんて、母親失格だわ。ややパニックに陥りながら、素足のまま一階に駆けおりた。リビングルームの暖炉には炎が燃えていた。キャリーは床に座り、老いたミックス犬がその隣で身を丸めている。

キャリーはぬいぐるみを一列に並べ、キッチンタオルに仰向けに寝かせたピンクの象をしきりにつついていた。

「この子はとっても具合が悪いの、おばあちゃん」

「ええ、見るからに具合が悪そうね、キャリー」椅子に座ってコーヒーを飲みながら、エイダ・メイが微笑んだ。「やつれてるのは間違いないわ。でも、あなたみたいないいお医者さんに診てもらって幸せね」

「この子はすぐによくなるわ。でも、注射を打たないといけないから、頑張ってもらわないと」キャリーは象のぬいぐるみをうつぶせにして、太いクレヨンを注射器代わりに使った。「さあ、キスしてあげるわ、痛いところにキスしてあげる。キスをすると痛くなくなるのよ」

「キスをすると、どんなこともよくなるのよね。おはよう、シェルビー」

「本当にごめんなさい、お母さん。すっかり寝過ごしてしまったわ」

「今日は雨降りだし、まだ九時になったばかりで――」エイダ・メイがそう言いかけると、キャリーがぱっと立ちあがってシェルビーに駆け寄った。

「今お医者さんごっこをしてるの。わたしのぬいぐるみがみんな病気だから。みんなの病気を治してあげるんだ。ねえ、ママも来て手伝って」

「あなたのママは朝食を食べないといけないわ」

「わたしは大丈夫よ。ただ――」

「朝食は大事よね、キャリー」

「うん。おばあちゃんはおじいちゃんが病気の人を助けに行ったあと、朝食をつくってくれたの。スランブルエッグとジャムをつけたトーストよ」

「スクランブルエッグでしょう」シェルビーは言い間違いを正し、キャリーを抱きあげてキスをした。「もう朝食を食べて、ちゃんと着替えもしたのね。この子は何時に起きたの？」

「七時ごろよ。それと、謝るのはやめてちょうだい。わたしがたったひとりの孫娘と二、三時間一緒に過ごしちゃだめだって言うの？　キャリー・ローズ、今朝は楽しかったわよね？」

「うん、とってもとっても楽しかった。ワンちゃんのクランシーにクッキーをあげたの。クランシーはお利口さんで、ちゃんとお座りしてお手もしたのよ。それから、おじいちゃんが一階までおんぶしてくれたわ。わたしが静かにしてママを起こさなかったから。でも、おじいちゃんは病気の人を助けに行かなきゃならなくて、わたしが病気の動物を治してあげてるの」

「キッチンにぬいぐるみを持ってらっしゃい。これからあなたのママに朝食をつくるから。きっとママもぺろりと朝食を平らげるわよ」

「そこまでしてくれなくても――。はい、お願いします」シェルビーは母親からにらまれてそう締めくくった。

「コーラを飲んでもいいわよ。あなたはいまだに洗練されたコーヒーの味がわからないんでしょう。キャリー、病気のぬいぐるみを全部持ってきて、ここで治療してあげるといいわ。シェルビー、あなたにはハムとチーズが入ったスクランブルエッグをつくってあげるわ。ちゃんとタンパク質をとらないとね。わたしは今日一日お休みなの。ボスにコネがあるから、週の半ばまで休みをとったのよ」

「お母さんなしでおばあちゃんはお店を切り盛りできるの？」

「もちろん大丈夫よ。さあ、コーラを持ってきて席についてちょうだい、わたしは料理にとりかかるから。キャリーなら大丈夫よ、シェルビー」エイダ・メイは小声でそうつけ加えた。「暇を持てあましてもいないし、楽しそうだから。あなたのお父さんもわたしも今朝はキャリーと過ごせてうれしかったわ。シェルビー、尋ねるまでもないけど、ぐっすり眠れたようね。顔色がよくなったわ」

「十時間も寝ちゃったわ」

「新品のマットレスのおかげね」エイダ・メイはハムを刻んだ。「それと、雨のせいね。雨の日は一日じゅう寝ていたくなるもの。ずっとよく眠れなかったんでしょう？」

「ええ、あまり」

「それにちゃんと食事をとっていなかったわね」

「なかなか食欲が出なくて」

「少し甘やかしてもらえば、食欲は回復するはずよ」エイダ・メイはキャリーに目をやった。「いい子に育てたわね。もちろん、持って生まれた性格もあるでしょうけど、とても礼儀正しいし、かといってとり澄ましてもいない――わたしはやけにとり澄ました子を見ると、背中がむずむずするのよ。キャリーは幸せそうだわ」

「あの子は毎朝起きたとたん、飛びだしていこうとするタイプよ」

「今朝もまずあなたのもとに行きたがったけど、隣の寝室でまだ眠っているあなたの姿を見せたら、ぐずらなかった。とてもいいことだわ、シェルビー。子供が母親にべったりだと、たいてい母親のほうも子供にべったりになると言うもの。あなたたちはこの数カ月間、親子ふたりきりの生活だったのに、互いにしがみつかずにいるのは大変だったでしょうね」

「フィラデルフィアではキャリーぐらいの年の子を近所で見かけたことがなかったわ。寒さが厳しい土地で、五分おきに雪が降ってるようだった。それでも、キャリーに友達ができるよう、いい保育園を探すつもりだったわ。でも……あんなことがあってからは探すのをやめたの――。だって、あのままフィラデルフィアでいい保育園に通わせるのがキャリーのためになるのかわからなかったから。それから、お母さんとお父さんがしばらく来て、おばあちゃんも会いに来てくれたのは、ありがたかった。みんながいてくれることが、わたしたち親子の力になったの」

「そうだったらうれしいわ。でも、あなたを残して帰ってくるのが早すぎたんじゃないかと、みんな心配していたのよ」エイダ・メイはフライパンで炒めたハムとシュレッドチーズの上に溶き卵をかけた。「あなたができるだけ早くランデヴー・リッジに戻ってくると言わなければ、わたしは立ち去れなかったかもしれない」

「故郷に戻れると思わなければ、わたしは今回のことを乗り越えられたかどうかわからない。お母さん、それじゃ二人前以上あるわ」

「食べたいだけ食べて、さらにもうひと口食べなさい」エイダ・メイが肩越しにシェルビーをにらんだ。「痩せすぎるなんてことはありえないとみんな言うけど、それは間違いね。今のあなたは痩せすぎだもの。キャリー、わたしたちがあなたのママをふっくらさせて頰を薔薇色にしてあげるわ」

「どうして？」

「ママにはそういうことが必要なの」エイダ・メイはスクランブルエッグをお皿に移してトーストをのせると、カウンターに置いた。「食べたいだけ食べたあと、さらにもうひと口食べるのよ」

「はい、お母さん」

「さてと」エイダ・メイはすでに片づいているキッチンをせわしげに整理し始めた。

「あなたがおばあちゃんのサロンでホットストーンマッサージを受けられるよう二時に予約を入れておいたわ」

「本当に？」

「フェイシャルエステも予約しようと思ったけど、週の後半にわたしがやってあげる。よちよち歩きの娘を連れてフィラデルフィアから運転してきた女性は、極上のマッサージを受けて当然よ。それに、キャリーとわたしには今日の午後、予定があるの」

「そうなの？」

「スザンナの家にキャリーを連れていくから。わたしの親友のスザンナ・リーを覚えてるでしょう。彼女が昨日来られなかったのは、姪御さんのウェディングシャワーがあったからなの。たしか、スカーレット……スカーレット・リーっていったかしら。彼女、あなたの同級生でしょう」

「ええ。スカーレットが婚約したの？」

「大学時代に出会ったすてきな恋人と五月に結婚式を挙げるそうよ。スカーレットの親族が住むランデヴー・リッジで結婚したあと、彼が就職した広告会社があるボストンに引っ越すんですって。彼女は教育学の学位を取得したから、そういう仕事につくみたい」

「教師ってこと？」シェルビーは噴きだした。「わたしが覚えてるスカーレットは学校を忌み嫌っていたのに」

「何かがきっかけで変わったってことね。理由が何かはわからないけど、彼女の変化がそれを物語っているわ。とにかく、キャリーをスザンナに見せびらかしてくるわ。今日はスザンナもお孫さんを預かることになっているの。チェルシーっていう女の子で、キャリーと同じ三歳よ。スザンナの息子夫婦のロビーとトレイシー・リン・ボウランの娘さんよ。あなたはまだトレイシーに会ったことがなかったわね。ピジョン・フォージ出身のとてもいい子で、陶芸家なの。レモンが入ってるあの器は、彼女の作品よ」

シェルビーは濃いブラウンに鮮やかなブルーとグリーンの渦巻き模様があしらわれたボウルに目を向けた。「きれいね」

「トレイシーは自分の窯を持っていて、自宅でつくっているの。彼女の作品は〈アートフル・リッジ〉やホテルのギフトショップで販売されているわ。スザンナとわたしはチェルシーとキャリーの子守をして、あなたとトレイシーにお休みをあげるつもりよ」

「きっとキャリーは喜ぶわ」

「うれしいのはわたしも同じよ。しばらくはできるだけ孫娘と過ごしたいから、ぜひそうさせてちょうだい。今日はキャリーを連れて十一時ごろ出発するわ。あの子をスザンナやチェルシーに紹介してからランチを食べに行って、天気がよければ、ちょっとどこかに連れていくつもりよ」

「キャリーは普段、午後に一時間お昼寝をするの」

「だったら、子供たちにお昼寝をさせるわ。もうやきもきするのはやめなさい」エイダ・メイはぐいと顎をあげて、片方の拳を腰にあてた。「わたしはあなたのほかに息子ふたりも育ててあげたのよ。よちよち歩きの孫娘の面倒ぐらい見られるわ」

「それはわかってるけど。ただ……目の届かない場所にキャリーがいたことなんて、ずいぶん長いあいだなかったから。あの子が不安がるかもしれないとやきもきするなんて、心配性丸出しね」

「あなたは昔から賢い子だったたわ。もっとも、わたしの子供にそうじゃない子なんていないけど」エイダ・メイはキッチンカウンターをまわってシェルビーに歩み寄ると、娘の肩に両手をのせた。「まあ、シェルビー、すっかり肩が凝ってるじゃない。今日のホットストーンマッサージはヴォニーを指名して予約を入れたわ。あなたもお父さん方のまたいとこのヴォニーを覚えてるでしょう」

いとこが大勢いるシェルビーは、ぼんやりとしか思いだせなかった。

「ヴォニー・ゲイツよ。あなたのお父さんのいとこのジェッドのまんなかのお嬢さん。ヴォニーがこの凝りをもみほぐしてくれるわ」

シェルビーは母の手に手を重ねた。「わたしの面倒を見ないといけないなんて思わなくていいのに」

「自分の娘が同じ状況に陥っても、そんなことを言えるの？」

シェルビーはため息をついた。「ううん。きっと、あなたの面倒を見るのがわたしの役目だし、そうしたいと伝えるでしょうね」

「じゃあ、この話はこれで終わりね。さあ、もうひと口食べて」エイダ・メイはシェルビーの頭のてっぺんにキスをした。

シェルビーはさらにもうひと口食べた。

「明日から自分のお皿は洗ってもらうけど、今日はいいわ。で、今日はこれから何をしたいの？」

「そうね、荷ほどきしたほうがよさそう」

「わたしがきいたのは〝すべきこと〟じゃなくて」エイダ・メイはシェルビーの皿を片づけた。「あなたがやりたいことよ」

「荷ほどきはすべきことだけど、やりたいことでもあるの。荷物を片づけたら、もっと腰を落ち着けた気分になるだろうから」

「キャリーとわたしも手伝うわ。残りの荷物はいつ届くの？」

「もう全部そろってるわ。すべて持ってきたから」

「全部ですって？」エイダ・メイは手をとめて凝視した。「シェルビー、寝室に運びこんだのはいくつかのスーツケースと、あなたがキャリーのものだと印をつけた段ボール箱だけよ。クレイ・ジュニアがガレージに積みあげた箱だってせいぜい五、六個だったわ」

「フィラデルフィアから全部持ってきたって困るだけよ、お母さん。ランデヴー・リッジで自分たちの家を手に入れたとしても――それにはまず職探しをしないといけないけど――あんなにたくさんのものを全部は使えないわ。ねえ、知ってた？　世の中には家具の査定をして、すべて買いとり、運びだしてくれる会社があるのよ」

シェルビーはざっくばらんに明るく告げると、席を立ち、踊りながら両腕をかかげているキャリーを抱きあげた。「不動産業者がそういう会社を紹介してくれたの。彼女はそういう面でとても力になってくれたわ。完売した暁には、お花を贈ったほうがいいわよね？」

シェルビーの期待に反し、エイダ・メイはそんな質問に惑わされなかった。

「あの家具を全部ってこと？　シェルビー、あの家には寝室が七部屋と広いホームオフィス、それ以外にもわたしの知らない部屋がいくつもあったはずよ。あの屋敷は、見学するのに入場料をとってもいいくらいの豪邸よ。おまけに新築だったわ」ショックと懸念が入りまじる表情で、エイダ・メイは胸をさすった。「すべていい値段で買いとってもらえることを願うわ」

「わたしが依頼した会社は創業三十年以上で、とても評判がいいわ。この件に関しては、インターネットでかなりリサーチしたの。調査員になれそうなくらい。でも、そんな仕事についたら、最初の一週間で自殺したくなりそうだけど。キャリー、今から荷ほどきをするわよ。おばあちゃんとお出かけする前に、あなたも手伝ってくれるでしょう?」

「うん、手伝う!　ママのお手伝い、大好き」

「まあ、最高のヘルパーね。じゃあ始めましょう。お母さん、クレイは子供用のハンガーが入った段ボール箱を二階に運んでくれたかしら。まだ普通のハンガーはこの子の服に使えないの」

「キャリーの名前が書かれた箱はすべて二階に運んでたわ。念のため、ガレージを確認してくるわね」

「ありがとう、お母さん。あっ、チャイルドシートをわたしの車からお母さんの車につけ替えないと」

「わたしは昨日生まれたばかりの赤ん坊じゃないのよ」そのとげのある口調から、エイダ・メイがまだすべての家具が売却されたことにショックを受けているのがうかがえた。

でも、それは真実のほんの一部でしかない。

「もうあなたのお父さんと一緒に同じチャイルドシートを購入済みよ。キャリーがいつでもわたしの車に乗れるよう準備は整ってるわ」

「お母さん」シェルビーは母親に歩み寄ると、あいているほうの腕でハグをした。

「キャリー、あなたのおばあちゃんは世界一のおばあちゃんよ」

「わたしのおばあちゃん」

その言葉に母の注意がそれた――とりあえず今は。だが、母はなぜシェルビーが九百平方メートルを上まわる豪邸の調度品を一挙に売却したのかあれこれ思案をめぐらすに違いない。


キャリーが足元でうろちょろせず、見える範囲でも遊んでいないのは妙な感じだったが、娘はおばあちゃんとのお出かけに有頂天になっていた。それに、キャリーの〝お手伝い〟がなくなれば、荷ほどきと荷物の整理が半分の時間ですみそうだ。

正午にはすべて片づいてベッドメーキングも終わり、これからいったい何をしようかと考えていた。

半ば憂鬱な気分でノートパソコンをちらっと見ると、電源を入れた。うれしいことに、債権者からの通知はなかった。屋敷の売却に関する知らせもなかったが、もともと期待していなかった。委託販売店の短いメールに目を通し、リチャードのレザージャケット二枚とカシミアのコート、シェルビーのカクテルドレス二枚が売れたことがわかった。

彼女はお礼の返信のなかで、来月の一日まで待って事前に伝えておいた実家の住所宛に小切手を送付してもらえばかまわないと伝えた。

荷ほどきとメールのやりとりが片づいたところで、シャワーを浴びて着替えた。まだマッサージを受けに行くには早すぎる。ああ、マッサージを受けられるなんて最高だわ。シェルビーはとりあえず散歩をすることにした。散歩できるのもうれしいわ。

今も煙を思わせる淡いグレーの空から霧雨が降り続いている。けれど、シェルビーは雨のなかを歩くのが好きだった。フード付きのパーカーを着て、柔らかい革のショートブーツを履き、大きなバッグに手をのばした――キャリーとの外出用のバッグに。けれど、母に持っていくよう手渡したことを思いだし、財布だけジーンズの後ろのポケットにしまった。

身軽なうえに手のかかる娘がいないため、手持ちぶさたの両手をパーカーのポケットに突っこんだ。すると、前回着たときに――手がかかる娘と一緒だったときに――

使ったウェットティッシュの小袋が入っていた。

おもてに出たとたん、シェルビーは湿った涼しい空気を思いきり吸いこんだ。キャリーのためのウェットティッシュを握りしめながら、ただその場にたたずんで息を吸った。これからの数時間は白紙の状態だ。

すべてが緑に色づき、芽を出したり花を咲かせたりしている。この霧雨のおかげで、より生き生きと色鮮やかに見えた。見慣れた長い道を歩いていると、さまざまなにおいが漂ってきた――湿った草や大地のにおい、黄色いラッパ水仙の合間に揺れる紫のヒヤシンスの甘い香り。

ちょっと様子を見に、リー家の前を通ってみよう。そろそろお昼寝の時間だし、キャリーはまだ絶対におねしょをしないとは言えない。九十八パーセントは大丈夫だが、お昼寝前に母がキャリーをトイレに連れていくのを忘れて、娘がおねしょをしてしまったら恥ずかしくていたたまれない。

ぶらりとリー家の前を通りかかって、ちらっとのぞけば……。

「待って。ちょっと待って。キャリーは大丈夫よ。何も心配することはないわ」

母のアドバイスを受け入れ、今日は自分のやりたいことをしよう。雨のなかを散歩して薄もやに包まれた山並みをのんびり眺め、春の花や静けさを堪能するのだ。

エマ・ケイトの実家をちらっと見ると、私道に大工のトラックと、その後ろに真っ赤な車が停まっていた。こうしてお互いランデヴー・リッジに戻ったのに、エマ・ケイトにどう声をかけたらいいのかわからない。

　そのとき、当の本人が車からおり立った。

　エマ・ケイトもフード付きのパーカーを着ていた。キャリーが気に入りそうな鮮やかなピンク色のパーカーを。後部座席から買い物袋をふたつとりだした彼女は、昔とは違う髪形だった。よく編んでいた栗色の長い髪をばっさりカットして前髪をつくり、シャギーを入れている。

　声をかけようとしたが、言うことが何も思いつかず、後ろめたい気分になった。

　エマ・ケイトが車のドアを閉めた拍子に、シェルビーに気づき、明るいブラウンの前髪の下で眉をつりあげ、買い物袋の紐を片方の肩にかけた。

「まあ、ずぶ濡れの猫みたいに雨のなか突っ立ってるなんて」

「こんなのただの霧雨よ」

「それでも濡れてることに変わりないわ」エマ・ケイトは両方の肩から買い物袋をさげながら背筋をのばした。大きな口を冷ややかに引き結び、霧雨越しでもわかるほど批判的なまなざしをダークブラウンの目に浮かべている。「あなたが戻ってきたって噂は聞いたわ」

「あなたも戻ったらしいじゃない。お父さんの具合がよくなったならいいけど」

「ええ、元気にしているわ」

ただその場に突っ立っているのがまぬけに思え、シェルビーは短い私道を歩いてエマ・ケイトに近寄った。「その髪形、気に入ったわ」

「うちの祖母に言いくるめられたのよ。ご主人のこと、お気の毒だったわね」

「ありがとう」

「あなたのかわいいお嬢さんはどこ？」

「母と一緒にいるわ。ミズ・スザンナのお孫さんと遊ばせてもらってるの」

「チェルシーね。とってもいい子よ。シェルビー、あなたはこれからどこかに行くの？　それともずぶ濡れでただきまよってるだけ？」

「あとで祖母のサロンに行く予定だけど、キャリーを母に預けたらそれまでの時間を持てあましちゃって……。だから、散歩することにしたの」

「だったら、なかに入って母に挨拶してもらえる？　さもないと礼儀知らずだと、母から延々とお説教されそうだから。わたしは買ってきたものを母に渡さないといけないし」

「ええ、ぜひご挨拶したいわ。わたしも買い物袋を運ぶのを手伝うわ」

「けっこうよ」

シェルビーはぴしゃりとはねつけられて肩をすくめ、エマ・ケイトとともに玄関へ向かった。「あの……。フォレストから聞いたけど、恋人とダウンタウンで一緒に暮らしてるんですってね」

「ええ、マット・ベイカーと。つきあい始めてもう二年になるわ。彼は今、ヴィオラのサロンでシンクの修理をしているの」

「てっきりこれが彼のトラックかと思ったわ」

「マットたちはトラックを二台所有しているの。これはパートナーのグリフィン・ロットのトラックよ。母がキッチンのリフォームを頼んだんだけど、ふたりを大いに悩ませてるわ」

エマ・ケイトは玄関のドアを開けてシェルビーを振り返った。「わかってると思うけど、あなたはランデヴー・リッジじゅうの噂の的よ。お金持ちと結婚したポメロイ家の美人の娘が、若くして未亡人になって戻ってきた。これから彼女はどうするんだろうってね」小さくにやりと笑った。「いったいどうするつもり?」そう繰り返すと、買い物袋を持ってなかに入った。

6

グリフは忍耐強い男だと自負していた。普通はかっとなったりしないし、相当のことをされなければ怒ってわれを忘れたりしない。だが、今はエマ・ケイトの母親のかわいらしい口を粘着テープでふさごうかと本気で考えていた。

今日は朝からキッチンの下の段のキャビネットにかかりきりで、そのあいだじゅうミズ・ビッツィーの質問攻めに遭っていた。

あまりにしつこくつきまとわれ、背中によじのぼられるんじゃないかと思ったほどだ。

マットがヴィオラのサロンの仕事をしに行ったのは、優しくおしゃべりで――正直に言えば優柔不断なミズ・ビッツィーから距離を置くためだということは重々わかっている。

さらに困ったことに、ミズ・ビッツィーはグリフが設置しているキャビネットについていまだに迷っていた――今日のキーワードはまさに〝迷う〟だ。もし、またしても彼女の気が変わって、キャビネットをとり外す羽目になったら、粘着テープで口をふさぐ以上のことをしてしまうかもしれない。

　手元には両端にフックがついたゴムロープがあるし、その使い方は心得ている。

「ねえ、グリフ、もしかしたら白じゃないほうがいいんじゃないかしら。だって、あまりにも地味じゃない？　白って冷たい色だもの、そうでしょう？　キッチンはあたたかい雰囲気にするべきだわ。やっぱりサクラ材にしたほうがよかったかしら。実際にとりつけてみないと、判断するのが本当に難しいわ。実際に目にしないと、どんな感じか知りようがないもの」

「清潔でさわやか」内心歯ぎしりしたい気分で、グリフは明るい口調を装った。「キッチンは清潔でさわやかであるべきです。きっとそうなりますよ」

「本当にそう思う？」真横に立ったミズ・ビッツィーが、指を組みあわせながら手をねじった。「わたしにはわからないわ。ヘンリーは両手を振りあげて、なんだってかまわないって言ったけど、気に入らなければ文句をもらすはずよ」

「きっとすばらしいキッチンになりますよ、ミズ・ビッツィー」まるで誰かに――あるいは自分自身に――額のまんなかを釘打ち機（ネイルガン）で打たれている気分だ。

　グリフとマットはボルチモアでもつまらないことで大騒ぎするクライアントに対応

したことがあった。あのクライアントは仕切り屋なうえに、やたらと不満をもらし、あれこれ要求するくせに優柔不断だったが、このルイーザ・〝ビッツィー〟・アディソンは文句なしに優柔不断の女王だ。

ミズ・ビッツィーと比べたら、それまでチャンピオンの座に君臨していたジョン&ロンダ・ターナー夫妻は——グリフとマットにボルチモアのテラスハウスの壁をとり壊させたあと、また壁をつくらせ、ふたたびとり壊させた夫婦は——煉瓦塀のように揺るぎなく落ち着いて見える。

当初、予備日の三日間を含めて三週間と見積もっていたこのリフォームは、現在五週目に突入している。このままでは、いつ完了するか神のみぞ知るだ。

「それはどうかしら」ミズ・ビッツィーがその台詞を口にするのはこれで百万回目だ。彼女は顎の下で両手を軽く叩いた。「白ってなんだか殺風景じゃない？」

グリフはキャビネットを置いて水準器をとりだし、ぼさぼさのダークブロンドの髪に片手を突っこんだ。「ウェディングドレスは白じゃないですか」

「そう言われればそうね。それに……」ミズ・ビッツィーのブラウンの瞳がますます大きくなり、やけにうれしそうに輝いた。「ウェディングドレスですって？　ねえ、グリフィン、あなたひょっとしてわたしの知らない何かを知ってるの？　マットがもうプロポーズしたとか？」

マットをバスの下敷きにしてやればよかった。バスの下に突きとばして、さらに車でひいてやればよかった。だが……。「ただのもののたとえですよ、ほら……」必死に頭を回転させた。「マグノリアも白ですし。それに――」ああ、何かもうひとつ思いついてくれ。「そうだ、野球のボールも白です」

やれやれ。

「このキャビネットには金具をとりつけます」やや必死な口調で続けた。「それに、カウンタートップも。あたたかいグレーのカウンタートップは親しげで洗練された雰囲気を与えてくれるはずです」

「もしかしたら、壁の色がいけないのかも。やっぱり――」

「お母さん、また壁を塗り直すなんてだめよ」エマ・ケイトが入ってきた。

グリフはエマ・ケイトの足元にひれ伏してキスしたくなった。だが、続いて赤毛の女性が入ってきた瞬間、頭からエマ・ケイトのことがかき消えた。

〝うわっ！〟思わず胸のうちで叫んだが、口に出していないことを願った。

なんてきれいな女性だろう。もうじき三十歳の誕生日を迎えようとしている男なら、それまでに何人も美人を目にしてきたはずだ――たとえ、それが映画館のスクリーンのなかだけでも。だが、この生身の女性は、思わず〝おおっ！〟と叫びたくなるほど美人だった。

夜明けの太陽を思わせる赤い巻き毛に縁取られた顔は、まるで磁器でできた彫刻のようだ――磁器の彫刻なんてあるのか不明だが。完璧な曲線を描くふっくらとした柔らかい唇、悲しげな深いブルーの大きな瞳。

鼓動が乱れ、一分ほど耳鳴りがしたせいで、エマ・ケイトとミズ・ビッツィーの口論の大半を聞き逃した。

「キッチンは家の心臓部なのよ、エマ・ケイト」

「そんなにころころ気が変わるのに、まだ心臓が残ってるなんて、お母さんは運がいいわね。グリフにちゃんと仕事をさせてあげて、それからシェルビーに挨拶してちょうだい、お母さん」

「シェルビーですって？　シェルビー！　まあ！」

ミズ・ビッツィーは赤毛の女性に駆け寄ってぎゅっと抱きしめた。シェルビーか、いい名前だ。目下一番好きな名前になったぞ。

次の瞬間、その名前が記憶と結びついた。シェルビー――シェルビー・アン・ポメロイは――ミズ・ビッツィーが歓声をあげながらまたぎゅっと抱きしめているのは、友人のフォレストの妹だ。

それに、ぼくが恋に落ちたミズ・ヴィオラの孫娘でもある。

シェルビーにぼうっとなるのを数秒やめれば、ミズ・ヴィの若かりしころの姿を思い浮かべられるはずだ。たぶん、エイダ・メイも二十数年前はこんな風貌だったのだろう。

ミズ・ヴィの孫娘か。例の未亡人だな。

どうりで悲しげな目をしているはずだ。

グリフはミズ・ビッツィーのようにシェルビーを抱きしめたいと思った自分に罪悪感を抱いた。だが、彼女の夫が亡くなったのは、自分のせいじゃない。

「昨日は故郷に戻ってきたあなたを迎えられなくて、本当にごめんなさい。でも、ヘンリーとわたしは夫のいとこのお嬢さんの結婚式に出席するためにメンフィスへ行かなければならなかったの。わたしはそのいとこのことを好きでもないのに。メンフィスの弁護士と結婚したからってお高くとまったいやな女なのよ。だけど、結婚式やピーボディ・ホテルで行われた披露宴はすてきだったわ」

「お母さん、シェルビーにひと息つく間を与えてあげてちょうだい」

「あら、ごめんなさい！　ついしゃべりすぎちゃったわ。あなたに会えたのがとってもうれしくて。グリフ、エマ・ケイトとシェルビーは大の仲良しで、いつも一緒だったのよ。一歳になる前から……」

そこでミズ・ビッツィーはシェルビーが故郷に戻ってきた理由を思いだしたようだ。

「ああ、シェルビー。本当にお気の毒だったわね。まだ若いのにそんな悲劇に見舞われるなんて。今は元気なの？」

「ええ、故郷に戻ってきてよかったです」

「故郷ほどすばらしい場所はないものね。今、この家はリフォームの真っ最中で、ちゃんとおもてなしすることもできないの。あなたは痩せすぎだわ、シェルビー。ニューヨークのモデル以上に痩せてるもの。昔からモデルになれそうなほど背が高かったわね。エマ・ケイト、コーラはあったかしら。シェルビー、あなたは昔からコーラが好きだったわよね？」

「ええ、でも、どうぞおかまいなく。新しいキャビネットは本当にすてきですね、ミズ・ビッツィー。清潔でさわやかな色が、ブルーグレーの壁によく映えているわ」

その瞬間、グリフはシェルビーが未亡人であろうがなかろうがキスしたくなった。どこもかしこも。

「まあ、グリフにもまったく同じことを言われたわ。清潔でさわやかなキッチンだって。本当にそう思う――」

「お母さん、まだシェルビーのことを紹介してないわよ。シェルビー、彼はわたしの恋人のパートナーで、グリフィン・ロットよ。グリフ、彼女はシェルビーよ――たしか名字はフォックスワースだったわよね？」

「ええ」シェルビーがその美しい瞳をグリフに向けると、彼はどきっとした。「初めまして」

「やあ。実はきみのお兄さんとは友人なんだ」

「どっちの兄かしら」

「両方とも友達だけど、特に親しいのはフォレストだよ。それから、最初に言わせてもらうと、ぼくはきみのおばあさんのとりこだ。なんとかジャクソンから奪いとって、タヒチに駆け落ちしようと思ってる」

シェルビーの美しい唇がほころび、悲しげな瞳がほんの少し輝いた。「あなたがそう思っても責められないわ」

「グリフはトリップルホーン家の昔の家に住んでいて――」エマ・ケイトが説明した。

「あそこを改築中なの」

「そうやって奇跡を起こすの？」

「ああ、道具を使ってね。ぜひ今度見に来てくれ。改築は順調に進んでるから」

シェルビーはグリフに微笑んだが、今回は悲しげな大きな瞳に笑みは浮かんでいなかった。「あなたは優秀な大工なのね。さて、わたしはそろそろ行かないと。祖母のサロンに予約を入れてるの」

「シェルビー、うちのリフォームが終わったら、また来てちょうだい。今度はゆっくりおしゃべりしましょう」ミズ・ビッツィーがシェルビーのまわりをそわそわとうろついた。「昔みたいに、ここに出入りしてほしいわ。わが家ではあなたは家族も同然なんだから」

「ありがとうございます、ミズ・ビッツィー。会えてうれしかったわ」グリフにそう告げると、シェルビーは踵を返した。

「玄関まで送るわ」エマ・ケイトが買い物袋を母親に押しつけた。「冷肉の薄切りとチーズ、出来合いのサラダ、それにお総菜をたっぷり買ってきたわ。これで新しいコンロがとりつけられるまで、料理する必要はないわよ。じゃあ、すぐに戻るわね」

玄関にたどり着くまで、エマ・ケイトはひと言も発しなかった。「あなたのおばあさんによろしく伝えて」ドアを開けながら、ようやく口を開いた。

「ええ」シェルビーは外に出ると、振り向いた。ビッツィーにあたたかく迎えられただけに、エマ・ケイトのよそよそしい態度が悲しかった。「あなたにはどうしても許してもらわなければならないわ」

「どうして?」

「だって、あなたはわたしにとって一番大事な親友だから」

「それは過去のことよ。人は変わるわ」エマ・ケイトはシャギーが入った髪を振り払い、パーカーのポケットに両手を突っこんだ。「シェルビー、あなたはとてもつらい目に遭ったし、心から気の毒だと思うけど――」

「どうかわたしを許してちょうだい」シェルビーのプライドはこの場から立ち去ることを求めたが、エマ・ケイトへの愛情がそれを許さなかった。「わたしはあなたの友情にきちんとこたえてこなかったし、あなたに対しても誠実じゃなかった。本当にごめんなさい。そのことはこれからもずっと申し訳なく思うわ。でも、どうしても許してもらいたいの。わたしが台無しにする前の友情を思いだして、どうかわたしを許してちょうだい。せめて今までどうしていたか、今はどうしているのか教えて。せめてそれだけは」

エマ・ケイトが思案するようにダークブラウンの瞳でしげしげとシェルビーの顔を見つめた。「ひとつ教えて。どうしてわたしの祖父が亡くなったとき、戻ってきてくれなかったの？　祖父はあなたをとてもかわいがっていたのに。あのとき、わたしにはあなたが必要だったのよ」

「帰ってきたかったけど、できなかったの」

エマ・ケイトはゆっくりとかぶりを振って、あとずさった。「だめよ。そんな説明じゃ不充分だわ。どうして大事なことだと知りながら帰ってこられなかったの？　なぜそれで充分だと言わんばかりに花とカードだけ送ってよこしたの？　せめてこのことだけでも本当のことを教えて」

「夫がだめだと言ったからよ」シェルビーは羞恥心で顔が真っ赤になり、胸も熱くなった。「夫に反対され、わたしには彼に逆らって帰郷するお金も勇気もなかったからよ」

「あなたは昔から勇気があったわ」

シェルビーはまたいとこのヴォニーのように勇気があった少女時代の自分を思いだした。うっすらとした記憶だったが。

「どうやら勇気を使い果たしちゃったみたい。ここに踏みとどまって、あなたに許しを請うためですら、残っていた勇気を振り絞らなければならなかったわ」

エマ・ケイトが長々と息を吸った。「〈ブートレガー・バー&グリル〉を覚えてる?」

「もちろん覚えてるわ」

「明日そこで会いましょう。わたしは七時半なら都合がいいわ。そこで、この件について話しあいましょう」

「わたしは母がキャリーの面倒を見てくれるか確認しないと」

「そうだったわね」エマ・ケイトの声がまた冷ややかになった。霧雨よりも冷たい響きだ。「キャリーというのがあなたのお嬢さんなのね。わたしは一度も会ったことがないけれど」

その言葉によって、シェルビーは羞恥心と罪悪感にいっそうさいなまれた。「わたしには謝り続けることしかできないわ。あなたが満足するまで、何度でも」

「じゃあ、七時半にね。来られたらあなたも来てちょうだい」

エマ・ケイトは家に入ると、玄関のドアにもたれてしばし涙を流した。


エマ・ケイトが母親を買い物に連れだしてくれたおかげで、グリフは無事に最後のキャビネットを設置することができた。そこで休憩をとり、ゲータレードをボトルから直接飲みながら、リフォームの進捗状況を眺めた。

新しいキッチンが完成すれば、優柔不断の女王だって何もかも気に入るはずだ。それに、清潔でさわやかな雰囲気になるだろう――あの赤毛の女性が言ったとおり。

さっきは妙な雰囲気だったな。ミズ・ビッツィーはエマ・ケイトとシェルビーが一歳になる前から仲良しだったと語っていたが、エマ・ケイトはいつになくぎこちない態度で冷たい空気を漂わせ、赤毛の女性も悲しげで気まずそうだった。

いわゆる女同士のけんかだろうか。女きょうだいがいるグリフは、女友達のけんかが深刻化して長引くことがあると知っていた。こうなったら、エマ・ケイトをつついてみるしかない。うまく探りを入れれば、彼女も心を開き、ぽろりと真相をもらすだろう。

グリフはふたりのあいだに何があったのか知りたかった。

ほかにも知りたいことがある。未亡人をデートに誘うには、あとどのくらい待つのが妥当なんだろう。

そんなことを考えるなんて自分を恥じるべきかもしれないが、どうしてもそうは思えない。女性をひと目見たとたん、あれほど強く反応したのは……生まれて初めてだった。これまで女性に関心がなかったわけでもなく、むしろ女性が大好きなのに。

グリフはゲータレードを置き、上段のキャビネットにとりかかることにした。どうせマットはシンクの修理で今日は一日戻ってこないだろう。いや、シンクだけじゃないと、脚立を引き寄せながら思った。きっとおしゃべりにもつきあっているはずだ。ランデヴー・リッジではたっぷりしゃべらないと、何事も片づかない。

そしてアイスティーがふるまわれ、質問攻めに遭い、たびたび長い休憩で作業が中断する。

もうそういうことにも慣れてきたし、今ではこののんびりしたペースを楽しみ、小さな田舎町の雰囲気をすっかり気に入っている。

マットがエマ・ケイトとテネシーに移住すると決めたときは、グリフも決断しなければならなかった。その場にとどまるか、一緒に行くか。新しいパートナーを見つけるか、ひとりでこの仕事を続けるか。あるいは、思いきって新天地に引っ越し、新たな人々に囲まれながら一からやり直すか。

グリフは思いきってその道を選んだことを悔やんでいなかった。

そのとき、玄関のドアが開く音がした。それに慣れるのにもしばらくかかった。ランデヴー・リッジの住民はめったに玄関扉に鍵をかけないのだ。

「シンクを新しくつくり直さなきゃならなかったんじゃないのか?」グリフは大声で呼びかけてから、ひとつ目の上段のキャビネットのねじを電動ドリルで締めた。

「ミズ・ヴィからほかにもいろいろ頼まれたんだよ。おっ、こっちも順調に進んでるな。すごいじゃないか」

グリフはうなり声をもらし、脚立からおりてキャビネットをじっくり眺めた。「今日のキーワードは〝優柔不断〟だ。国内のすべての辞書にビッツィー・アディソンのイラスト入りで定義が載っていそうだよ」

「彼女は一度決めたことを貫くのがちょっと苦手だからな」

マットは物事を控えめに言い表す才能がある。

「ぼくはミズ・ビッツィーがどうやって毎朝ベッドから起きあがる決断をくだしているのかさえわからない。きみの恋人がもっと早くやってきて母親を連れだしてくれていれば、もっと作業が進んでたはずだ。ミズ・ビッツィーはこの白が白すぎると言いだし、カウンタートップの選択を誤ったと考えているよ。それに、ペンキの色も失敗したと。汚れどめのパネルは言うまでもなく」

「どれも今さら心変わりしても遅すぎる」

「じゃあ、彼女にそう言い聞かせてくれよ」

「でも、彼女を愛さずにはいられないだろう」

「そうだな。だけど、マット、今後三日間ミズ・ビッツィーを箱かなんかに閉じこめておけないかな？」

マットはにやにやしながら薄地のジャケットを脱いで脇に放った。

すらりと背が高いグリフに対し、マットはがっしりとして筋肉質だった。マットが黒髪を短く刈りこんでいる一方、グリフは襟足が長く少しカールしている。角張った顎のマットは必ずきちんとひげをそっているが、細面のグリフは無精ひげを生やすことが多かった。

マットはチェスをやり、ワインを楽しむ。

一方、グリフが好きなのは、ポーカーとビールだった。

そんなふたりが兄弟のように親しい間柄になってもう十年近くなる。

「サブマリン・サンドイッチを買ってきてやったぞ」マットが言った。

「中身はなんだ？」

「おまえ好みのとびきりスパイシーなやつだ。胃の内壁が火傷（やけど）しそうなやつだよ」

「よし」

「もう二、三個キャビネットをとりつけたら、休憩しないか？　ちょっとだけ。ミズ・ビッツィーが工事を邪魔しないよう、エマ・ケイトがいつまで彼女を引きとめておけるかわからないからな」

「ああ、そうしよう」

ふたりして作業にとりかかると、グリフは例の件を探ってみることにした。

「さっきミズ・ヴィの孫娘が立ち寄ったんだ。つい最近ランデヴー・リッジに戻ってきた女性だよ。例の未亡人だ」

「ふうん。ダウンタウンで彼女の噂を聞いたよ。どんな女性だった？」

「心臓がとまりそうなほど美人だった。今のは冗談じゃないぞ」マットから横目で見られて、グリフはそう言い足した。「彼女は髪の色を母親やミズ・ヴィから受け継いでいた。ペンキ屋が使うような色だったよ」

「赤褐色か」

「そう、それだ。髪は長くてカールしてた。瞳の色も母親や祖母譲りで、紫に近いダークブルーだった。まさに詩人が詩に書きそうな女性で、悲しげな目をしていたよ」

「たしか、クリスマスの直後にご主人が亡くなったんじゃないかな。幸せなはずのホリデーシーズンだったのに」

それから約三カ月か、とグリフは思った。デートに誘うには早すぎるよな。

「で、彼女とエマ・ケイトはどうなってるんだ？　水準器を確かめてくれ」

「どうなってるってどういうことだ？　そっちの端をほんの少し持ちあげてくれ。そこでとめろ。完璧だ」

「ミズ・ビッツィーはふたりが大親友だったと――いや、今でもそうだと――話していたが、ふたりの様子からはまったくそうは見えなかった。エマ・ケイトの口からシェルビーのことを聞いた覚えもない」

「ぼくは何も知らないよ」マットはグリフがねじを置くと言った。「その未亡人が結婚して故郷を離れたことが原因なんじゃないか？」

「いや、それだけじゃないはずだ」電動ドリルも必要か思案しつつ、グリフはふたたび探りを入れた。マットは人間関係に関しては、もともとあまり細かいことに注意を払わないタイプだ。「結婚して引っ越す人なんて大勢いる」

「じゃあ、なんとなく連絡が途絶えたんじゃないか」マットは肩をすくめた。「エマ・ケイトはシェルビーのことを二、三度口にしたが、あまり多くは語らなかった」

グリフはかぶりを振った。「マット、女性に関するおまえの知識は微々たるものだな。女性が何かの話題を持ちだしながら、それについてあまり語らないときは、決まって話したいことが山ほどあるんだよ」

「だったら、なぜ話さないんだ？」

「話の糸口やタイミングを探っているからさ。フォレストもシェルビーのことをほとんど話さなかったが、あいつは隠しごとができるタイプだ。だから、あいつには話の糸口を与えようなんて思ったことはない」

「シェルビーが心臓がとまりそうなほど美人だと知る前は、だろう」

「まあな」

マットはまた水準器を使って念入りに確認すると、次のキャビネットにとりかかった。

「友人の妹でもある、子持ちの未亡人にアプローチするのはやめておいたほうがいい」

グリフは無言で微笑み、ふたりでふたつ目のキャビネットを設置した。「おまえこそ、誰かとつきあう暇なんかないと言い続けた小生意気な南部女性に言い寄るのは、やめておくべきなんじゃないか」

「ぼくはもう彼女を口説き落としたぞ」

「そして、それは人生で最善の出来事なんだろう。だったら、わかるよな?」

「ああ」

グリフは二番目のキャビネットを一番目と連結させた。「エマ・ケイトにどうなってるのかきいてみるべきだ」

「なんでだ？」

「赤毛の女性を玄関まで見送ったあと、エマ・ケイトも悲しそうな目をしていたからさ。それまではちょっと怒ってたのに、シェルビーを送りだしたあとは悲しそうだった」

「それは本当か？」

「ああ。だから、彼女にきいてみたほうがいい」

「なんでぼくがエマ・ケイトにそんなことを尋ねなきゃいけない？　どうしてそんなふうにことを荒立てるんだ？」

「マット、何か事情があるんだよ。ことを荒立てて本音を吐きださせない限り、エマ・ケイトはずっと怒ってるか悲しんでるままだぞ」

「そんなに知りたいなら、おまえがきけばいいじゃないか」

「この意気地なしめ」

「こんなことで意気地なし呼ばわりされるのか？　ああ、どうせそうだよ、だからって自分を恥じてはいない」マットは水準器を確認した。「よし、ぴったりだ。なかなかの腕前だな」

「それに、ぼくらは修理も手がける」

「そうだな。残りのキャビネットもとりつけて、サンドイッチを食べよう」

「賛成だ、ブラザー」

ヴィオラはおもしろ半分に妹やその友人の髪形を雑誌に載っているようにアレンジしたのがきっかけで、美容に興味を持った。本人いわく、最初にハサミを――そして、曾祖母の西洋カミソリを――使って妹のエヴァリンの髪をカットしたとき、美容師のミズ・ブレンダが〈ブレンダズ・ビューティー・サロン〉で高い料金を請求するカットとほとんどできばえが変わらなかったため、己の才能を自覚したらしい。

当時十二歳だったヴィオラは、それ以来家族全員の髪をカットして、何か特別な機会には友人や自分の母親の髪をアレンジするようになった。

第一子を身ごもりながらミズ・ブレンダの店で働いていたときは、ジャクソンと結婚生活を始めたトレーラーハウスの狭いキッチンでも副業を行っていた。十七歳の誕生日の四カ月前、グレーディーが誕生すると、マニキュアも手がけるようになり、ジャクソンのおじのボビーから借りた寝室が二部屋ある一軒家で働きだした。

グレーディーのすぐあとに第二子が誕生した当時、ヴィオラは母親に赤ちゃんを預けて美容学校に通っていた。

ヴィオラ・マクニー・ドナヒューは根っからの野心家で、夫にも同様に仕事に励むよう発破をかけた。

二十歳になるころには三人の子供をもうけていたが、一度流産して心に決して癒えない傷も負っていた。人妻のブレンダがメアリーヴィルのギタリストと駆け落ちすると、ヴィオラは彼女から店を買いとって自分のサロンを開いた。

そのせいでヴィオラとジャクソンは借金を抱えることとなった。だが、神様が養ってくださると牧師に言われても、彼女は納得せず、神は汗水たらして働く者を気にかけてくださるはずだと信じた。

ヴィオラは文字どおり汗だくになって働き、一日十八時間以上立ちっぱなしで施術することも多かった。ジャクソンも〈フェスターズ・ガレージ〉で長時間、一生懸命働いた。

ヴィオラは四人目の子供を出産し、働きながら徐々に借金を返済していったが、ジャクソンが自動車修理と牽引サービスの事業を立ちあげたため、ふたたび借金を背負うことになった。郡で一番の自動車整備工だったジャクソン・ドナヒューは、それまでフェスターが週に五日正午まで飲んだくれているあいだに〈フェスターズ・ガレージ〉の仕事の大半をこなしていた。

それぞれ自分のビジネスを立ちあげたヴィオラとジャクソンは、四人の子供を育て、いい住まいも購入した。ヴィオラがこっそり貯めていたへそくりで古い織物を買ってペディキュア用のすてきな布張りの椅子を三脚用意し、店を拡張すると、地元はその話題で持ちきりになった。

商売は順調だったが、もっと顧客を増やしたければ、その方法を見つける必要があった。ランデヴー・リッジのあちらこちらで見かける観光客は、ガットリンバーグやメアリーヴィルよりも静かなこの町に昔ながらの風情や物価の安さ、風光明媚(ふうこうめいび)な景色を求めている。

観光客はハイキングや釣りやキャンプをしに来るが、なかにはランデヴー・ホテルに宿泊して急流下りを楽しむ人もいる。そして、休暇中の人は財布の紐がゆるく、いくぶん贅沢をする傾向があった。

それを考慮したうえでヴィオラはまた思いきって店を拡張し、それを数回繰り返した。

地元民はヴィオラの店を〝ヴィの店〟と呼ぶが、観光客が足を踏み入れるのは〈ヴィオラズ・ハーモニー・ハウス・サロン&デイ・スパ〉だ。

彼女はその名前を気に入っていた。

最新の――そしてヴィオラいわく最後の――拡張工事により、リラクゼーション・ルームという高級な呼び名の待合室が加わった。彼女自身は鮮やかな原色が好みだが、リラクゼーション・ルームは淡い色を基調とし、ガスの暖炉を設置して電気機器を排除し、ふかふかのクッションの椅子を並べ、地元で生産された特別なお茶やミネラルウォーター、店のロゴが刺繍（ししゅう）されたビロードのローブを提供している。

その最新の――そして最後の――拡張工事は、シェルビーがアトランタからフィラデルフィアに引っ越したころに行われたので、彼女はまだ完成したリラクゼーション・ルームを見たことがなかった。

シェルビーは祖母の案内でロッカーがある更衣室を通り抜け、ラベンダーの香りがふんわり漂うリラクゼーション・ルームを目にしても驚かなかった。

「おばあちゃん、なんてすてきな部屋なの」

見知らぬふたりの女性がベージュの椅子に座ってファッション誌のページをめくっていたため、シェルビーは声をひそめて言った。

「ジャスミンティーを試しに飲んでみて。このランデヴー・リッジで生産されたお茶なの。じゃあ、ヴォニーが迎えに来るまでここでくつろいでちょうだい」

「ここは今までに行ったどのスパにも引けをとらないわ。ううん、それ以上にすばらしい」

さまざまなアメニティが用意されていた。浅い皿に盛られたひまわりの種、木のボウルに入った青リンゴ。透明なピッチャーの水にはレモンやキュウリのスライスが入っている。すてきなこぶりのカップと紅茶のポット。

「すばらしいのはおばあちゃんね」

「ただ考えているだけじゃ、アイデアがあっても意味がないわ。ヴォニーにマッサージをしてもらったら、わたしのところに来てちょうだい」

「わかったわ。あの……お母さんに連絡してもらえる？　キャリーがちゃんといい子にしてるか確かめたいの」

「何も心配はいらないわ」

　言うはやすしよ――胸のうちでそうつぶやくと、ヴォニーがやってきた。背丈が百六十センチ前後の小柄な彼女の指示で、シェルビーは穏やかな音楽が流れる薄暗い部屋のあたたかいベッドに横たわった。

「シェルビー、三階建ての家の土台に使えそうなほど肩が凝ってるわよ。さあ、深呼吸して。はい、もう一度。そう、その調子。じゃあ、肩の力を抜いて」

　シェルビーはその指示にしたがい、やがて自然と体から力が抜け、うとうとし始めた。

「今の気分はどう？」

「えっ？」

「いい返事だわ。さあ、ゆっくり起きあがってちょうだい。小さい電気をつけて、あなたの脚を覆っているローブを引きあげるわ」

「ありがとう、ヴォニー」

「あなたは来週も予約を入れたほうがいいとミズ・ヴィに伝えておくわ。完全にその凝りをもみほぐすには数回かかりそうよ、シェルビー」

「もうほぐれた気がするわ」

「それはよかったわ。でも、あわてて起きあがらないでね。わたしはミネラルウォーターをとってくるわ。あなたは大量に水分をとったほうがいいから」

シェルビーは水を飲んで普段着に着替えると、サロンに向かった。

ヘアサロン用の六脚の椅子のうち四脚と、ペディキュア用の四脚の椅子のうち二脚が埋まっていた。シェルビーはマニキュアを塗ってもらっているふたりの女性を見て、自分の爪にちらっと目をやった。クリスマスの直前からずっとマニキュアなんて塗っていない。

静かな憩いの場であるリラクゼーション・ルームとは対照的に、サロンにはにぎやかな話し声や、フットバスのぶくぶくいう水音、ドライヤーの音が響いていた。シェルビーは五人から――美容師三人と客ふたりから――呼びかけられてちょっとおしゃべりし、お悔やみの言葉や歓迎の言葉にお礼を告げたのち、祖母を見つけた。

「完璧なタイミングよ。わたしはたった今ドリー・ウォバックのハイライトを終えたところで、次の予約がキャンセルになったから、あなたにフェイシャルエステをやってあげる時間ができたわ。さあ、またローブを着てらっしゃい」

「えっ、でも――」

「キャリーなら大丈夫よ。チェルシーとおめかししてティーパーティーをやってるから。エイダ・メイはすっかり意気投合したふたりを見て、あなたとエマ・ケイトを思いだしたと言っていたわ」

「それはよかったわ」シェルビーは幼なじみの冷ややかなまなざしのことは考えまいとした。

「エイダ・メイは二、三時間後にキャリーを連れて帰るそうよ。だから、あなたにフェイシャルエステをしたあと、おしゃべりする時間ができたわ」ヴィオラがうなずいた拍子に正面の窓からさしこんだ日の光があたり、赤毛が金色に輝いた。「ヴォニーのおかげで少し凝りがほぐれたようね」

「ええ、すばらしいマッサージだったわ。すっかり忘れてたけど、ヴォニーってあんなに小柄だったのね」

「母親に似たのよ」

「ヴォニーは小柄かもしれないけど、両手はとても力強かったわ。でも、チップを受けとってくれなかったの、おばあちゃん。もうお母さんからもらってるし、わたしは家族の一員だからって」

「じゃあ、チップの代わりに、あなたの時間を一時間わたしにちょうだい。さあ、ローブを着てらっしゃい。フェイシャルエステはさっきと同じ場所で行うわ。一番の部屋で。さあ、行きなさい！」

シェルビーは言われたとおりにした。キャリーには友達をつくってほしいもの。一緒に過ごしたり遊んだりする友達を。それが健全だし、そうあるべきだわ。それに、祖母のサロンで丸一日過ごしてるからって、そんなにやきもきするのはばかげてる。

「あなたにぴったりのメニューがあるわ」シェルビーがマッサージ室に入ると、ヴィオラは言った。「エナジャイジング・フェイシャルエステといって、あなたやあなたの肌にエネルギーを与えてくれるの。そこのフックにローブをかけたら、ここに横たわってちょうだい、シーツでくるむから」

「これも新しいわね。部屋じゃなくて、この椅子とか設備の一部が」

「他店と張りあうには、最新設備にしていかないとね」クロップドパンツに鮮やかなオレンジ色のTシャツという格好のヴィオラはエプロンをつけて紐を結んだ。「隣の部屋にはしわに効く電気パルスの美容機器があるのよ」

「本当に？」シェルビーはリクライニングシートのシーツの下にもぐりこんだ。

「この店でその使い方を訓練した美容師は、まだわたしとエイダ・メイのたったふたりだけど、メイベリンが――あなたもメイベリンを覚えてるでしょ？」

「ええ。彼女はずっと前からおばあちゃんの店で働いてるわね」

「もう何年になるかしらね。今ではお嬢さんもここで働いてるの。ロリリーは母親に似てマニキュアが得意なのよ。メイベリンは今その最新の美容機器の訓練を受けてるから、そのうちわたしたち三人が施術できることになるわ。もっとも、あなたはまだ当分しわの心配とは無縁でしょうけど」ヴィオラはシーツの上に軽い羽根ぶとんをかけたあと、シェルビーの髪を後ろでひとつにまとめた。「でも、まずはチェックしましょう。肌がちょっと乾燥してるわ、シェルビー。ストレスのせいね」

ヴィオラはクレンジングから始めた。シェルビーの顔に触れるその手は、子供の手のように柔らかかった。

「女性には、母親には言えなくても祖母になら打ち明けられる秘密があるものよ。おばあちゃんはいわば安全地帯だから。あなたは問題を抱えてるけど、それは胸が張り裂けそうな悲しみじゃない。そういうつらさは見ればわかるわ」

「もうリチャードのことは愛してないの」祖母の両手が顔に触れている今、こうしてまぶたを閉じていれば、はっきりと口にすることができる。「もしかしたら、最初から本当に愛してはいなかったのかもしれない。リチャードがわたしを愛していなかったことは、もうわかっているの。その事実を受けとめるのはつらかったし、あたたかい家庭を築けないまま彼が亡くなったことはすごく悲しいわ」

「あなたは若すぎたのよ」

「でも、結婚した年齢はおばあちゃんが結婚したときより上よ」

「わたしはとても運がよかったのよ。それに、あなたのおじいさんもね」

「わたしはいい妻だったわ、おばあちゃん。それは真実だから、胸を張ってそう言える。それにキャリーが――リチャードとのあいだにキャリーが生まれたことも幸せだった。本当はもうひとり産みたかったの。結婚生活がうまくいってないのに、もうひとり子供がほしいと願うなんて間違ってるのかもしれないけど、たぶん結婚生活ってそういうものだから、第二子を望んでもかまわないと思ったわ。もうひとり愛するわが子を授かれば、結婚生活もうまくいくだろうと。わたしは無性にもうひとりの子供がほしくてたまらなかったの」

「そういう気持ちは理解できるわ」

「リチャードはかまわないと言ってくれたわ。キャリーに弟か妹ができるのはいいことだって。でも、なかなか妊娠しなかったの。一度目はあんなにもあっさりと授かったのに。わたしは何度も病院で検査を受け、彼も検査したと言っていたわ」

「言っていた？」ヴィオラはシェルビーの肌に優しくピーリングを施しながら、きき返した。

「そ……その後、リチャードの私文書やファイルに目を通さなければならなかったの。膨大な量だったわ」

弁護士や会計士、税務署の職員、債権者からの書類。請求書に負債。

「そのときに病院の領収書か請求書のようなものを見つけたの。リチャードはその手のものを何もかも保管してたのよ。その領収書はキャリーが生まれた数週間後の日付で、当時わたしは娘を連れて初めての里帰りをしていたわ。リチャードは出張に行くと言っていた。彼はわたしたちが里帰りできるよう気を利かせて全部手配してくれたの。自家用飛行機やリムジンの送迎まで。だけど自分は、実はニューヨークの病院に行って精管切除手術を受けてたの」

ヴィオラは手をとめた。「彼はパイプカットしたのに、妊娠できるとあなたに思わせてたの?」

「そのことに関しては、リチャードを決して許せないわ。ほかにもいろいろあるけど、それだけは絶対に許せない」

「リチャードにはもうひとり赤ちゃんがほしいかどうか決める権利があるけど、あなたにそんな手術を受けたことを黙っている権利はないわ。なんてひどい嘘かしら。そんな嘘をついて平然としていられるなんて、何かが欠けてるとしか思えない」

「リチャードはたくさんの嘘をついていたの。彼が亡くなったあと、それがわかったわ、おばあちゃん」そのせいで胸にぽっかりあいた穴は、決して埋まることはないだろう。「わたしはなんてばかだったのかしら。まるで赤の他人と暮らしていた気分よ。

それに、どうしてリチャードがわたしと結婚して一緒に暮らしたのか、まったくわからないの」

さまざまな思いが胸に渦巻いていたが、ヴィオラは優しい手つきでシェルビーの顔に触れながら、穏やかな口調で言った。「あなたはきれいよ、シェルビー・アン。それにいい妻だったんでしょう。夫を信頼していたからって、自分を卑下することはないわ。彼はほかにどんな嘘をついていたの？　不倫してたとか？」

「確実なことはわからないし、今さら尋ねることもできないけれど、答えはイエスよ。見つかった私文書の内容からして、複数の浮気相手がいたと思わざるをえないわ。でも、そんなことはどうだっていいの。リチャードはわたしとキャリーを置いて何度も旅行してたけど、浮気相手が何人いたって気にしないわ。数週間前、念のため病院に行って検査したら……性病はうつされてなかったから。リチャードは浮気しても用心深かったのよ。だったら、彼が百人の女性と寝たとしてもかまわないわ」

肌細胞を活性化させるパックを顔に塗ってもらいながら、シェルビーは勇気を振り絞った。

「実は、お金のことなの、おばあちゃん。リチャードはお金に関して嘘をついてたのよ。わたしはこれまでお金については気にしたことが一度もなかった。お金のことはぼくにまかせて、きみは家事やキャリーの子育てに専念すればいいと言われていたから。リチャードは……声を荒らげたり手をあげたりせずに、そういう言葉で打ちのめしたの」

「激しい怒りをぶつけられるより、冷ややかにはねつけられるほうが、深く傷つくことがあるわ」

シェルビーは慰められながら、祖母の瞳をじっと見つめた。「わたしはリチャードに怯えていたの。こんなこと認めたくないし、どうしてそうなったのかもわからない。でも、今思い返すと、はっきりとわかるの。リチャードがお金のことをきかれるのをいやがっていたから、あえて尋ねなかったんだと。わたしたちは裕福に暮らしていて——服や家具やレストランや旅行に大金を費やしていた。だけど、彼はそのことでも嘘をつき、詐欺のようなことをしていたの。それに関しては、いまだに全容を把握できていないんだけど」

シェルビーはふたたび目を閉じた。今度は羞恥心ではなく疲労のせいで。祖母が相手だと羞恥心を抱かずにすむ。「リチャードはすべてクレジットカードで購入していたの。フィラデルフィアの自宅にいたっては、去年の夏に購入したのにローンの頭金すら払い終えていなかった。あの家を買うことは、引っ越す直前の十一月になって初めて知らされたの。自宅のほかには車やクレジットカードの支払い、分割払いの請求——彼がアトランタで返済していない借金、未納の税金」

「リチャードはあなたに借金を残したの？」

「わたしはこれまでずっとその負債を整理したり返済プランを立てたりしていたの。この数週間でたくさんのものを売却したわ。家にも買い手がついて、うまくいけば負債が大幅に減るはずよ」

「リチャードがあなたに残した借金はいくらなの？」

「現時点でってこと？」シェルビーはまぶたを開けて、祖母の瞳をじっと見つめた。

「百九十九万六千ドルと八十九セントよ」

「まあ」ヴィオラは思わず息をのみ、ゆっくりと吐きだした。「まあ、なんてこと、シェルビー・アン、途方もない額じゃないの」

「屋敷が売れれば、それでかなり減るわ。買い手は百八十万ドル出すと言ってるから。住宅ローンはそれにプラス十五万ドルだけど、このショート・セールで勘弁してもらったの。当初の借金は三百万ドルで、弁護士や会計士に報酬も払わなければならなかったのよ」

「じゃあ、一月からこれまでのあいだにもう百万ドルを返したの？」ヴィオラはかぶりを振った。「たいしたガレージセールを行ったのね」

7

マッサージと、肌細胞を活性化させるフェイシャルエステを受けて帰宅すると、幼い娘がうれしそうにおしゃべりしていて、シェルビーは気分が明るくなった。

だが、気分が軽くなった一番の要因は、祖母に真実を打ち明けたことだ。祖母には包み隠さずすべてを話した――貸金庫を見つけたことや、その中身。あの私立探偵のこと、借金返済のための帳簿つけ、至急仕事を見つけなければならないことを。

キャリーに夕食を食べさせて、お風呂に入れて寝かしつけたころには、チェルシーについて知らないことはないくらい詳しくなり、できるだけ早く彼女を家に招待すると約束していた。

ふたたび階下におりると、父が大のお気に入りのリクライニングチェアに身を預け、新しいテレビでバスケットボールの試合を観ていた。母はソファでかぎ針編みをしていた。

「キャリーはもう寝た?」

「絵本を読んであげてたら、途中で電気がぱっと消えるみたいに眠ったわ。お母さんのおかげで、今日はくたくたになったのね」

「本当に楽しかったわ。あの子たちったら池で泳ぐオタマジャクシみたいに一時もじっとしていないの。スザンナと話したんだけど、わたしたちが交代でチェルシーとキャリーを預かったらどうかしら。トレイシーの電話番号を教えてもらって、キッチンのボードに張っておいたわ。あなたからチェルシーのお母さんに電話して、仲良くなったら?」

「ええ、そうするわ。お母さんのおかげでキャリーは今日、とても楽しかったみたい。実は、ひとつ頼みごとがあるの」

「なんでも言ってちょうだい」

「今日ばったりエマ・ケイトに会ったの」

「ええ、聞いたわ」エイダ・メイは毛糸を編み続けながら顔をあげてにっこりした。

「ここはランデヴー・リッジよ、シェルビー。もし何かあった十分後にその噂を耳にしなければ、あなたのお父さんに聴力検査をしてもらわないといけないわ。ハティ・マンソンが——あなたもビッツィーのお向かいさんを覚えてるでしょう。あのふたりはしょっちゅう反目しているの。今のけんかの種は、キッチンをリフォームすることにしたビッツィーが、新しい家電に関してハティの助言を受け入れなかったことよ。

ハティの息子さんがLG社に勤めてるのに、ビッツィーがメイタグ社の製品を購入したから、ハティはそれを個人的な侮辱と受けとったの。もっとも、ハティ・マンソンは自宅のキッチンでくしゃみをしても、お大事にと声をかけられなければ、侮辱されたと思いこむような人だけど」

シェルビーはソファの肘掛けに腰かけながら、噂話をする母親や、野球選手やレフリーやコーチにヤジを飛ばす父親を見て微笑んだ。

「つまり、反目していても、どんなことも見逃さないハティは、あなたがビッツィーの家の前でエマ・ケイトと鉢合わせしてなかに入るのを目撃したのよ。ところで、キッチンのリフォームはどんな様子なの？　もう一週間以上見に行ってないけど」

「キャビネットをとりつけてたわ。すてきなキャビネットを」

「エマ・ケイトの恋人のマットとグリフでしょう。ふたりとも魅力的よね。そのうえ仕事ぶりも優秀だわ。わたしはあなたの古い部屋をリフォームして主寝室の隣にバスルームをつくってもらうつもりよ」

「ちょっと待ってくれ、エイダ・メイ」クレイトンがバスルームのことを聞きつけ、試合から一瞬注意をそらした。

「やると言ったらやるわよ、クレイトン、だからあなたも賛成したほうがいいわ。グリフの話では、壁を撤去すれば、主寝室の続き部屋にスパみたいなバスルームができるんですって。わたしはもういろんな雑誌に目を通してアイデアをふくらませているわ。それに、グリフが水回りの器具だけを載せたカタログを何冊も持ってるの。そこにはこれまでに見たことがないようなものもあったわ。彼は自らバスルーム付きの寝室を自宅につくったの。トリップルホーンの古い家に見せてもらいに行ったら、まるで雑誌に載っているような部屋だった。もっとも、グリフはいまだに寝室の床に敷いたエアマットレスで寝てるけど。彼はつい最近キッチンも完成させたの。うらやましくてたまらないくらいすてきなキッチンだったわ」

「だめだ、そんなこと考えるんじゃない、エイダ・メイ」

「わたしはわが家のキッチンに満足しているわ」エイダ・メイはクレイトンにそうこたえてから、シェルビーに向かってにっこり微笑み、〝今はね〟と声には出さずに口を動かした。「エマ・ケイトとは積もる話をしたんでしょう」

いいえ、とんでもない、とシェルビーは思った。「実は、頼みたいのはそのことなの。明日の午後七時半に〈ブートレガー・バー＆グリル〉で会えないかってエマ・ケイトに言われたのよ。でも――」

「ぜひ行ってらっしゃい。昔からの友人は人生に欠かせないものよ。もしスザンナがいなかったら、わたしはどうすればいいかわからない。キャリーはあなたのお父さんと一緒に面倒を見て、ちゃんと寝かしつけるわ。ぜひそうさせてちょうだい」

「やれやれ、ようやく意見が一致したな」クレイトンが娘を振り返った。「エマ・ケイトと久しぶりにおしゃべりしてくるといい。わたしたちはキャリーを甘やかすとするよ」

「ありがとう」シェルビーは身を乗りだして母親にキスしてから、立ちあがって父親にもキスした。「そろそろ二階にあがるわ。今日はすっかり甘やかしてもらったから、眠くなっちゃった。サロンに予約を入れてくれてありがとう、お母さん。それから、明日の夕食は六時にしてちょうだい。わたしが料理をつくるから」

「えっ、でも――」

「やると言ったらやるわよ、エイダ・メイ」父に対するさっきの母の口調をまねて言うと、父はにやにやした。

「わたしは料理の腕がかなり上達したの、明日それを自分自身の舌で確かめてみて。キャリーと一緒にここにいるあいだは、ちゃんと自分がやるべきことをするわ。そういうふうにきちんと育てられたから。じゃあ、おやすみなさい」

「たしかに、シェルビーは立派に育ったな」娘が階段をのぼり始めると、クレイトンが言った。「じゃあ、わたしたちはそんな娘を育てた自分自身をほめて、明日の夕食を楽しみにするとしよう」

「今夜のあの子は顔も青白くなかったし、やつれてもいなかったわ」

「そうだな。今後数日は様子を見守りながら、シェルビーとキャリーが帰ってきたことを喜ぼうじゃないか」

「そうね。あの子がエマ・ケイトと仲直りしたら、もっとうれしいんだけど」

シェルビーは暇を持てあますことなく、午前の半ばにはベビーカーを引っ張りだした。キャリーをベビーカーに乗せて、両親のためにつくる鶏肉(とりにく)料理の材料をダウンタウンまで買いに行けば、さりげなくランデヴー・リッジを歩きまわってスタッフを募集している店がないか確かめられる。

もう雲は晴れ、にわか雨があがったあとの春の空は明るく輝いていた。シェルビーはキャリーにピンクのデニムジャケットを着せ、薄地の帽子をかぶらせた。もしかすると仕事に応募することになるかもしれないので、出発前に彼女は化粧をした。

「チェルシーに会いに行くの、ママ?」

「いいえ、ダウンタウンまでお散歩よ、キャリー。スーパーに行ったあと、銀行口座を開かないといけないの。あなたのひいおばあちゃんに会いにサロンにも立ち寄るかもしれないわ」

「ひいおばあちゃんに?　チェルシーにも会える?」

「あとでチェルシーのママに電話してきいてみましょう」

エマ・ケイトの実家の前を通りかかると、私道に業者のトラックが停まっていた。思わず手をあげて挨拶したくなったが、お向かいのハティ・マンソンが鷹さながらに監視していそうで、思いとどまった。

ミズ・マンソンのような人は大の噂好きだ。ランデヴー・リッジの人々はシェルビーたちを歓迎してくれたが、なかには裏のフェンスやスーパーの通路やランチタイムの〈シッド&サディー〉で、子連れの未亡人となって戻ってきた哀れなポメロイ家の娘について嬉々として噂する人もいるだろう。その数は決して少なくないはずだ。とはいえ、誰も知らないような男とあんなふうに駆け落ちしたのだから、いろいろと噂されても当然だろう。

シェルビーが北部に引っ越して以来めったに里帰りもせず、両親が一生懸命働いて学費を出してくれた大学を中退したことも話題にのぼるに違いない。

そんなゴシップの種なら山ほどある。けれど、彼らはまだ真実の半分も知らない。とにかく目立たないようにして愛想よくふるまい、定職につくのが賢明だろう。とはいえ、定職につけば、キャリーを保育園に預けることになり、その費用も捻出しなければならない。

でも、キャリーにとって保育園に行くのはいいことのはずだ。チェルシーとだってあんなに仲良しになったし。たとえお給料の大半が保育料で消えてしまうにしても、キャリーはほかの子供と触れあう必要がある。

キャリーがフィフィに話しかけているあいだに、シェルビーはダウンタウンに向かう分かれ道を選び、歩きながら売り家がないか目を光らせた。実家を出たら、どこか近くに住みたい。キャリーが祖母や曾祖母の家まで歩いていける場所に。自分がかつてそうしたように、友人宅やダウンタウンにも歩いていけるように。

寝室がふたつと、こぢんまりした庭があればいいわ。コンドミニアムではガーデニングができず、フィラデルフィアでもそんな機会はなかった。

シェルビーは空想をふくらませ、その家を頭に思い描いた。コテージ風の家がいいわ。その庭に花を植え、野菜やハーブを育てる。キャリーにも種まきや育て方、収穫の仕方を教えてあげよう。

家具はガレージセールやフリーマーケットで格安のものを探そう。表面を削ってペンキを塗ったり、布を張り替えたりすればいい。そうすれば、あたたかい色の家具や、座り心地のいい椅子になる。

なんとしても、ここで娘と幸せな暮らしを実現するのだ。

大通りに入ると、その曲がりくねる道の両側には店や古い家が軒を並べていた。

ギフトショップの店員やウエイトレス、ドラッグストアかスーパーのレジ係ならできるだろう。祖母はサロンで働けばいいと言ってくれたが、美容師の才能はないし、その資格もない。サロンで何をするにせよ、それは不要な仕事だ。おまけに、家族はもう十二分なほどわたしを支えてくれている。

まずはホテルや町外れのロッジをあたってみよう。キャリーが一緒だから今日は無理だけど、やることリストに追加しておかないと。

シェルビーは周囲を見まわしながら、何もかもすてきだと思った。春を迎えて一新した店先が日ざしを浴びて輝き、坂道にそって並ぶ建物のプランターやハンギングバスケットには花が咲き乱れている。立ち話をする人々、傾斜のきつい歩道をさまよっている観光客、大きなバックパックを背負って町の泉の写真を撮っているハイキング客——町の伝説によれば、家同士が反目しあう薄幸な恋人たちがそこで真夜中の密会を重ねていたらしい。

少女の父親が相手の少年を射殺し、傷心の少女が自殺するまでは。

言い伝えられているふたりの逢瀬（ランデヴー）が、この町の名前となり、その泉は——もちろん呪われた泉だが——たびたび写真に撮られたりキャンバスに描かれたりしている。

わたしはコンピューターの知識がそこそこあるし、事務職につけるかもしれない。でも、実務経験はまったくなかった。これまでについた仕事といえば、シャンプーをボトルに補充したり床をはいたりレジ打ちをしたりといったサロンの手伝いと、ベビーシッター、大学の書店で何学期かアルバイトをしたぐらいだ。

あとはバンドのリードボーカルね。

今からバンドを結成する予定はないし、シャンプーをボトルに補充するだけでは飽き足りない。となると、小売店の店員かしら。あるいは、自ら保育園を開設する方法を調べてみるとか。けれど、ランデヴー・リッジにはすでに保育園があるし、地元に家族がいる人は、たいてい母親かいとこか姉妹に勤務中の子守を頼むはずだ。

やっぱり小売店かしら。小売店の店員かウエイトレス。もうじき夏になるし、夏場は観光客やハイキング客、キャビンを借りたりホテルに宿泊したりする家族連れが増える。当然、働き口も見つかるはずだ。

たとえば、地元のアーティストの作品を主に取り扱っている〈アートフル・リッジ〉や、土産ものや骨董品を販売する〈マウンテン・トレジャーズ〉。数百メートル先の〈ハガーティ・フード・マーケット〉までホチキスやスナックを買いに行きたくない人が利用する〈ヘイスティ・マーケット〉。ドラッグストアやアイスクリームショップ、バー&グリル、〈ピッツァテリア〉、〈アルズ・リカー〉など。

さらに大通りの先の曲がり角には〈シェイディーズ・バー〉もある。もっとも、もしわたしがあのバーで働くことにしたら、母は心臓麻痺を起こすだろう。

さまざまな選択肢を考慮しつつ、シェルビーは祖母がキャリーをみんなに見せびらかせるよう、まずサロンに立ち寄った。

「あなたの髪をアレンジしてあげるわ」ヴィオラがキャリーに言った。「クリスタル、子供用の補助椅子を持ってきてもらえる？　キャリー・ローズ、あなたはひいおばあちゃんが担当する椅子に座って。わたしは昔、あなたのおばあちゃんやお母さんの髪をよくカットしたり、アレンジしたりしてたのよ。そして今日はあなたの髪をアレンジできるのね」

「キャリーの髪」キャリーは両腕をのばしてヴィオラの髪に触れた。「ひいおばあちゃんの髪」

「よく似てるわよね。もっとも、わたしの髪は近ごろちょっとお手入れが必要だけど」

「ちょっとお手入れ」キャリーがオウム返しに言うと、ヴィオラは笑った。

「あなたはそこに座って、シェルビー。クリスタルの次のお客さんが来るのは三十分後だから。まあ、なんてきれいな髪かしら」

キャリーは美容院で髪をアレンジしてもらうとぐずったりいらだったりすることがあるが、今日は鏡に映った自分の姿をうれしそうにじっと見つめていた。

「わたしはプリンセスになりたいわ、ひいおばあちゃん」

「あなたはもうプリンセスよ。だから、その地位にふさわしいヘアスタイルにしてあげましょうね」ヴィオラはキャリーの巻き毛をブラシでとかし、大きな銀のヘアクリップを手にとって髪の一部をとめてから、片側の髪を凝った編みこみにし始めた。

「聞くところによると、ボニー・ジョー・ファーンズワースが――ギリーのきょうだいの夫のいとこが――ご主人と離婚するそうよ。そのご主人はフォレストの幼なじみのレス・ウィケットなの、シェルビー。ふたりは二年前に結婚したばかりで、生後六カ月にもならない赤ちゃんもいるのよ。彼女の父親が大枚をはたいてホテルで盛大な式を挙げたのにね」

「レスのことはほとんど覚えてないけど、そんなことになってお気の毒だわ」

「噂によれば、ふたりがウェディングケーキをカットする前から、水面下では問題が進行していたそうよ」グラデーション入りのブロンドの髪を肩にたらしたクリスタルが、訳知り顔で眉を動かした。「でも、そんなことわたしの口から話すべきじゃないわね」

「もちろん話すべきよ」ヴィオラはひとつ目の編みこみの先端を結び、ふたつ目にとりかかった。「それも詳細にね」

「たぶんみんなは知らないだろうけど、ボニー・ジョーはボイド・キャタリーと以前つきあってたの」

「ロレッタ・キャタリーの二番目の息子ね。キャタリー家の息子たちはみんなガラが悪いわ。つい最近も、末っ子のアルロが〈シェイディーズ・バー〉で酔っ払ってビリヤードのことでけんかを始め、仲裁に駆けつけたフォレストに殴りかかったの。シェルビー、あなたもアルロを覚えてるでしょう――淡黄色の髪をした、痩せこけた不良少年を。彼はバイクを乗りまわして、あなたの気を引こうとしてたわよね」

「ええ、アルロのことは覚えてるわ。たしか、放課後に自分よりずいぶん小柄な男の子を殴って停学処分になって、しばらくどこかの施設に送られたのよね」

「ボイドのほうがアルロよりはるかにたちが悪いわ」クリスタルは話しながら次のお客を迎える準備を始めた。「彼とボニー・ジョーはしょっちゅう学校をサボってたの。でも、ボイドが逮捕されたのを機に、ふたりは別れ……」

クリスタルがちらっと横目で見ると、キャリーは鏡に映った自分の姿をうっとり眺めるのに忙しく、聞き耳を立てていなかった。

「ボイドが逮捕されたのは、ある違法な薬物を所持してたからよ。その後、ボニー・ジョーはレスとつきあい、ふたりはあっという間に結婚式の計画を立て始めた。彼女の父親は娘がボイドと別れて好青年と結婚することになってほっとするあまり、結婚式の二倍の費用を用立てたそうよ。だけど、結婚式直前にボイドが釈放されると、彼とボニー・ジョーが、その、よりを戻したっていう噂が流れたの。結局、ふたりは駆け落ちして、ボイドのいとこたちが住むフロリダにいるわ――ボニー・ジョーは赤ちゃんを、まるで残りもののピザみたいに置き去りにしたそうよ。それと、そのいとこたちはボイドが逮捕されるきっかけとなった薬物をつくってるらしいわ」

シェルビーは二十分間ただそこに座って、娘の髪をプリンセス風にアレンジする祖母や、それを鏡で見て有頂天になるキャリーを眺め、マッサージやフェイシャルエステを受けるのと同じくらい癒されていた。それに、自分以外の誰かのゴシップを聞くのは楽しかった。

ヴィオラは三つ編みで冠をつくり、残った巻き毛をポニーテールにして薔薇の飾りがついたヘアバンドでとめた。

「きれい。わたしきれいね、ひいおばあちゃん！」

「ええ、そうね」ヴィオラはふたりの顔が鏡に並んで映るよう身をかがめた。「女の子は自分がきれいになるとわかるのよね。でも、もっと大事なことがいくつか頭に浮かんだわ」

「もっと大事なことってなあに？」

「賢いことよ。あなたはお利口さんかしら、キャリー・ローズ？」

「ママはそう言ってるわ」

「ママはよくわかってるものね。それから、人に優しいことよ。もしあなたがきれいでお利口で優しかったら、本物のプリンセスになれるわ」

ヴィオラはキャリーの頰にキスをすると、曾孫（ひまご）を椅子からおろした。「次の予約が入っていなければ、あなたたちふたりをランチに連れていくのに。次回はそうできるように計画しましょうね」

「次回はわたしたちがおばあちゃんをランチに連れていくわ」シェルビーはキャリーをベビーカーに乗せた。「クリスタル、わたしは仕事を探したいんだけど、どこかスタッフを募集しているところがあるかしら」

「そうねえ。春と夏は、追加のスタッフを雇う店も多いはずよ。あなたが仕事を探してるなんて思わなかったわ、シェルビー。遺産がたっぷりあるのに――」クリスタルはぱっと手で口を覆い、心配そうにキャリーを見た。「本当にごめんなさい。わたしったらよく考えもせずにぶしつけなことを口にして」

「気にしないで。わたしはただ、暇を持てあましたくないの。そういうの、わかるでしょう」

「わたしは生計を立てるために働くことしか理解できないけど。でも、忙しい仕事がしたいなら、〈アートフル・リッジ〉はどう？　上品な店だし、繁盛してるから、とりわけ観光シーズンは。大きなレストランでも案内係をもうひとり募集しているかもしれないわ。あの手のレストランには美人が必要だもの。あっ、それとランデヴー・ガーデンね――造園会社なんだけど知ってる？　毎年決まってこの時期に人手を募集してるわ。植物が好きなら楽しめるはずよ」

「ありがとう。考えてみるわ。わたしたちはそろそろスーパーに行かないと。今夜、両親にディナーをつくる予定なの。おばあちゃんもおじいちゃんと一緒にぜひ来てちょうだい。おばあちゃんたちにもご馳走したいから」

「ぜひご馳走になりたいわ。ジャクソンにそう伝えるわね」

「ディナーは六時よ。でも、もう少し早めに来てもらってもかまわないわ。わたしはエマ・ケイトと会うために七時二十分には家を出ないといけないから」

「もうエマ・ケイトのボーイフレンドに会った？」クリスタルがきいた。

「まだよ」

「彼女のボーイフレンドはとてもいい人よ。それに、彼の仕事仲間のグリフだけど――」クリスタルは胸に手をあててぽんぽんと叩いた。「もしわたしが二度目の結婚相手と婚約中じゃなかったら、彼にアタックしてると思うわ。グリフの肩で風を切る歩き方がすてきなの。わたし、そういう歩き方をする男性に弱いのよ」

「クリスタル、あなたのお客さまが到着したわ」

「じゃあ、また。シェルビー、いろいろ話せて楽しかったわ」クリスタルはシェルビーをぎゅっと抱きしめた。「あなたが帰ってきてくれて本当によかった」

「わたしも戻ってきてよかったわ」

「クリスタルの一番目の夫も肩で風を切るタイプだったわ」ヴィオラが小声で言った。

「そして口説き落とした女性を片っ端から連れて闊歩してた」

「今度の相手とはうまくいくといいわね」

「わたしは気に入ったわ。肩で風を切るような歩き方はしないけど、堅実な人だから、クリスタルみたいなタイプにはバランスがとれていいと思うの。わたしはクリスタルをラズベリーシャーベットと同じくらい愛してるけど、彼女にはそういうバランスが必要よ。で、今夜のメニューは何？」

「それは到着してからのお楽しみよ。もう食材を買いに行かないと、〈ピッツァテリア〉でデリバリーを注文する羽目になるわ」

シェルビーはスーパーでチェルシーとその母親に鉢合わせし、予定より三十分長居しているあいだに、娘たちが一緒に遊べるよう翌日ダウンタウンの公園で待ち合わせすることに決めた。

シェルビーは六人分のディナーのメニューを考えながら買い物をした。メインはガーリックとセージとローズマリーを使ったおいしいローストチキンにしよう。それに、雑誌の切り抜きで覚えた赤いジャガイモの絶品ドレッシングあえと、キャリーが大好きなタイム風味のニンジンのグラッセ。豆を用意し、ビスケットもつくろう。

リチャードはわたしのビスケットが気に入らず、田舎じみたパンと呼んでいた。

彼の意見なんてどうだっていいわ。

前菜も用意して完璧なコース料理にしようかしら。デザートはプチシューね。アトランタに住んでいたとき、週に三回来てもらっていたコックにつくり方を教わったから。

シェルビーはカートに材料をぎっしりつめこみ、キャリーの機嫌をとるためにアニマル・クラッカーも買うことにした。そして、レジでは思わず息をのみそうになるのをぐっとこらえた。

家族のためよ。そう自分に言い聞かせ、お金を数えた。家族のおかげで、娘ともども路頭に迷わずにすんだのだから。家族のためにつくるおいしいディナーの材料費ぐらい払えるわ。

カートとベビーカーを押して外に出たとき初めて、徒歩だったことを思いだした。

「ああ、なんてまぬけなの！」

買い物袋を三つ抱え、ベビーカーを押しながら、二キロ半の道のりを歩かなければならないなんて。

ぶつぶつつぶやきながら、ベビーカーの後ろに買い物袋をふたつぎゅっとつめこみ、外出用のバッグを肩にかけ、三つ目の買い物袋を持ちあげた。

八百メートルほど歩いたところで荷物を持ち替え、本気で母に電話しようかと考えた。それとも、保安官事務所をのぞいてフォレストがいれば送ってもらえるかきいてみようかしら。

「大丈夫、なんとかなるわ。きっとたどり着ける」

子供のころ、この二キロ半の道のりを走ってダウンタウンに行き、また家まで戻ったことを思いだした。いくつものぼり坂やくだり坂やカーブがあったのに。

でも、今は子供と三つの買い物袋を抱えている。おまけに、このヒールじゃマメができそうだ。

道の分岐点にたどり着いたころには両腕が痛み、立ちどまって力を振り絞らなければならなかった。

そのとき、〈ザ・フィックス・イット・ガイズ〉と車体に書かれたトラックが隣で停まり、グリフが窓から身を乗りだした。

「やあ、車が故障したのかい？　グリフだよ」シェルビーが覚えていないと思ったのか、彼はそうつけ加えた。「グリフィン・ロットだ」

「覚えてるわ。違うの、車が壊れたわけじゃないのよ。こんなに買うと思っていなかったから、忌々しいことに車で来なかっただけ」

「忌々しい」キャリーがフィフィにそう言うのを聞いて、シェルビーはため息をもらした。

「じゃあ、家まで送ろうか？」

「今この瞬間は、末永く幸せに生きることより、家に送ってもらうほうを望むわ。でも……」

「ぼくとは昨日会ったばかりだと言いたいんだろう。でも、エマ・ケイトはぼくのことを二、三年前から知っている。ぼくが斧で人殺しをしていたら、今ごろ刑務所に入ってるはずだ。やあ、きみ、かわいいね。たしか、きみの名前はキャリーだろう？」

「うん、キャリーよ」幼い娘は小首を傾げて媚を売り、新しいヘアスタイルにしてもらった髪をふわっとさせた。「わたし、きれいでしょ」

「ああ、とってもきれいだ。シェルビー、ぼくはきみをこんなかわいいお嬢さんと、三つの買い物袋と一緒に道路脇に置き去りにはできないよ」

「送ってほしいと言うつもりだったけど、あなたの車にはわたしたちの座る場所がないわ」

「あっ、そうだった」グリフは片手を髪に突っこんだ。「じゃあ、法律を破ろう。あと二キロ弱だから、ゆっくり運転するよ。それに、後続車や対向車が来たら、路肩に停める」

シェルビーの踵は熱を帯び、腕はずきずき痛み、脚はのびきったゴムのようだった。

「ゆっくり運転すればきっと大丈夫ね」

「ちょっと待っててくれ。手を貸すから」

最近、身内以外の人で救いの手をさしのべてくれたのは、これでふたり目だ。その前は、いつ他人に助けてもらったか思いだせない。

トラックからおりたったグリフが買い物袋を代わりに持ってくれたとたん、腕の感覚が戻り、針で刺されたようにチクチクした。

「ありがとう」

「どういたしまして」

グリフが買い物袋をトラックに積むあいだに、シェルビーはキャリーをベビーカーからおろした。「シートに座っててちょうだい」そうキャリーに命じた。「わたしがベビーカーを畳むあいだじっとしてるのよ」

「これはどうやって――。あっ、わかったぞ」グリフはまるで何年も前からやっているように、難なくベビーカーを畳んだ。

彼にそれもトラックに積みこんでもらい、シェルビーがキャリーに向き直ると、娘は隣にあったテイクアウト用の袋を開けていた。

そして早くもフレンチフライを頬張っていた。

「キャリー！　それはあなたのじゃないのよ」

「もうおなかがぺこぺこなの、ママ」

「気にしなくていいよ」グリフが笑ってトラックに乗りこんだ。「ぼくはフレンチフライの誘惑に抗える人間は信用しないことにしてるんだ。ちょっとダウンタウンに用事があって、ついでにぼくとマットのランチを買ってきたんだ。フレンチフライは食べてもかまわないよ」

「今日はキャリーが普段お昼を食べる時間を過ぎてしまったの。こんなに長くかかるとは思わなくて」

「ここで生まれ育ったんじゃなかったのかい？」

グリフが約束どおり時速三十キロ前後で車を走らせると、シェルビーは深く息を吸った。「こうなることを予想するべきだったわ」

シェルビーの膝に座ったキャリーが、フレンチフライをグリフにさしだした。

「ありがとう。きみはママにそっくりだね」

「ママの髪とおそろい」

「きみの髪はとってもすてきだね。ミズ・ヴィのサロンに行ったのかい？」

「ひいおばあちゃんのことよ、キャリー。ミズ・ヴィっていうのはあなたのひいおばあちゃんよ」

「ひいおばあちゃんにプリンセスみたいな髪にしてもらったの。わたしはきれいで、お利口さんで、優しいのよ」

「うん、そうだね。きみはぼくがトラックに乗せた最初のプリンセスだから、ぼくにとってこれは特別なことだよ。その友達はなんていう名前なんだい？」

「フィフィよ。この子もフレンチフライが好きなの」

「だったらいいな」グリフが車を私道に乗り入れた。「ふうっ」額の汗をふくふりをする。「なんとかたどり着いた。きみはプリンセスとベビーカーを運んでくれ。買い物袋はぼくが持つよ」

「えっ、いいわよ。自分でできる――」

「買い物袋三つと子供とベビーカーと、そのバッグをかい？　もちろんきみひとりでできるだろうけど、買い物袋はぼくが運ぶよ」

「わたしを運んでちょうだい！」キャリーがシェルビーの腕を押しのけ、グリフに抱きついた。

「キャリー、だめよ――」

「プリンセスのご命令とあらば」彼はトラックからおりるとしゃがんで背中を叩いた。

「さあ、プリンセス、おのりください」

キャリーが歓声をあげて彼の背中にのると、シェルビーは反対側のドアからおりて残った荷物を持とうとした。

だが、グリフのほうが一歩早く、彼はふたつの買い物袋を左右の腕にそれぞれ抱え、大はしゃぎのキャリーを背負ったまま玄関に向かった。

「鍵はかかってるのかい？」

「かかってないと思うわ。母が……」グリフがもう家に足を踏み入れているのを見て、シェルビーは口ごもった。キャリーはグリフの首に抱きついたまま、まるで彼が新しい親友であるかのように耳元で話し続けている。

シェルビーはまごまごしながらベビーカーをトラックからおろし、三つ目の買い物袋を抱えてトートバッグを肩からさげた。ベビーカーはあとで運び入れることにして玄関脇に残し、残りのものをなんとか家に運びこんだ。

グリフはすでにキッチンのアイランドカウンターに買い物袋を置いていた。シェルビーが口を開こうとした矢先、彼は彼女の鼓動をとめるようなまねをした。キャリーをさっとおろすなり逆さづりにして歓声をあげさせ、ひょいと投げあげてしっかり受けとめてから脇に抱きかかえたのだ。

「愛してるわ」キャリーはグリフの唇に熱烈なキスをした。

「たったこれだけでかい？」にっこりしながら、彼はキャリーの髪を引っ張った。「どうやらぼくは女性へのアプローチの仕方を長年間違えていたようだ」

「まだ帰らないで、一緒に遊んでちょうだい」

「そうしたいのは山々だが、仕事に戻らないといけないんだ」

キャリーはグリフの髪をつかむと、明らかに気に入ったらしく指に巻きつけた。

「それなら、また来て一緒に遊んでね」

「ああ、そのうちに」グリフがシェルビーのほうを見て微笑んだ。じっと見つめていた彼女は、彼の猫のように賢そうな目の色がグリーンだと気づいた。「きみのお嬢さんは理想の結婚相手だね」

「ええ。ありがとう。あの、あなたもお子さんがいるの？」

「ぼくに子供？　いいや」グリフはキャリーをおろして親しげにお尻をぽんと叩いた。

「もう行かないと、かわいい赤毛ちゃん(リトル・レッド)」

　キャリーは彼の脚に抱きついた。「バイバイ、ミスター」

「グリフでいいよ。グリフって呼んでくれ」

「グイフ」

「グリーフよ」シェルビーがとっさに正した。

「グリー」キャリーはそう言ってくすくす笑った。

「グリーフはもう行かないと」彼はそう言ってからシェルビーを振り返った。「もう大丈夫かい？」

「ええ。本当にありがとう」

「どういたしまして」グリフは歩きだした。「このキッチン、すごく気に入ったよ」

そう言うと、玄関に直行し――たしかに肩で風を切ってるわね――シェルビーがほかに何も考えつかないうちに出ていった。

「グリーフ」キャリーがフィフィに向かって言った。「彼ってすてきよね、ママ。それに、いいにおいがしたわ。また来て、一緒に遊んでくれるって」

「そう……ふうん」

「おなかがすいたわ、ママ」

「えっ？　ああ、もちろんおなかがぺこぺこよね」シェルビーはかぶりを振ると、現実の世界に戻った。

8

母親が帰宅したころには、シェルビーはすでにチキンをオーブンに入れ、ジャガイモとニンジンをごしごし洗い、特別な食事のときにだけ使用するダイニングルームのテーブルにそろいの食器を並べ終えていた。

それは父の祖母から受け継いだ一番いいお皿――金銭的価値というより感情的な思い入れのあるお皿――ではないけれど、薔薇の模様に縁取られたセットの皿だ。

そこに扇の形に折ったリネンのナプキンと、キャンドルと花でつくったすてきなセンターピースを置き、今は最後のプチシューをつくり終えようとしていた。

「まあ、シェルビー！　なんてすてきなの。まるで上流階級のディナーパーティーみたいだわ」

「わたしたちは上流階級よ」

「ええ、今夜はまるで上流階級の人たちみたいに食事をすることになるわ。それに、なんていいにおいなのかしら。あなたは昔から何を組みあわせれば美しく見えるか、心得ていたわね」

「こんなふうにちょっとテーブルセッティングに凝るのは楽しいわ。おばあちゃんやおじいちゃんも招待したけど、かまわなかった？」

「もちろんいいに決まってるじゃない。園芸クラブのミーティングのあと、サロンに立ち寄ったとき、母から聞いたわ――それからスザンナと会ったあと、ちょっと買い物をしたの。キャリーの春のお出かけ用の服を買ったんだけど、とってもかわいいのよ。本当に楽しかったわ」エイダ・メイはカウンターに買い物袋を三つ置くと、中身を出し始めた。「これを着たキャリーを見るのが待ちきれないわ。とてもすてきだと思わない？　ピンクと白のストライプの小さなスカートにフリル付きのシャツ。それに、ピンクのストラップシューズ！　出かける前に、あの子の靴のサイズを確かめたから、ぴったりのはずよ。もしサイズが合わなかったら、返品すればいいわ」

「お母さん、キャリーはどれも気に入るはずよ。あの子はこの手の靴が大好きなの」

「〝プリンセス〟と印刷されたかわいいシャツも買ってきたわ。それに、リボンで縁取られた白い清楚なカーディガンも」エイダ・メイがさらに服をとりだした。「あの子はどこ？　試着させてあげたいの」

「今はお昼寝をしてるわ。こんな時間まで寝させてごめんなさい。でも、予想以上に帰宅するのが遅くなっちゃったの。そのあとお昼をつくったから、キャリーったら興奮しちゃって、三時近くまで寝かしつけられなかったのよ」

「気にすることはないわ。それはそうと、サロンに寄ったら、マクシーン・ピンケットとばったり会ったの――あなたも彼女が数年前にアーカンソー州へ引っ越したのを覚えてるでしょう。マクシーンは今里帰り中で、わたしにカットとカラーを頼もうとサロンにやってきたんですって。わたしはもう普段はヘアサロンでは働いてないけど、マクシーンは昔の常連客だったから彼女の好みはわかるの」

シェルビーはミセス・ピンケットのことをうっすらとしか覚えていなかったので、なんとなく相槌を打ちながらプチシューにクリームをつめ始めた。

「マクシーンは、クリスタルからわたしが今日は休みだと告げられてがっかりしていたみたい。でも、サロンに立ち寄ったわたしを見て、カットとカラーを頼んできたの。リトルロックでいろんな美容師を試したけど、どの人も気に入らなかったんですって。だから、予約を受けることにしたわ。彼女のお嬢さんのご主人はなんとオハイオ州で働くことになるかもしれないそうよ。マクシーンがお嬢さんや三人のお孫さんのそばで暮らせるよう、わざわざリトルロックに引っ越したっていうのに。彼女はすっかりカンカンだったわ。その気持ちはよくわかるの、だから……」エイダ・メイはまぶたを閉じて、かぶりを振った。「わたしったら、口をホチキスでとめても黙っていられないわね」

「黙ってることなんかないわ。お母さんだって三年以上キャリーとほとんど思い出づくりができなかったんだもの。それはわたしのせいよ、お母さん」

「もう過去のことよ、それにこれからいくらでも思い出をつくれるわ。今は何をつくってるの？　小さなシュークリーム？　あら、キャリーが起きたようね」エイダ・メイはカウンターの上のベビーモニターを見た。「買ってきた服を持っていって、あの子とファッションショーを楽しんでくるわ。それとも、何か手伝うことはある、シェルビー？」

「いいえ、ないわ。ありがとう、お母さん。今日は何もしないでディナーだけ食べてくれればいいから、キャリーと楽しんできて」

「どうかこのピンクのストラップシューズのサイズが合いますように。だって、こんなにかわいい靴はないもの」

あとでピンクのストラップシューズを履いたキャリーの写真を撮ろうと、シェルビーは思った。キャリーは大人になったとき、もうその靴を覚えていないだろうけど、祖母が彼女を愛し、彼女にかわいい服を買ってあげたことは覚えているはずだ。それに、曾祖母にプリンセスのようなヘアスタイルにしてもらったことも。

大事なのはそういうことだ。家族でダイニングルームのテーブルを囲んで食べるおいしいディナーのように、そういうことが大切なのだ。

プチシューをつくり終え、チキンにソースをかけると、シェルビーはジャガイモとニンジンの料理にとりかかった。

そろそろ着替えないと。自宅のディナーだけでなく、エマ・ケイトと会うために。タイマーをちらっと見て、二階に駆けあがり、キャリーと母親のファッションショーを邪魔しないよう忍び足で自分の部屋に直行した。

それから十五分、何を着ていくか悩み抜いた。以前はこの三倍、いや四倍の服を持っていたから、着るものに悩んだことなどなかった。

それに、服装を重視しなくなったからだろう。

でも、今夜行くのは〈ブートレガー・バー&グリル〉よ。誰もあの店に行くために着飾ったりしない。〈シェイディーズ・バー〉よりは少なくとも三段階ぐらい品がいいけど、ホテルの大きなレストランに比べたら同じくらい格がさがるわ。

シェルビーは黒のジーンズとシンプルな白いシャツを選んだ。そして、ずっと手放さなかった——大のお気に入りの——レザージャケットを着ることにした。青みがかったグレーのジャケットはわたしの髪によく合うし、黒ほどどぎつくない。

まだ夜間は冷えるし、ヒールの高いハーフブーツを履くことにした。

料理のことを考えながら、また階下に戻ってキッチンに入ると、エプロンをつかみ、今度はビスケットづくりにとりかかった。

シェルビーはご馳走をあれこれ用意するのが楽しかった。チキンをのせるきれいな大皿を見つけると、その場に立ったまま、ジャガイモとニンジンをチキンのまわりに並べたところとボウルに盛りつけたところを思い浮かべ、どちらの見た目がいいか考えた。

そこへフォレストが裏口から入ってきた。

「いったい何事だ？」そう言ってにおいをかいだ。「これはなんだ？」

「何か問題でも？」

「問題があるなんて言ってない。ただ、このにおいで……腹が減ってることに気づいた」

「なんならディナーを食べていってもいいわよ。おばあちゃんとおじいちゃんも来るから。今夜のディナーはわたしがつくってるの」

「おまえが？」

「そうよ、フォレスト・ジャクソン・ポメロイ。だから食べたくないなら帰ってちょうだい」

「おまえはディナーをつくるとき、いつもそんなにめかしこむのか？」

「めかしこんでなんかないわ。ああ、もう。これって〈ブートレガー・バー＆グリル〉に行くにはおしゃれすぎるかしら？」

フォレストは目を細めた。「なぜそんなことをきく？」

「今夜は〈ブートレガー・バー＆グリル〉に行くから、変な格好をしたくないのよ」

「おれがききたいのは、なぜディナーをつくっているおまえが〈ブートレガー・バー＆グリル〉に行くのかだ」

「逐一ききたいなら言うけど、わたしが出かけるのはディナーのあとで、エマ・ケイトに会うためよ」

フォレストがすっきりした顔つきになった。「そうか」

「ねえ、これっておしゃれしすぎなの？　それとも大丈夫？」

「大丈夫だよ」フォレストはチキンが入ったオーブンの扉を開けてなかをのぞきこんだ。「すごくうまそうだな」

「ええ、とびきりおいしいはずよ。さあ、邪魔をしないで出ていってちょうだい。前菜の準備にとりかからないと」

「やけに豪勢だな」フォレストはシェルビーのまわりをまわってビールをとりだした。

「わたしはただおいしいディナーをご馳走したいだけよ。お母さんはわたしにマッサージを受けさせてくれて、おばあちゃんはキャリーの髪をきれいにアレンジしてくれたから。それに――あなたもわたしたちのために用意された部屋を見たでしょう。だからすてきなディナーにしたいの」

フォレストがシェルビーの肩をさすった。「たしかにすてきだ。ダイニングテーブルに並んでるのは、まるで客用のご馳走みたいだ。エマ・ケイトと会うことになってよかったな」

「いいかどうかは会ってみないとわからないわ。彼女はまだかなり腹を立ててるから」

「彼女にもチキンのディナーをつくってあげたほうがいいんじゃないか」


家族とテーブルを囲んで手料理を楽しんでもらうのは、いい気分だった。考えてみれば、こんなことをするのはこれが初めてだ。またディナーをつくって、次回はクレイやギリーや幼いジャクソンも必ず招待しようと心に誓った。

祖父がすべての料理をお代わりし、祖母がレシピを尋ねてきたので、みんなにおいしい料理をふるまうことができたのだとわかった。

「あとでレシピを書くわね、おばあちゃん」

「わたしにもレシピをお願い」エイダ・メイが席を立って、片づけを手伝った。「これと比べたら、わたしのチキンは完敗よ」

「胃袋にデザートのためのスペースを残しておいてね」

「スペースならあるよな、キャリー?」ジャクソンがおなかをぽんと叩くと、キャリーも子供用の補助椅子の背にもたれて小さなおなかを叩いた。

溶かしたチョコレートをかけたプチシューのタワーを持ってきた瞬間、みんなが目をみはるのを見て、シェルビーは最高の気分を味わった。

「レストラン並みにきれいだな」父がシェルビーに言った。「それは見た目と同じくらいおいしいのか？」

「自分の舌で確かめてみてちょうだい。わたしはそろそろ行かないと。お母さん、代わりにこれをみんなにとり分けてもらえる？　遅刻したくないの」

「出かける前に必ず口紅を塗らないとだめよ」祖母がそう命じた。「ちょっとピンクがかった色がいいわ。春だから」

「わかったわ。皿洗いはフォレストに手伝わせてね」

「もともとそうするつもりだったよ」フォレストがすぐさま言った。シェルビーはキャリーにキスしようと身をかがめた拍子に、兄に手をつかまれた。「本当においしかったよ、シェルビー。飲酒運転はするなよ」

「あなたのほうこそビールを飲んでるじゃない。キャリー、いい子にしてるのよ」

「おばあちゃんが泡のお風呂に入れてくれるって」

「まあ、楽しそう。わたしは遅くならないうちに帰るわね」

「あら、急いで帰ってくることはないわ」エイダ・メイはプチシューをたっぷりとり分けた。「楽しんでらっしゃい」

「そうするわ。それから――」

「さっさと行きなさい！」

「わかったわ」

　夜ひとりで外出するなんて妙な気分だ。それに、エマ・ケイトに許してもらえないんじゃないかと不安で、緊張してきた。

　それでも、シェルビーは口紅を塗り、さらに軽く頬紅もつけた。ダウンタウンへ車を走らせながら、親友との絆を取り戻すために言うべき言葉が見つかり、きちんと懺悔できるように願った。

　街灯だけでなく、山並みにもぽつりぽつりと明かりが灯っている。ダウンタウンの店は六時に閉店していたが、〈ピッツァテリア〉は客でにぎわい、歩道をぶらぶら歩く人も数人いた。

〈ブートレガー・バー&グリル〉に隣接する小さな駐車場はすでに埋まり、客は路肩に停める場所を探し始めていた。シェルビーは勇気を振り絞って車からおり、なんとか外に出ると、半ブロック歩いてドアを開け、騒がしい店内に足を踏み入れた。

　かつて〈ブートレガー・バー&グリル〉が平日の晩にこれほどにぎわっていた覚えはない。もっとも、この町を離れたときは、まだ法的に飲酒が認められていない年齢で、通っていたのはもっぱら〈ピッツァテリア〉やアイスクリーム・パーラーだった。

店内のテーブルやボックス席はほとんど埋まり、ビールやバーベキューのにおいが漂っている。

「こんばんは」ウエイトレスが――それとも案内係かしら――微笑みながら近寄ってきて、あいている席を探すように混雑する店内をダークブラウンの瞳で見まわした。

「バーカウンターの席ならあいてますが……。あら、シェルビー？　シェルビー・アン・ポメロイね！」

次の瞬間、シェルビーはハグされ、桃の花の香りに包まれていた。

光沢のあるクルミ材のような肌に、まつげにびっしり縁取られたダークブラウンの目をした美人がシェルビーから身を離した。「わたしのこと、覚えてないようね」

「ごめんなさい。わたし――」そのときぱっと記憶がよみがえり、シェルビーはびっくりした。「タンジー？」

「覚えてくれたのね。思いだすのに時間がかかっても無理はないわ。外見が多少変わったから」

「多少？」シェルビーが覚えているタンジー・ジョンソンといえば、すきっ歯で、にきびだらけで、眼鏡をかけた不器用な少女だった。けれど、この女性は美しい体のラインの持ち主で、透きとおるような肌に輝く瞳、魅力的な笑顔をしていた。

「にきびがすっかり治って胸も大きくなり、歯を矯正してコンタクトレンズにしたの」

「とってもすてきよ」

「そう言われるとうれしいわ。でも、あのころも、あなたとエマ・ケイトは一部の女の子たちと違って、決してわたしをからかったりしなかった。ご主人のことはお気の毒だったけど、あなたが戻ってきてくれてうれしいわ、シェルビー」

「ありがとう。今はここで働いてるのね。わたしが覚えているころより繁盛していて、店の雰囲気もいいわ」

「そう言ってくれてうれしいわ。だって、わたしはここで働いてるだけじゃなく、この店の経営者でもあるから。それと、たまたま店のオーナーと結婚しているの」

「まあ、すっかり状況が変わったのね。いつ結婚したの？」

「一年前の六月よ。今度デリックのことをたっぷり話してあげる。でも、今はエマ・ケイトがあなたを待ってるわ」

「彼女はもう来てるの？」

「ええ、今から案内するわね。あなたたちには隅のボックス席を用意したわ。今夜はバッファローウィング（スパイシーなソースをかけた手羽の唐揚げ）を格安で食べられるウィング・ナイトなの。それを考えると、まさに一等地のようなテーブルよ」タンジーはシェルビーと腕を組んだ。「あなたには幼いお嬢さんがいるんですってね」

「キャリーっていうの。今は三歳よ」

「わたしもそのうち子供が生まれるの」

「まあ、すばらしいわ、タンジー」シェルビーとタンジーはふたたびハグをした。

「おめでとう」

「ちょうど四週目に入ったところよ。最初の三カ月が過ぎるまでは黙っているべきだってみんな言うけど、そんなに待てないわ。だから、みんなに話してるの、赤の他人にまで。エマ・ケイト、ねえ、誰を見つけたと思う?」

エマ・ケイトが携帯電話から顔をあげた。「ちゃんと来たのね」

「ええ。もし遅刻したなら、ごめんなさい」

「遅刻なんかしてないわ。今夜がウィング・ナイトだってことをすっかり忘れてて、タンジーに席を確保してもらって、わたしは早めに来ただけだから」

「さあ、座って」タンジーがボックス席のほうを指した。「じゃあ、あなたたちは積もる話をしてちょうだい。あなたは何にする、シェルビー?　最初の一杯は店のおごりよ」

「今日は車で来たから……。でも、そうね、ワイン一杯くらいなら大丈夫だと思うわ」

「うちの店はグラスワインの種類が豊富なの」タンジーがいくつか銘柄をあげた。

「ピノ・ノワールが今の気分にぴったりだわ」

「じゃあ、すぐに持ってくるわ。あなたも何か注文しなくて大丈夫、エマ・ケイト?」

エマ・ケイトはビールを持ちあげた。「まだ大丈夫よ、タンジー」

「会えてうれしかったわ」タンジーはシェルビーの肩をぎゅっとつかんでから立ち去った。

「すぐには彼女だってわからなかったわ」

「タンジーは成長したのよ。わたしが知る限り誰よりも幸せそうよ。もっとも、昔から明るい子だったけど」

「しょっちゅういじめられたり、からかわれたりしてたのにね。高校時代は、特にメロディー・バンカーとジョリーン・ニュートンからいじめられてたのを覚えてるわ」

「メロディーは昔から怒りっぽくて傲慢だった。彼女、ミス・テネシー・コンテストで二位になったのよ。それをやたらと言いふらしてるわ。そんな彼女からホームカミング・クイーン（その年の卒業生のなかから選ばれた優秀な女性）の座を奪ったあなたを決して許さないはずよ」

「ああ、そんな昔のことはもう何年も忘れてたわ」

「メロディーの存在意義は誰よりも美人で人気者であることよ。それなのに、いつも一歩及ばないの。ジョリーンのほうもたいして大人になったとは言えないけど」エマ・ケイトはシェルビーとはす向かいになるよう、ボックス席の隅に背中をもたせかけた。「ジョリーンはホテルオーナーの息子と婚約し、父親に買ってもらった高級車を地元で乗りまわすのが楽しいみたい」

ウエイトレスがシェルビーのワインを持ってきた。「タンジーが楽しんでちょうだいと言ってました。ほかに何か注文したいものがあれば知らせてくださいね」

「ありがとう。メロディーやジョリーンのことなんかどうだっていいわ」シェルビーは手にしたワイングラスを小さくまわした。「わたしはあなたの話が聞きたいの。あなたは以前話してたとおり、看護学の学位をとったんでしょう。ボルチモアはいいところだった？」

「ええ、かなり気に入ってたわ。友達もできて、いい仕事も見つかったし、マットとも出会ったから」

「マットとは真剣につきあってるの？」

「ええ、同棲（どうせい）するって話したらショックを受けた母親を納得させるぐらい真剣よ。いまだに母は結婚して子供を産むようわたしにプレッシャーをかけ続けているわ」

「そうしたくないの？」

「わたしはあなたと違ってあせってないから」

シェルビーはそのあてこすりを黙って受けとめ、ワインを飲んだ。「診療所で働くのは楽しい？」

「ドクター・ポメロイのもとで働くのがいやだなんて言ったら、まぬけも同然よ。あなたのお父さんはいい人で、すばらしい医者だもの」ビールをもうひと口飲むと、エマ・ケイトは少し身を起こした。「ねえ、あれってどういうこと？　里帰りするお金がなかったって言ってたけど。わたしはあなたが裕福に暮らしてるって聞いたわよ」

「お金のことはリチャードが管理していて、わたしは働いていなかったから——」

「働きたくなかったの？」

「キャリーを育てながら家事をしなければならなかったから。それに、定職につけるような資格は何もなかったし。大学も中退して——」

「歌おうとは思わなかったの？」

話の途中で割りこまれて、シェルビーはまごついた。かつてはお互いの言葉を途中から引き継げるくらい親しかったけれど、今は違う。

「あれは子供じみた憧れよ。本物の歌唱力や経験があったわけじゃないし、わたしには子供がいたわ。結婚後、夫はわたしとキャリーを養い、いい住まいも与えてくれた」

エマ・ケイトはふたたびシートの背にもたれた。「あなたの望みはそれだけだったの？　夫に養ってもらいさえすればよかったの？」

「わたしはキャリーを抱えて、なんの技能も学歴もなくて――」

「夫からまぬけだって言われてたの？　シェルビー、あなた、わたしに許してもらいたいのよね」シェルビーが黙りこむと、エマ・ケイトが言った。「だったら真実を話して。わたしの目を見て、本当のことを打ち明けてちょうだい」

「そうよ、何かにつけてしょっちゅうまぬけ呼ばわりされたわ。でも、彼は間違ってなんかいない。実際、わたしは何もできないんだもの」

「そんなの戯言よ」エマ・ケイトの瞳に怒りの炎が燃えあがった。彼女はビールを置いて脇にどけ、テーブルの上に身を乗りだした。「あなたはバンドのリードボーカルだけやってたわけじゃない。スケジュール管理や売りこみもほとんどまかされてたわ。そのやり方はあなた自身が考えたんでしょう。大学の書店でアルバイトしたときだって、一カ月後には副店長に昇進したからその手の仕事も心得てるはずよ。当時は作詞も始めていて、いい詩を書いてたわ、シェルビー、だから作詞の仕方もわかってる。それに十六歳のときには、わたしの寝室の模様替えをしてくれたわ――とってもきれいに仕上げただけじゃなく、うちの母から文句が出ないようにしてくれた。だから、自分は何もできないなんて言わないでちょうだい。それは、あなたの元夫の台詞でしょ。ちゃんとあなた自身の言葉でこたえて」

機関銃のようにまくしたてられて、シェルビーは思わずあえいだ。

「そんな経験は実用的でも現実的でもないわ。エマ・ケイト、あなたを頼りにする子供ができたら、状況は一変するの。わたしは専業主婦の母親だったけど、その何がいけないの？」

「それであなたが幸せで、ちゃんと夫からも感謝されていたなら、なんの問題もないわ。でも、感謝されていたようには聞こえないし、結婚生活について語るあなたは幸せそうに見えない」

シェルビーは首を横に振った。「キャリーの母親になったことは、わたしの人生で一番の幸せよ。いわば人生における光だわ。リチャードが働いていたから、わたしは自宅で娘と一緒にいられたの。多くの母親はそうしたくてもできないでしょう。だから、わたしは夫がわたしたちを養ってくれることに感謝すべきなのよ」

「またその言葉ね」

シェルビーはかすかに羞恥心を覚え、気分が悪くなった。「ねえ、本当にこんなことについて話さなければいけないの？」

「あなたは駆け落ちして――わたしと縁を切り、里帰りもせず、わたしがあなたをもっとも必要としていたときにそばにいてくれなかったことを許してほしいんでしょう。それなのに、真実を口にするのを避けようとしてる」

シェルビーが真実を打ち明けられずにいるのは、それがあまりにも忌まわしく、厄介な内容だからだ。店に足を踏み入れたときは、お祭りのように楽しげだと感じたざわめきや食器の音が、頭を打ちつけるように響いた。

無性に喉が渇き、水を頼んでおけばよかったと思った。それでも、なんとか言葉を絞りだす。

「お金がなかったのは、なんとかこっそり千ドル貯めても、夫に見つかって奪いとられたからよ。彼は投資するためだと言ってたわ。わたしにはお金を増やす才能がないからだと。自分の服や、おもちゃや、キャリーの服を買いたければ、クレジットカードがあったから現金は必要なかった。それに、家政婦やベビーシッター、田舎料理しか知らないわたしに代わって料理をするコックを雇ってもらってるのに、文句など言えるはずがないわ。わたしは感謝して当然だった。だから誰かが亡くなったり、結婚したり、誕生日を迎えたりするたびにテネシーに帰ることはできなかった。妻として自宅にいることを夫に求められていたから」

「そうやって彼はあなたを家族や友達から切り離したのね。そして徐々にあなたの世界をそぎ落としていき、あなたがそのことを感謝するまで打ちのめした」

そう、そのとおりよ。じわじわとした変化だったせいで、命以外のすべてを削りとられるまで、わたしは気づかなかった。

「時々、夫から憎まれてるんじゃないかと思ったわ。でも、そうじゃなかった。彼はわたしにそこまで強い感情を抱いていなかったのよ。最初の数カ月、いいえ、一年は刺激的で充実していたし、特別な気分を味わわせてもらったわ。わたしはなんでもリチャードの好きなようにさせ、彼の言うことにしたがい、キャリーを身ごもって心から幸せだった。だけど娘が生まれると、彼は……状況が一変したわ」

シェルビーはそこで息を吸い、気持ちを落ち着かせた。

「わたしはその変化を当然のものと受けとめた」シェルビーはゆっくりと言った。「赤ちゃんが生まれれば状況が変わって当然だと。リチャードはキャリーにいっさい関心を払わなかった。そのことを指摘すると、憤慨したり、侮辱されたようにふるまったりした。自分は娘がすばらしい暮らしを送れるようにしているじゃないかと。わたしは赤ちゃんを連れてそんなに旅行をしたくなかったし、夫も無理についてこいとは言わなかったから、彼だけが出かけていくことが多かったわ。リチャードが戻ってくると、しばらく状況がよくなることもあれば、そうでないこともあった。どちらになるのか、わたしには予測不可能だった。予測がつかないからこそ、何もかも彼の好みどおりにしようとしたわ。娘には穏やかで幸せな家庭を与えたかったから。それが何よりも大事だったから」

「でも、あなたは幸せじゃなかった」

「そんな人生を築いたのは、わたし自身よ、エマ・ケイト。自分で選んだことだもの」

「あなたは自ら虐待されることを選んだのね」

シェルビーの背中がこわばった。「夫が怒りにまかせてわたしやキャリーに手をあげたことは一度もないわ」

「あなたは賢いから、そういうことだけが虐待じゃないとわかっているはずよ」

エマ・ケイトは真剣な口調できっぱりと一蹴したが、ざわめきにまぎれるよう声はひそめたままだった。騒がしいレストランのなかでも、聞いてほしくない話をよく誰かに立ち聞きされることがある。

「彼はあなたに、自分はちっぽけでまぬけな人間だと思わせ、恩義を感じるように仕向けた。そのうえ、あなたをみんなからできる限り切り離した。あなたが何も欠けたところのない特別な人間だと思わせ、あなたに心から幸せな気分を味わわせてくれる人たちから。わたしが聞く限り、彼はキャリーを利用して、あなたを自分の言いなりにさせていたようね」

「そうかもしれない。でも、リチャードはもう亡くなったし、すべて過去のことよ」

「もし彼が生きていたら結婚生活を続けてた？　そんな暮らしを続けてたの？」

シェルビーは眉間にしわを寄せ、ワイングラスの縁を人さし指でなぞった。「離婚も考えたわ。身内に離婚した人はいないから、プレッシャーは感じたけど。でも、考えたことは事実よ。特に彼が最後の旅行に出かけたときは。本当は三人で家族旅行をするはずだったの。あたたかいところで数日過ごす予定だったのに、キャリーが体調を崩して行けなくなったら、彼はひとりで旅立ったわ。クリスマスの翌日、あの居心地の悪い家にわたしたちを置き去りにして。わたしは近所に知り合いがひとりもいなくて、娘は熱を出してたのに」

顔をあげたシェルビーから押し殺してきた怒りがあふれだした。「リチャードはキャリーの病気がうつるといけないからと、娘に別れも告げなかったのよ。彼はあの子を愛していないんだと思ったわ。わたしだけならかまわないけど、夫は娘のことも愛してなかった。キャリーはもっと大切にされていいはずよ。もっともっと愛されて当然だわ。わたしは離婚を考えたけど、弁護士を雇うお金もなかったし、リチャードがわたしを苦しめるためだけにキャリーの親権を奪うんじゃないかと不安だった。離婚するにはどうしたらいいか、自分にできることはなんなのか考えていた最中に、警察がやってきたの。サウスカロライナ州でボートの転覆事故があって、リチャードが行方不明になったと知らされたわ」

シェルビーはワイングラスを手にとった。「リチャードは救助を求め、沖に出たあとエンジンがとまってしまったと説明したそうよ。連絡を受けた側は、ええと、なんて言うのかしら。方位だか何かを把握するために彼と話し続けたけど、最終的には交信が途絶えたみたい。難破したボートが見つかったあと、一週間近くリチャードの捜索が行われたわ。そして、彼の私物が発見された。ウィンドブレーカーや靴の片方が。もう片方の靴は見つからなかったわ。発見されたもののなかには、救命具の一着も含まれていた。警察からは、ボートが転覆した際、リチャードは沖へと押し流され、溺死した可能性が高いと聞かされたわ。だから、わたしはもう離婚のことを考えなくてよくなったの」

「そのせいで罪悪感を抱いてるなら、あなたはまぬけよ」

「もうそういうことで罪悪感を抱くのはやめたわ」

「ほかにも山ほど問題があったのね」

「ええ。でも、今はこれで勘弁してもらえる？　今夜はこれだけで」シェルビーは触れあいを求めて手をのばし、エマ・ケイトの手を握った。「あなたを傷つけてしまってごめんなさい。正しく最善なことをわかっていながら、それを貫く強さがなくてごめんなさい。わたしはただ……。ああ、水が飲みたいわ」ウエイトレスを探して店内をぐるりと見まわしたとたん、ぱっと立ちあがった。「待って！」

シェルビーがあわててボックス席を出て、混雑する店内を横切ろうとするのを見て、エマ・ケイトも席を立ち、あとに続いた。

「具合でも悪いの？　お手洗いなら反対よ」

「いいえ、人を見かけた気がしたの」

「今夜はウィング・ナイトだから、人なら大勢いるわ」

「ううん、フィラデルフィアの人よ。リチャードを捜しに来た私立探偵なの」

「私立探偵ですって？　それがまだ話してないことなのね」

「彼のはずがないわ。こんなところにいる理由がないもの。きっと、リチャードの話ばかりして、あれこれ考えたせいね。今夜はもう彼のことを考えたくないわ。しばらく忘れたいの」

「わかったわ」

「何かほかのことを話しましょう。メロディーやジョリーンのことだっていいわ。リチャードのこと以外なら」

「ボニー・ジョー・ファーンズワースが離婚するんですって。ほんの二年弱前に、レス・ウィケットと盛大な式を挙げたばかりなのに」

「その話なら聞いたわ。ボイド・キャタリーとよりを戻したんでしょう。今ごろフロリダで彼のいとこたちと麻薬をつくってるかもね」

「あら、ランデヴー・リッジの噂話にまた詳しくなったようね。さあ、席に戻りましょう。わたしは徒歩で来たから、もう一杯ビールを飲むことにするわ」

シェルビーは内心感謝しつつ、エマ・ケイトとともに席のほうへ歩きだした。「あなたはこの近くに住んでるんでしょう?」

「〈マウンテン・トレジャーズ〉の上のアパートメントに住んでるから、車を駐車場に停めてここまで歩いてきたの。まずウエイトレスを探して、それから……あっ、大変」

「どうしたの?」

「たった今、マットとグリフが入ってきたわ。話にすっかり夢中になっちゃって忘れてたけど、しばらくしたらあなたを厄介払いするためにマットに来てもらうことにしていたの。もしその必要がなければ携帯にメールする約束だったのよ。でも、メールはし忘れたし、せっかくまたリラックスしたあなたを詮索しないためにも、男性陣もまじえて飲み直すことにしましょう」

「祖母以外にここまで打ち明けたのはあなただけだけど、それで満足してもらえる?」

「今はね」エマ・ケイトは微笑んで手を振った。

「あなたのマットってとんでもなく魅力的ね」

「そうなの。それに、手先がとても器用なのよ」

シェルビーが噴きだして喉をつまらせていると、マットが近づいてきた。彼はそのとても器用な両手をエマ・ケイトの脇の下にさし入れ、彼女を持ちあげてキスをした。

「ぼくの恋人を見つけたぞ」エマ・ケイトをおろすと、シェルビーのほうを向いた。

「きみがシェルビーだね」

「会えてうれしいわ」

「こちらこそ。きみたちふたりは帰るつもりじゃないんだろう？」

「ちょうど席に戻るところだったの」エマ・ケイトが答えた。「もう一杯飲もうと思って」

「じゃあ、グリフにおごってもらおう」

「マットとエマ・ケイトはブラック・ベアだな。ぼくはボンバーディアにするよ。きみは何にする、シェルビー？」

「お水でいいわ」

「そんな高いもの、ぼくにおごれるかな。でも、ほかならぬきみのためだから奮発させてもらうよ」

「わたしは運転して帰らないといけないの」みんなとボックス席に向かいながら、シェルビーは言い訳した。

「ぼくたちは違う」マットは陽気に言って席に座り、エマ・ケイトの肩に腕をまわした。「それに、今日は最高の一日だったんだ。エマ・ケイト、きみの実家でちょっと残業して、ついにカウンタートップを設置したぞ」

「母は気に入った？」

「気に入ったなんてもんじゃない、すっかりご満悦だよ。言っただろう、きっと気に入ってもらえるって」

「あなたは母の煮えきらない態度に何度も振りまわされたわけじゃないから、根拠のない自信があっただけよ」

「このあいだキャビネットをとりつけているとき、そのキッチンを見たわ」シェルビーがマットに言った。「あの時点でもうすごくすてきだったわ。腕がいいのね」

「エマ・ケイト、きみの友人が気に入ったよ。彼女は最高に趣味がよくて、ものを見る目がすぐれている。ところで、故郷に戻ってきてどんな感じだい？」

「最高の気分だし、ランデヴー・リッジこそ自分の居場所だと感じるわ。ボルチモアから引っ越してきたあなたには、かなりの変化だったでしょうね」

「だが、この恋人を逃すわけにはいかないからね」

「つまり、あなたも最高に趣味がよくて、人を見る目がすぐれてるってことね」

「グリフがビールを持って戻ってきたら、そのことで乾杯しよう。あいつの話だと、きみのお嬢さんはとてもかわいいそうだね」

「そうなの」

「グリフはいつキャリーと会ったの？」エマ・ケイトがきいた。

「今日の午後、わたしが買い物袋三つとキャリーを抱えながら歩いて帰っているところを通りかかって、家まで送ってくれたのよ。スーパーで頭が麻痺しちゃって、徒歩なのについ買いすぎてしまったの。キャリーはもうグリフのとりこよ」

「あいつのほうもお嬢さんに夢中になってるようだ。ところで……」マットは微笑みながら、エマ・ケイトの髪を指に巻きつけた。「こうして親しくなったことだし、ミズ・ビッツィーが知らないエマ・ケイトの恥ずかしい過去を教えてくれないか。もう彼女の母親からはあらかた聞きだしてしまったんだ」

「まあ、そんなことできないわ。エマ・ケイトがお父さんのバドワイザーの六本パックから缶ビールを二本盗みだし、わたしと家を抜けだしてビールを飲んだあと、ミズ・ビッツィーのアジサイの花壇に吐いちゃったときのことなんて、絶対話せない」

「吐いた？　バドワイザーの缶ビール一本でアジサイの上に吐いたのか？」

「当時はまだ十四歳だったのよ」エマ・ケイトはシェルビーをにらんだが、その目は微笑んでいた。「それに、シェルビーのほうがひどい状態だったわ」

「そうなの。一気飲みしたら、酸っぱくてちっともおいしくなかったから、全部吐きだしちゃったわ。あれ以来、ビールは好きになれないの」

「ビールが嫌いだって？」グリフは友人たちの前にビールを、シェルビーの前にライムのスライスが入った水のグラスを置いてから、自分のビールを持って彼女の隣に腰をおろした。「ヴィオラと駆け落ちするのに手を貸してもらおうと、きみにとり入るつもりだったが、計画を見直さないといけないかもな」

「こいつはまんざら冗談で駆け落ちしたいって言ってるわけじゃないぞ」マットがグラスをかかげた。「それじゃ、友人たちに乾杯、ビールを飲む良識を備えていない友人も含めて」

プリヴェットは運転席でメモをとっていた。シェルビーがミニヴァンを駐車した通りの向かい側に車を停めて。若い未亡人は幼なじみとグラスを傾けながら楽しんでいるようだ。彼女は思ったほど鈍くなく、もう少しで彼に気づくところだった。今シェルビーは地元の〈ブートレガー・バー&グリル〉でダブルデートを楽しんでいるようだ。

とはいえ、不審な行動をとったり、お金を散財したりといったことはいっさいない。もしかすると、彼女はまったく無関係で、何も知らないのかもしれない。あるいは、人一倍抜け目がないからこそ、疑惑の目を向けられなくなるまで、このテネシーの田舎町でおとなしくしているのだろうか。手に入る報酬の額を考えたら、あと数日監視を続けるのもいとわない。

三千万ドルの報酬のためなら、いくらでも時間をかけるさ。

9

シェルビーは大人として普通に夜、人と会う楽しみを味わった。エマ・ケイトとの昔の友情がちらりと垣間見え、その深い絆をとり戻せるんじゃないかと希望を抱いた。人のよさそうな男性が友人に〝べた惚れ〟なのを見て――ぱっと頭に浮かんだのはまさにその言葉だ――ちょっと胸が熱くなった。

ふたりはとてもお似合いだ。くつろいで心地よさそうな雰囲気だし、すっかり気心の知れた関係なのに情熱の火花も感じられる。エマ・ケイトが恋をしているところは前にも見たけれど、十代特有の不安やドラマや驚きは夜空を横切る彗星のごとくまたたく間に視界から消えた。けれど、今目にしているのは、しっかりと大地に根を張る揺るぎない若木のような本物の関係だ。

エマ・ケイトがマットの腕のなかにぴったりおさまっている姿や、彼女とグリフの友情や、グリフとマットの兄弟のような絆を見て、シェルビーは失われた年月を痛感し、固い絆で結ばれた三人が今夜その輪に迎え入れてくれたことを感謝した。

シェルビーは狭いボックス席でグリフとほぼ腰を密着させながら隣りあって座り、なんとかリラックスしようと努めた。時々みぞおちのあたりが震えるのは、男性とこんな近い距離でいるのが久しぶりだからだろう。ただ、グリフのおかげで――いいえ、みんなのおかげで――話しやすかった。それに、自分自身や自分が抱えている問題について、一時間でも話さずにすむのはありがたかった。

シェルビーは水をちびちび飲みながら、できるだけもたせた。

「ランデヴー・リッジはあまり変わっていないようだし、ここで新しく商売を始めるのは大変だったでしょう？　とりわけ……地元住民じゃないあなたたちには」

テーブルの向かい側に座るマットがシェルビーに向かってにっこりした。「ぼくたちのような北部の人間にはって言いたいんだろう」

「まあ、それもあるけど、あなたの訛（なま）りってとてもすてきだわ」シェルビーはそうこたえて、彼を笑わせた。

「仕事のほうは、ぼくたちの腕がいいおかげで、いや非常にいいおかげでうまくいってるよ。それに、エマ・ケイトとのつながりもあるからね」マットはシャギーの入った恋人の髪を引っ張った。「地元住民のなかには、エマ・ケイトとつきあっている北部の人間に興味を持って雑用仕事を依頼してくる人もいる」

「ペンキ塗りとかね」グリフが言った。「もうペンキ塗りを永遠にやり続けるんじゃないかと思ったよ。そのうち、倒れた木がハリスター家を直撃して、そこでエマ・ケイトのお父さんが後押ししてくれたんだ。ハリスター家に呼ばれて屋根の損傷を確認したとき、ぼくたちに修理を依頼するよう家主にすすめてくれてね。ハリスター家の不運は、ぼくたちにとって幸運だったというわけさ」

「例のハリスター家の男の子の実家?」シェルビーはきいた。「わたしのいとこのラークがいちゃいちゃしている相手の家なの?」

「ええ、そうよ」エマ・ケイトがこたえた。「それと、ヴィオラもこのふたりを後押ししてくれたの」

「そうなの?」

「ヴィオラはメアリーヴィルのデューイ・トレイクとその職人を雇って、デイ・スパのリラクゼーション・ルームや小さなパティオの工事とか、細々した仕事を依頼したの」

「ミスター・カーティスはどうなったの? 祖母はいつも彼に頼んでたのに」

「ミスター・カーティスなら二年ほど前に引退したわ。ヴィオラはなんとか引き受けてもらおうとしたけど、だめだったそうよ。だからトレイクを雇ったんだけど、二週間ともたなかったわ」

「手抜き工事だったんだ」グリフはビールをあおった。

「それに、請求額もかなり吹っかけてた」マットがつけ加えた。

「ヴィオラもそう思って、トレイクをクビにしたの」

「ぼくはたまたまそこに居合わせた」グリフがさりげなく話を引き継いだ。「ミズ・ヴィはトレイクをこてんぱんにやっつけてたよ。工事が始まってまだ四日目だったが、すでに予定より遅れていて、トレイクは見積もり額を超過したとか工事が長引くとか騒ぎたてていたんだ。まあ、戯言だよ。彼女はあいつを叩きのめし、さっさと出ていくように言い放った」

「いかにも祖母の言いそうなことだわ」

「その瞬間だよ、ぼくがミズ・ヴィに恋したのは」グリフはため息をもらし、シェルビーに言わせれば夢見るように微笑んだ。「あんなふうにろくでなしを叩きのめす女性には、なぜか惹(ひ)かれるんだ。とにかく、このチャンスを逃さないために――」

「デューイ・トレイクにとっての不運が、あなたの幸運だったわけね」

「そのとおりだよ。ぼくはミズ・ヴィにちょっと現場を見せてもらえないかと頼んだ」

「グリフはうちの会社と地元住民の架け橋になってるんだ」マットが言った。

「そして、マットは経理担当だ。それでうちの会社はうまくいってる。ぼくは現場や設計図を見せてもらい、見積もりは翌朝までに用意するが、ざっとこのぐらいの額になるだろうとその場で告げた」

「おまえはトレイクより千百ドルも安い額を提示したんだ」マットが思いださせるように言った。

「まあ、それがその場でおおざっぱに見積もった額だった。すると、ミズ・ヴィに値踏みするようにじろじろ見られた。きっと、きみも何度もそういう目で見られたことがあるんだろうね」

「ええ、数えきれないくらい」

「ぼくはますます恋心が募ったが、駆け落ちしようと持ちかけるのはぐっとこらえたよ。タイミングが肝心だからね。ミズ・ヴィにはこう言われた。〝クリスマスまでにしっかり完成させてもらいたいの。きちんと作成した見積書を翌朝一番で持ってきてちょうだい。それが気に入ったら、その場で工事にとりかかってもらうわ〟と」

「祖母はその見積書を気に入ったのね」

「ああ、そして今日にいたるというわけさ」グリフが言った。「ヴィオラ・ドナヒューからお墨つきをもらったら、ランデヴー・リッジではもう成功したも同然だよ」

「グリフがあの古い家や雑草に覆われてゴミが散乱する一・六ヘクタールの土地を購入したのもよかったんじゃないか」マットが口をはさんだ。「あの土地は〝グリフ、どうか買って、買ってちょうだい！〟って泣き叫んでたからな。あそこはものすごい可能性を秘めた土地だよ」

「そのとおりよ」シェルビーが同意すると、グリフからにっこり微笑まれ、またみぞおちのあたりが震えた。

「どこに着目すればいいかわかっていれば、いい物件は見逃さないものさ。だけど、多くの人は――きっと今でも――ぼくの頭がどうかしてると思ってるだろうな」

「でも、それであなたの株はまた一気にあがると思うわ。わたしたち南部の人間は頭がどうかしてる人を高評価するから」

「あら、あのボルチモア出身のロット家の息子を知ってるのね」エマ・ケイトが割りこんだ。

「彼はぼんやりしてるかもしれないけど、腕のいい便利屋よ」シェルビーはそう締めくくった。

そのとき、フォレストがふらりと店に入ってきた。わたしの様子を確かめに来たのだろうとシェルビーは思った。相変わらずね。

「おっ、警官が来たぞ」フォレストがボックス席に近づいてくると、グリフが言った。

「やあ、ポメロイ。これは強制捜査か?」

「いや、今は非番だよ。おれはビールと情熱的な女性たちとの夜を楽しみに来ただけさ」

「彼女はもうフリーじゃないぞ」マットがエマ・ケイトをさらに抱き寄せた。「だが、そこに座ってビールを注文するのはかまわない」

「まずはビールだな」フォレストはシェルビーのグラスを見てうなずいた。「それは水か？」

「ええ、パパ。家から直接来たの？　キャリーはどうしてた？」

「ああ、ママ。キャリーはものすごい泡風呂につかり、おじいちゃんをうまく言いくるめて絵本を二冊読んでもらって、おれが家を出たときはフィフィと一緒に眠っていたぞ。もう一杯水を飲むか？」

「わたしはもう帰ったほうがいいと思うわ」

「そんなにあわてることはない。みんなも、もう一杯どうだい？」フォレストがテーブルの面々にきいた。

「今度はダイエット・コーラにするわ、フォレスト」エマ・ケイトがこたえた。「わたしは今日の分のアルコールをもう充分とったから」

　フォレストが飲み物を注文しに行くと、シェルビーは店内を見まわした。「この店にはあまり来たことがなかったけど、昔はこんなに繁盛してなかったわよね」

「二週間に一度、土曜の晩に来るといいよ」お代わりを頼んだので、マットは残りのビールを飲み干した。「ここでライブが行われるんだ。グリフとおれはタンジーにもっと大きなステージやダンスフロアやバーカウンターをつくったらどうかと持ちかけていて――彼女はそれをデリックに伝えてるよ」

「そうすれば貸し切りパーティーにも利用できる」グリフは店内をさっと見まわした。「もともとのつくりに合わせてリフォームして、音響や人の流れに配慮すれば、すばらしいものができるはずだ」

「飲み物を持ってきたぞ」フォレストがベンチの端に腰かけた。「ミズ・ビッツィーのキッチンはどんな調子だ？」

「あと、二、三日で仕上がるよ」マットがこたえた。

「母が寝室に隣接した大きなマスター・バスルームをつくりたいって話してたぞ。それと、スチームシャワーも」フォレストが鋭い目でグリフを見た。「もう知ってるんだろう」

「そんな相談を受けたかもしれないな」

「そのリフォームでシェルビーが昔使っていた部屋がつぶれ、妹は今クレイの部屋を使っていて、キャリーがおれの部屋を使ってるから、あいている寝室はなくなる」

「実家に戻るつもりなのか？」

「いいや。だが、何があるかわからないだろう」フォレストはシェルビーをちらっと見てから、グリフに視線を戻した。「おまえは何か知ってるのか？　もし、母の言うとおりになって――きっとそうなるに決まってるが――おれの状況が変わったら、おまえの家に居候させてもらうぞ」

「空き部屋ならいくらでもある。ところで、日曜日は大丈夫か？」

「ビールをおごってくれる約束は変わらないよな？」

「ああ」

「じゃあ、行くよ」

「グリフはトリップルホーンの古い家の壁を一、二枚撤去するつもりなの」エマ・ケイトがシェルビーに説明した。

「ぼくが二十年あの家に住んだら、いずれロットの古い家って呼ばれるようになるのかな？」

「いいや」フォレストがにべもなく言った。「やあ、ローナ、今夜の調子はどうだい？」

ウエイトレスが飲み物をテーブルに置いた。「まずまずよ。でも、ここに座ってハンサムな男性たちとお酒を飲めたらもっと気分がよくなるでしょうね」

ウエイトレスはシェルビーの前に水のグラスを置くと、あいたグラスを片づけた。

「この人には気をつけたほうがいいわよ、ハニー」そう言ってグリフの肩を小突く。

「こんなに魅力的な男性は、どんな女性も言いなりにさせるから」

「わたしなら安全よ。彼が恋い焦がれてるのはわたしの祖母だもの」

ローナは空のグラスをのせたトレーを小脇に抱えた。「あなたがヴィのお孫さんなの？　もちろんそうよね、彼女にそっくりだもの。あなたが戻ってきて、ヴィは大喜びしてるに違いないわ。あなたとあなたのかわいいお嬢さんが戻ってきたんだもの。今日サロンに行ったら、ヴィが髪をアレンジしてあげたお嬢さんと一緒に写ってる写真を見せてくれたわ。本当にかわいい子ね」

「ありがとう」

「何か注文したいものがあれば大声で呼んでちょうだい。ちゃんと聞こえたわよ、プレンティス！」別のテーブルから声をかけられ、ウエイトレスが肩越しに叫び返した。

「とにかく、この人には要注意よ」シェルビーに向かって言った。

「あのウエイトレスには見覚えがないけど、わたしが知ってるはずの人かしら」

「ミス・クライドを覚えてるか？」

「ええ、高校三年生のとき英文学を教わったわ」

「おれたちもだ。ローナはミス・クライドの妹で、三年ほど前にナッシュヴィルから引っ越してきた。ご主人が五十歳で心臓麻痺を起こし、突然亡くなったんだ」

「なんてお気の毒に」

「ご主人とのあいだに子供がいなかったローナは、荷づくりしてランデヴー・リッジに引っ越し、姉と暮らし始めたんだ」フォレストがビールをひと口飲んだ。「デリックいわく、この店ではタンジーが彼の右腕で、ローナは左腕らしい。タンジーには会ったか？」

「ええ。でもすぐには彼女だと気づかなかったわ。マットから聞いたけど、彼とグリフはこの店にダンスフロアとステージとふたつ目のバーカウンターをつくろうと考えてるそうよ」

「ああ、もう、シェルビーったら」エマ・ケイトがぼやくと、話題が取り壊しや建材に関することに移った。「これでみんな工事の話しかしなくなるわ」

　シェルビーは工事の話を楽しみ、兄と一緒に座りながらさらに三十分とどまった。

「楽しかったけど、わたしはもう行かないと」

「車まで送るよ」グリフはシェルビーがボックス席から出られるように立ちあがった。

「そんなことしてくれなくていいわよ。兄のおかげでランデヴー・リッジの町は充分安全なはずだもの。フォレスト、わたしの席に移動して、ちょっと手足をのばしたら？」

「ああ、そうするよ。家に着いたら携帯にメールしてくれないか？」

　シェルビーは笑いそうになったが、兄は真顔だった。「じゃあ、ほんの二キロ半の距離にある実家にちゃんとたどり着けなかったら、携帯宛にメールするわ、それでいい？　みんな、おやすみなさい。飲み物をおごってくれてありがとう、グリフ」

「きみが飲んだのはただの水だ」

「今度はもっと散財させられるか試してみるわ」

シェルビーは楽しい気分で店をあとにした。上機嫌にまかせ、肌寒いのに窓ガラスをさげ、ラジオをつけて流れてきた曲に合わせて歌いだした。一台の車が二キロ半先の実家まであとをつけてきたことには気づかなかった。

〈ブートレガー・バー＆グリル〉では、フォレストが席を移動した。「車まで送るよ、だって？」

グリフは自分のビールをじっと見つめた。「きみの妹は魅力的だよ」

「おまえを殴りたくなるようなことを言うな」

「殴ってもいいが、それでも彼女が魅力的なことに変わりはない」

フォレストはそれを聞き流すことにして、エマ・ケイトに注意を移した。「どうやらきみとシェルビーは仲直りしたようだな」

「そこに向かって進みだしたところよ」

「シェルビーからどのくらい聞きだしたんだ？」

「亡くなった夫がろくでなしだったってわかるぐらいよ。あなたは見抜いてたんでしょう、フォレスト？」

「ああ、あいつがろくでなしなのはわかってた」フォレストは冷たい目つきになり、唇を引き結んだ。「だが、まったく何もできなかった」

「どんなろくでなしだったんだ?」グリフが問いただした。

「シェルビーに自分はまぬけでちっぽけな人間だと思わせる一方、財布の紐をしっかり握ってたらしいわ」エマ・ケイトの抑えていた怒りが、ぱっと燃えあがった。「シェルビーが赤ちゃんを育てている隙に、おそらく浮気してたようよ。しかも、話を聞いた印象では、明らかに赤ちゃんに関心がなかったみたい。でも、問題はそれだけじゃないの。ほかにも何かあるのは間違いないわ。今夜はすべてを打ち明けてくれなかったけど」エマ・ケイトは深く息を吸った。「フォレスト、もしシェルビーの夫が死んでなかったら、あなたがそいつの尻を蹴飛ばすあいだ、あなたのコートを持っててあげたのに。それか、わたしがそいつを叩きのめすあいだ、あなたにわたしのコートを持っててもらったかも」

「シェルビーは自分で夫のケツを蹴飛ばしてやるべきだったんだ」

「きっとおまえは自分がまぬけでちっぽけな人間だと感じさせられたことがないんだな」グリフがかぶりを振った。シェルビーの悲しげな瞳や、明るく人なつっこい幼い娘を思いだした。

　グリフの胸に怒りがふつふつとこみあげた。このままいつまでも燃え続ければ、いずれ沸騰するかもしれない。もしその怒りが吹きこぼれたら、骨まで火傷しそうだ。

「ぼくの妹が一時期つきあってた男もさりげなく相手を傷つけ、人を操りたがるろくでなしだったよ。そいつはほんの数カ月のうちに、妹をとことん苦しめた。ふたりのあいだに子供はいなかった。あの手のタイプはつきあいだしたころには、相手に世界で最高の女性であるかのような気分を味わわせるんだ。きみのような非の打ちどころのない女性と人生をともに過ごせるなんて自分は幸運だと。だが、やがて、相手をじわじわと少しずつ崩壊させていく。妹はそいつのせいですっかり痩せ細ってしまった。もともとふっくらしたタイプじゃなかったのに」

「そうだな」フォレストが同意した。「彼女に会ったことがあるが、おまえの妹は魅力的だよ」

「そのろくでなしは演技上手で、やたらとジョリーにべたべたしていた。〝どうしてもっとセンスのいいヘアスタイルにしないんだ？　もし先の見えない仕事をしているせいで高級な美容院に行くお金がないなら、おれが払うよ。おれのおごりだ〟と」

「傷つけてはキスするやり方だな」マットが言った。「そいつなら覚えてるよ。ジョリーがようやく別れたとき、グリフはそいつが殴りかかってくるよう挑発したんだ」

「一発殴られないと、やつのほうから手を出してきたと言えないからな」

「それでも暴行には変わりない」

「黙れよ、保安官代理。そうするだけの甲斐があったんだから」

「以前のシェルビーはいつだってとても……なんて言うか……」フォレストがつぶやいた。

「活気に満ちていたわ」エマ・ケイトが言葉を引き継いだ。「シェルビーはいろんなものを追い求めてた。それを手に入れるために他人を踏みにじったりしないけど、正々堂々と競いあってた。もし誰かが彼女やほかの誰かを踏みにじろうとしたら……」いったん口をつぐみ、グリフをちらっと見た。「シェルビーは相手を叩きのめすはずよ」

「今だって活気に満ちあふれてるよ。きみたちは幼いころから彼女を知ってるから、それがわからないんだ。でも、ぼくには生き生きとして見える」

エマ・ケイトがグリフに向かって小首を傾げた。「あら、グリフィン・ロット。シェルビーは幼いお嬢さんがあなたのとりこだって言ってたけど、あなたは母親のほうに夢中なの？」

「そんな質問に答えられると思うかい？　シェルビーの兄貴がすぐそこに座ってるんだぞ。しかも、さっき彼に殴ると脅されたばかりなのに」

「彼女はおまえ好みのタイプだよ」マットが割りこんだ。

「ぼく好みのタイプ？」

「まあ、相手が女性なら、おまえは特にタイプにこだわらないか」

「彼女の兄貴がすぐそこに座ってるんだぞ」グリフはそう繰り返し、ビールをあおった。


シェルビーは約束どおりチェルシーと遊ばせるためにキャリーを公園へ連れていき、娘に劣らず楽しい時間を過ごした。何より、チェルシーの母親とベビーシッターのスケジュールを立てられたのがよかった。翌日シェルビーが用事をすませるあいだ、トレイシーがキャリーを数時間預かってくれることになり、二日後はシェルビーがチェルシーを預かることになった。

それなら、ちょっとずつみんなにメリットがある。

シェルビーは手持ちの服をもう一度眺めまわした。せめてパートタイムの仕事を見つけよう。

結局、シンプルなラインの春らしい淡い黄色のワンピースを着ることにした。それに、品のいいベージュのパンプスと、丈の短い白のジャケットを合わせた。

髪はポニーテールにし、小粒のパールのドロップイヤリングをつけた。大学時代から使っているこのパールは本物ではないが、きれいだし、このワンピースにぴったりだ。

母親が仕事に復帰し、実家でキャリーとふたりきりになったおかげで、職探しに行くために身支度をしていることを説明せずにすんだ。もし運よく仕事が見つかったら、既成事実として伝えよう。

もし仕事が見つかって自宅が売れたら、人目をはばからず大通りを倒立宙返りで行ったり来たりしてしまいそうだ。

「ママ、きれい」

「キャリーのほうがきれいよ」シェルビーが肩越しに振り返ると、キャリーはベッドに座り、バービー人形の服をきちょうめんに脱がせていた。

「この子たちはチェルシーのおうちに行くから着替えないといけないの。チェルシーは白雪姫(スノーホワイト)っていう名前の子猫を飼ってるのよ。わたしも子猫を飼っていい?」

シェルビーはベッドの足元でいびきをかいている老犬を見おろした。「そんなことをしたらクランシーがどう思うかしら?」

「クランシーだって子猫と遊べるわ。わたしの子猫の名前は『シュレック』のプリンセスと同じフィオナにするわ。ねえ、子猫を飼っていいでしょう。お願い、ママ。それか、子犬でもいいわ。一番ほしいのは子犬だから」

「じゃあ、わたしたちのおうちを手に入れたら、子猫を飼うかどうか考えましょう」

「それに、子犬もよ!　子犬の名前は『シュレック』のロバと同じドンキーよ」

「まあ、それもいずれ考えましょう」

リチャードはペット厳禁という方針だった。キャリーのためにマイホームを手に入れたら、犬と猫を飼うとしよう。

「それに、ポニーも飼いたいわ！」

「ちょっと調子に乗りすぎよ、キャリー・ローズ」そうたしなめながらも、シェルビーはキャリーを抱きあげてくるりとまわった。「本当に今日のママはきれい？　今日は最高の姿を見せたいの」

「ママはきれいよ」

シェルビーは娘の頰に頰を押しつけた。「キャリー、あなたはこの世でもっとも大切な宝物よ」

「もうチェルシーのおうちに行く時間？」

「あともう少しよ。お人形に服を着せてあげなさい。そうしたらチェルシーのおうちに持っていけるようにバッグにつめるわ」

キャリーをトレイシーに預けてちょっとおしゃべりしたあと、シェルビーはダウンタウンに向かった。

わたしは有能で、新しいことを学ぶ頭脳も備えているわ。アートに関しても多少知識はあるし、地元のアーティストや工芸家のなかには知り合いや、以前知っていた人もいる。〈アートフル・リッジ〉で首尾よくパートタイムの仕事を手に入れることができたら、申し分ないわ。

車を停めたあと、しばし車内にとどまって勇気をふるい起こした。

必死なそぶりを見せてはだめよ。最悪の場合、何か買うこと。大丈夫、わたしならできるわ。

笑顔を張りつけ、胃の痛みは無視して車からおりると、歩道を進み、〈アートフル・リッジ〉に入った。

まあ、なんてすてきなお店かしら。ぜひここで働きたいわ。あたりには香り付きのキャンドルの芳香が漂い、自然光で店内が輝いている。ぱっと見ただけで、自分の家を手に入れたら、ぜひ購入したいものが五、六個見つかった。

錬鉄製の燭台(しょくだい)、淡いブルーの吹きガラス、朝もやに包まれた渓流の絵、ガラスのようにつややかなクリーム色の優美な長い壺(つぼ)。

トレイシーの作品もあった。積み重ねられるチューリップ型のボウルがとてもすてきだわ。

ガラス棚は光り輝き、ややきしむ古い木の床が鈍い光沢を放っている。

カウンターの奥から出てきた若い女性店員は、見たところ二十歳そこそこで、耳に沿って色とりどりのスタッドピアスを六つしていた。

この子は店長ではないけど、話のとっかかりになるだろう。

「おはようございます。今日は何かお探しですか？」

「すてきなお店ですね」

「ありがとうございます！　うちの店は地元のアーティストや職人の作品をとり扱ってるんです。このあたりには才能豊かな芸術家が大勢いるので」

「本当にそうね。あっ、あれは、あの一連の絵画は、いとこの作品だわ」シェルビーは小さな四枚の水彩画に歩み寄った。

「あなたはジェスリン・ポメロイのご親戚なんですか？」

「ええ、父方のいとこのシェルビー・ポメロイです。結婚してフォックスワースに名字が変わったけれど」誰が自分の身内かということは重要だし、それが就職への足がかりになりうる。「ジェスリンはバートレットおじの二番目のお嬢さんで、わたしたちはみんな彼女のことを心から誇らしく思っているわ」

「つい先日の土曜日、ジェスリンの絵がワシントンから来た男性に売れたんですよ」

「それはすばらしいニュースね！　いとこのジェスリンの作品が、ワシントンのどこかのお宅の壁に飾られるなんて」

「ランデヴー・リッジには旅行でいらしたんですか？」

「わたしはここで生まれ育って、数年別の土地で暮らしたあと、故郷に帰ってきたの。

ほんの数日前に戻ってきて、腰を落ち着けようとしているところよ。実は、パートタイムの働き口を探してるの。こんなお店で働けたら最高でしょうね。いとこの作品も販売されてるし。それに、トレイシー・リーの――」シェルビーはさらに続けた。地元住民を知ってることは、プラスに働くはずだ。「彼女の幼いお嬢さんとわたしの娘はもうすっかり仲良くなったのよ」

「トレイシーがつくるコーヒーマグは棚に出したとたんに売れてしまうんです。まさに飛ぶようにね。わたしの姉のテートはロビーの――トレイシーのご主人の――いとこのウッディーと結婚したんですよ。姉夫婦は今、ノックスヴィルで暮らしています」

「ひょっとして、あなたのお姉さんはテート・ブラウン？」

「ええ、そうです。今の名字はブラッドショーですが、わたしの姉です。テートをご存知なんですか？」

「ええ。テートは高校時代にわたしの兄のクレイと一時期つきあってたの。彼女は結婚してノックスヴィルで暮らしてるのね」

　家族関係について店員とおしゃべりしながら、これも足がかりとなるだろうとシェルビーは思った。

「実は、観光シーズンに向けてスタッフを募集し始めたところなんです。店長とそのことについてお話しになりますか?」

「ええ、お願いします」

「少々お待ちください。もしよかったら店内をご覧になっていてくださいね」

「ええ、ありがとう」若い店員が姿を消したとたん、シェルビーは背の高い壺の値段を確かめ、顔をしかめた。思ったとおり、適正価格だけど今はちょっと手が届かない。でも、いつか手に入れよう。

ほどなく店員が戻ってきたが、そのまなざしから親しみやすさが消え、口調も冷ややかになった。

「二階のオフィスへどうぞ。わたしが案内します」

「ありがとう」シェルビーはあとについて店の奥へ向かった。「こんなにきれいなものに囲まれて働くのはきっと楽しいでしょうね」

「この階段をあがって最初の部屋です。もうドアは開いてますから」

「ありがとう」

シェルビーは頑丈なつくりの階段をあがり、三枚の細長い窓からランデヴー・リッジと丘陵を見渡せる部屋に足を踏み入れた。

そこにもアートや美しいものが置かれていた。優美なラインを描く深いブルーの椅子に、黄金色に輝くオーク材の立派な古いデスク。コンピューターと電話のかたわらには、真っ赤な薔薇とかすみ草が生けられた花瓶がある。

やがてデスクの背後の女性が目にとまり、店員がなぜ態度を豹変(ひょうへん)させたのか腑(ふ)に落ちた。

「まあ、メロディー。あなたがここで働いてるなんて知らなかったわ」

「わたしはこのギャラリーの店長よ。一年ほど前に祖母が店を買いとって、わたしが経営をまかされたの」

「お店を見る限り、あなたはすばらしい手腕を発揮したようね」

「ありがとう。身内のためにはできる限りのことをしないとね。それより、あなたのことだけど――」メロディーが立ちあがった。女らしい曲線の体にぴったり張りつくような薔薇色のワンピース。柔らかく波打って肩にかかっている長いブロンドの髪。毛穴など見当たらないハート形の顔は、高級な化粧クリームか日焼け用クリームのおかげで小麦色に輝いていた。

あれは日焼けによるものじゃない。メロディーがしわやシミができる危険を冒してまで、素肌を太陽にさらすはずがないもの。

メロディーはシェルビーに歩み寄ると、冷酷なブルーの瞳で一瞥(いちべつ)し、挨拶代わりに頬を触れあわせた。

「ちっとも変わらないわね！　あなたの髪がそんなにぼさぼさなのは、きっとこの湿気のせいね」

「幸いサロン向けの高級な商品を気軽に使えるから助かってるわ」今のわたしに必要なのは精神安定剤かも。メロディー・バンカーほど神経を逆撫でする人はいないもの。

「もちろん、そうでしょうね。聞いたわよ、故郷に戻ってきたんでしょう。ご主人のことは悲劇以外の何物でもないわ、シェルビー。なんて痛ましいことかしら。心から同情するわ」

「ありがとう、メロディー」

「あなたはまた一から出直すことになったわけね。実家に戻ってお母さんと一緒に暮らしてるんでしょう。さあ、どうぞ座って」メロディーはデスクにもたれ、自分の力をひけらかすようにシェルビーを見おろした。「それで、調子はどうなの、シェルビー？」

「わたしは元気よ。こうして故郷に戻ってこられてうれしいわ。あなたのお母さまはお元気なの、メロディー？」

「ええ、元気よ。二週間後には一緒にメンフィスへ行って数日間買い物をする予定なの。もちろん、宿泊先はピーボディ・ホテルよ」

「もちろんそうでしょうね」

「あなたも知ってのとおり、このあたりじゃまともな服を見つけるのは難しいから、シーズンごとにメンフィスへ行くことにしてるの。正直、あなたがランデヴー・リッジに戻ってくるなんて思いもしなかったわ。でも未亡人になった今、家族の慰めが必要なのよね」

「ええ、家族は慰めになってくれるわ」

「あなたが店に来て、ここで働きたがってるとケリーから聞いたときは本当にびっくりしたわ。だって、お金持ちのご主人をつかまえて裕福に暮らしてるという噂を散々聞いてたから。それに、あなたにはお嬢さんがいるんでしょう」メロディーのブルーの瞳が輝いたが、それは親愛の情によるものではなかった。「そのお嬢さんのおかげで、お金持ちの夫をつかまえられたんだって噂する人もいるのよ」

「きっといるでしょうね。自分の声を聞くためだけに、醜い言葉をやたらと口にする人もいるから。とにかく、わたしは働きたいの」シェルビーは率直に切りだした。

「あなたの力になってあげたいのは山々だけど、〈アートフル・リッジ〉で働くにはいくつかの条件を満たしていなければならないわ、シェルビー。あなたはレジ打ちなんてしたことがないでしょう」

シェルビーがサロンでレジ打ちをしていたことを、メロディーは重々承知しているはずなのに。

「わたしは十四歳のときから祖母のサロンで週末や夏休みにレジ打ちをしていたわ。

大学では――わたしが進学したことをあなたが覚えてるかどうかわからないけど――メンフィス大学の書店で副店長も務めた。数年前のことだけど、必要なら紹介状を書いてもらえると思うわ。レジ打ちやコンピューターの使い方は心得てるし、大半の基本的なソフトも使いこなせるわ」

「身内が経営する美容サロンや大学の書店じゃ、美術工芸品を扱う高級ギャラリーで働くための土台にはならないわ。それに、あなたに商品が販売できるの？　大学の書店で働いてたですって？　そんなところじゃ、何もしなくても勝手にものが売れるでしょう。このギャラリーが販売しているのは高級なアートで、しかもその多くはここでしか購入できない作品なのよ。今や〈アートフル・リッジ〉はこの町のシンボルになってるわ。それを言うなら、この郡のシンボルよ。もちろん評判もいいわ」

「このギャラリーの品ぞろえや陳列方法を見れば、高く評価されるのも当然だわ。だけど、わたしなら入口付近にあった籐椅子の奥に置かれていた節材のテーブルや、陶器の皿やワイングラスや布をかけあわせてすてきなディスプレイをつくれるわよ」

「あら、そう」

その冷ややかな返事に、シェルビーは微笑んだ。「残念だったわね、メロディー。わたしを雇えばあなたのおばあさまの店の貴重な戦力となれたのに。時間をとってくれてありがとう」

「ヴィのサロンに行ったらどう？　きっとあなたのおばあさまなら、あなたの技術や経験に見合った仕事をサロンで見つけてくれるわよ。きっと床を掃いたりシンクを洗ったりするスタッフが必要なはずだもの」

「わたしにはそういう仕事がお似合いだって言いたいの？」シェルビーは小首を傾げた。「だとしても驚かないわ、メロディー、ええ、まったくね。あなたは高校時代からちっとも変わってないのね。いまだに、ホームカミング・クイーンにあなたじゃなくてわたしが選ばれたことを根に持ってるなんて。本当にお気の毒としか言いようがないわ。高校を卒業して以来、あなたの人生は少しも豊かで満ちたりたものにならなかったのね」

シェルビーは堂々と胸を張ってオフィスを出ると、階段をおり始めた。

「わたしはミス・テネシー・コンテストで二位になったのよ！」

シェルビーは振り返ると、両手を腰にあてて二階に立つメロディーに向かって微笑んだ。「まあ、それはお気の毒だこと」そう言い返し、階段をくだって外に出た。

シェルビーは体が震えだしそうだった。それが怒りによるものなのか羞恥心によるものなのかわからない。歩いて振り払うよう自分に命じ、通りを渡った。

思わずサロンに直行して洗いざらいぶちまけたくなったが、突然向きを変え、〈ブートレガー・バー&グリル〉をめざした。

タンジーは〈ブートレガー・バー&グリル〉でもうひとりウエイトレスを必要としているかもしれない。

胸に怒りと羞恥心が渦巻くなか、ドアを叩いた。開店の三十分前だけど、どうか誰かいますように。

もう一度勢いよく叩くと、ドアが開き、屈強な男性が現れた。山脈のように盛りあがった筋肉をあらわにしたタンクトップ姿の男性が、漆黒の目でこちらをにらんだ。

「店が開くのは十一時半なんだが」

「わかってます。はっきりそう書いてありましたから。わたしはタンジーに用があるんです」

「どんな用だ?」

「そんなことあなたに関係ないわ、だから……」シェルビーは口ごもり、自己嫌悪に陥った。「すみません――本当にごめんなさい。むしゃくしゃしていたせいで、つい失礼な態度をとってしまいました。わたしはタンジーの友人のシェルビーです。もし彼女がいれば、ちょっと話したいんですが」

「シェルビー、おれはデリックだ」

「タンジーのご主人ですね。初めまして、デリック。あんな失礼な態度をとって本当にごめんなさい。自分が恥ずかしいわ」

「もう過ぎたことは忘れよう。きみが動揺しているのは見ればわかる。さあ、なかに入ってくれ」
二、三人の給仕係がテーブルの用意をしていた。比較的静かな店内に、厨房の音や大きな話し声が響く。
「バーカウンターの席に座っててくれ、タンジーを呼んでくるよ」

「ありがとうございます。長居はしませんから」

シェルビーは腰をおろすと、アトランタのヨガのレッスンで習った呼吸法を行ったが、効き目はなかった。

やがて、タンジーが満面の笑みを浮かべてやってきた。「来てくれて本当にうれしいわ。ゆうべはほとんど話せなかったから」

「実は、さっきあなたのデリックに失礼なことをしてしまったの」

「シェルビーはそんなに失礼じゃなかったし、もう二回も謝った。何か飲み物はどうだい?」デリックがきいた。

「えーと——」

「コーラはどう?」タンジーが言った。

「ええ、コーラにするわ。ありがとう。何度も同じ台詞を繰り返すけど、本当にごめんなさい。実は、さっきメロディー・バンカーとちょっと言い争いになって」

タンジーがスツールに腰かけた。「コーラよりお酒のほうがいい?」

「誘惑に駆られるけど、遠慮しておくわ。さっき〈アートフル・リッジ〉でパートタイムのスタッフを募集していないか確かめに行ったの。あんなにすてきなお店じゃなければよかったのに。でも、すごくすてきな店だし、いい雰囲気だと思ったの。二階にあがってメロディーと話すまでは。彼女、ねずみ取りみたいに歯が鋭くて、辛辣だったわ。メロディーったらいまだに高校時代のことを根に持ってるのよ」

「あの手のタイプは決して水に流したりしないわ。わたしのほうこそ謝らないと。だって、あなたをあの店に行かせたのはわたしだもの。メロディーのことなんて考えもしなかったわ――考えないようにしてたから」

タンジーは彼女の前にジンジャーエールを置いたデリックに微笑んだ。「ありがとう、デリック。メロディーがあの店にいるのは週にせいぜい二、三日で、来ても数時間しかいないの。あとはカントリークラブのミーティングに出席したり、ネイルサロンに行ったり、高級レストランでランチを食べたりしているわ。あの店を実際に経営しているのは副店長のロザンヌよ」

「真の経営者が誰だろうと、メロディーはわたしを雇うくらいならあの店を全焼させるでしょうね。ありがとう」シェルビーは目の前にコーラを置いてくれたデリックに言った。「タンジーを奥さんに選ぶなんて、あなたはとってもいい人なのね。それに、この店もすごく気に入ったわ。おかげでゆうべはとても楽しかった。それから赤ちゃんのこと、おめでとうございます」

「それだけ言ってもらえば充分だ。おれもきみを気に入ったよ」デリックは自分のグラスに炭酸水を注いだ。「タンジーからきみの話は聞いている。向かいの店の性悪女がタンジーをからかったとき、きみがかばってくれたと」

「デリック、あの人のことをそんなふうに呼んじゃだめよ」

「メロディーは性悪女よ」シェルビーはコーラを飲んだ。「少なくとも、わたしはちょっと言い返してやったわ。あんなふうにやり返したのは久しぶりで、最高に気分がよかった。ちょっとよすぎるくらい」

「あなたは昔から反撃が得意だったものね」

「そうかしら?」シェルビーはだいぶ気分が落ち着き、にっこりしてコーラを飲んだ。「たしかに昔の感覚がよみがえってきたわ。わたしが店をあとにしたとき、メロディーの両耳からは煙が立ちのぼってた。あれは見物だったわ。だから、わたしが〈アートフル・リッジ〉で働ける見込みはゼロよ。ここは人手が必要じゃないかしら? たとえば、ウエイトレスをもうひとり募集してるとか?」

「あなたは給仕の仕事がしたいの?」

「わたしは仕事がしたいの。ううん、仕事が必要なの」シェルビーは言い直した。

「それが真実よ。わたしには仕事が必要なの。今日はトレイシー・ボウランにキャリーを預けて、お嬢さんのチェルシーと遊ばせてもらっているあいだに職探しをしているの。ここで募集してないなら、気にしないで。ほかにもまわる店のリストがあるから」

「ウエイトレスの経験はあるのかい？」デリックがきいた。

「わたしは何度もテーブルを片づけ、たくさん料理をふるまってきたわ。それに、きつい仕事もいとわない。今、探してるのはパートタイムの仕事だけど――」

「ウエイトレスはあなたに向かないわ、シェルビー」タンジーが口を開いた。

「わかったわ。話を聞いてくれてありがとう。コーラをごちそうさま」

「まだ話は終わってないわよ。デリックとわたしは金曜の晩（フライデー・ナイツ）のイベントを増やそうと話していたの。そうよね？」デリックが眉をひそめると、タンジーが念押しした。

「ああ、そんな話を多少したな」

「月に二度、土曜の晩にバンドを呼んでライブを行うんだけど、大盛況なのよ。それで、金曜日の晩にも何か娯楽を提供したいと思ってるの。だから今、この場であなたを雇うわ。金曜の晩、八時から十二時まで歌って」

「タンジー、すごくありがたい話だけど、わたしはもう何年もステージで歌っていないのよ」

「今でも歌えるんでしょう?」

「ええ、歌えなくはないけど……」

「たいした額は払えないわ、少なくとも様子を見るまでは。一セット五十分のステージを二回やってちょうだい。できれば、週ごとに違うテーマを試したいわ」

「タンジーがひらめいたぞ」デリックはつぶやき、誇らしげに顔を輝かせた。

「いいアイデアがあるわ」ジンジャーエールを片手に持ったまま、タンジーはバーカウンターを人さし指で叩いた。「そのいいアイデアは、一九四〇年代から始まるの。一九四〇年代の曲と当時を代表する飲み物を提供するのよ。当時の人は何を飲んでいたのかしら。マティーニ、それともビール割りのウィスキー?　あとで調べてみるわ」タンジーはいったん棚あげするように手を振った。「次の週は一九五〇年代よ、そうやって一週ごとに現代に近づいていくの。郷愁を誘って大勢の客を呼ぶのよ。準備はわたしにまかせてちょうだい。とりあえず、カラオケマシーンを使いましょう。手始めに拡張工事をすれば、ピアノも置けるし、ミュージシャンを二、三人雇えるわ。手始めに、カラオケマシーンの調達ね、デリック。月曜の晩は普通のお客さんにもカラオケを歌ってもらいましょう」

「タンジーがひらめいたぞ」彼はまた言った。

「たとえどんなに音痴でも、みんな人前で歌うのが好きなんですって。きっと、月曜の晩は大にぎわいよ。それに、金曜の晩も。シェルビーのステージはシンプルに〈フライデー・ナイツ〉って呼ぶことにするわ。一週間にたったひと晩だけど、これでもし必要なら昼間の仕事を探すゆとりができるんじゃない、シェルビー?」

「本当にいいんですか?」シェルビーはデリックにきいた。

「この店の経営者はタンジーで、おれは所有してるだけだ」

「今週の金曜日はだめよ」タンジーがふたりを圧倒する勢いで続けた。「時期尚早だし、いろいろ準備しないといけないから。来週の金曜日からにしましょう。シェルビー、わたしがステージの準備を整えたら、何度かリハーサルに来てちょうだい。これがうまくいったら、やっぱり拡張工事が必要よ、デリック。マットやグリフと話して、至急とりかかってもらったほうがいいわ」

「了解だ」

「で、どうする、シェルビー?」

シェルビーは息を吐きだして、また息を吸った。「わかった。やるわ。うまくいかなくても、恨みっこなしよ。でも、わたしはやるわ。本当にありがとう。わたしはあなたの店の〈フライデー・ナイツ〉になるわ」

10

シェルビーは踊るような足取りでサロンに向かった。

「あら、今日はずいぶんとすてきじゃない」シェルビーがサロンに足を踏み入れたとたん、ヴィオラが言った。「シシー、わたしの孫娘のシェルビーを覚えてる?」

それを機に、シェルビーはヴィオラの客のシシーと話し始めた。そのあいだにヴィオラはシシーの髪から巨大なカーラーをいくつも外し、スタイリングにとりかかった。

シェルビーは話の糸口を見つけるやいなや、ニュースを報告した。

「よかったわね! タンジーとご主人のデリックの手腕で〈ブートレガー・バー&グリル〉はすばらしい店になったし、そこにあなたが加わるのね。スターとして!」

シェルビーは笑い声をあげ、使用済みのカーラーが入ったバスケットを祖母の邪魔にならない場所へと無意識に動かした。「金曜日の晩だけよ。でも——」

すると、シシーが割りこみ、娘が高校で行われるミュージカルの主演を務める話を始め、ヴィオラは彼女の髪を二倍の大きさにふんわりふくらませた。

「わたしはもう本当に帰らないと。これからお母さんがシシーのトリートメントを行うんでしょう」

「そしてフェイシャルエステもね。トレイシーがもうしばらくキャリーを預かってくれるんでしょう？」ヴィオラがきいた。「わたしはもうすぐ休憩に入るわ」

「まだ何軒か寄りたい店があるの。〈マウンテン・トレジャーズ〉や〈ザ・ワット・ノット・プレイス〉がパートタイムのスタッフを募集しているか確かめようと思って。タンジーは〈ザ・ワット・ノット・プレイス〉が観光客や地元の人たちが集まって繁盛してると言ってたわ」

「わたしはその店で自宅のコレクションに合うディプレッション・グラス（アメリカで恐慌時代に製造されたガラス食器）のティーカップを購入したわよ」

「職探しがわたしのやることリストの優先項目よ。〈アートフル・リッジ〉はスタッフを募集していなかったの。メロディー・バンカーが決定権を握っている限り、少なくともわたしは雇われないわ」

「メロディーは子供のころからあなたに嫉妬してたわね」客の好みを知りつくしているヴィオラは、大きくふくらんだ髪にたっぷりヘアスプレーを吹きかけた。「彼女に雇われなかったことを感謝すべきよ、シェルビー。あの店で働くことになっていたら、毎日みじめな思いを味わったに違いないわ。できたわよ、シシー。この大きさでいいかしら？」

「もう何を言ってるの、ヴィ。わたしがヘアスタイルで目立ちたいタイプだって知ってるくせに。せっかく髪の量に恵まれたんだもの、大いに活用しないとね。すばらしい仕上がりだわ。あなたの右に出る人はいないわね。わたしはこれから女友達とランチなの」シシーがシェルビーに言った。「高級なホテルのレストランで」

「まあ、楽しそう」

さらに数分かけてシシーをトリートメントルームに送りだすと、ヴィオラはため息をついて腰をおろした。「次回こそ、彼女の髪をふくらませるときは自転車用の空気入れを使うわ。ところで、あなたは週に何日働こうと思ってるの？」

「三、四日くらいね——短時間なら週に五日でも大丈夫かもしれない。トレイシーとうまく予定を調整したり、彼女の代わりにお母さんにも子守を頼んだりできれば。それ以上働くなら、キャリーを保育園に入れないと」

「それじゃ、せっかく稼いだお金を使い果たしてしまうわ」

「できれば、キャリーがここになじめるよう、保育園に入れるのは秋まで待ちたいの。でも、もっと早くそうせざるをえなくなるかも。まあ、ほかの子供たちと一緒に過ごすのはキャリーにとってもいいことだし」

「たしかにそうね。ところでひと言言わせてもらえる？　わたしはサロンであなたに働いてもらいたいのに、どうして〈マウンテン・トレジャーズ〉やほかの店に行くの？　あなたならサロンで電話番やスケジュール管理、在庫管理に顧客の対応だってできるはずよ。それに整理整頓好きだから、そういう面でも戦力になるわ。ほかに好きな仕事が見つかったなら、それでもかまわない。でも、とりあえず今は週三日、忙しいときは週に四日ここで働いてちょうだい。キャリーを連れてきてもいいわよ。あなただってあの子ぐらいの年のころ、サロンに入りびたっていたじゃない」

「ええ」

「それがいやだったの？」

「ううん、とっても楽しかった。ここで遊んだり、女性たちのおしゃべりを聞いたり、髪をアレンジしてもらったり、大人と同じようにマニキュアを塗ってもらったりして、いい思い出がたくさんあるわ。でも、身内であることを利用したくないのよ、おばあちゃん。だから、わたしのためにわざわざ仕事をつくらないで」

「これは身内のコネを利用しているんでも、必要のない仕事をつくってるわけでもなく、あなたにここで働いてもらえたら本当に助かるのよ。それに、お給料をちゃんと払うから、あなたはただの手伝いじゃないわ。これにはお互いにとってメリットがあるのよ。あなたがここで働きたくないなら話は別だけど」

「わたしもあなたにここで働いてもらいたいわ」クリスタルが自分の持ち場からシェ

ルビーに向かって言った。「そうしてくれれば、わたしたちは電話に出たり、飛びこみのお客が来たときにスケジュール表を確かめてドティーが店の奥にいるか、それとも休憩中か、確かめたりしないですむもの」

「平日に三日間、午前十時から午後三時まで、忙しいときは土曜日も午前九時から午後四時まで働いてもらうと助かるわ」ヴィオラはシェルビーのためらう表情を見て、いったん口をつぐんだ。「あなたがやらないなら、別の誰かを雇わないといけないわ。そうよね、クリスタル?」

「ええ、そのとおりよ。ちょうどパートタイムのスタッフを募集しようと話していたところなの」くしを手に、クリスタルは胸の前で十字を切った。「本当だと誓うわ」

「以前、手伝ってもらっていたころからずいぶん経つし、また説明しないといけないこともあるけど、あなたは賢い子よ」ヴィオラが続けた。「だから、すぐに覚えられると思うわ」

シェルビーはクリスタルのほうを見た。「祖母が不必要な仕事をつくろうとしていないと、本当に誓える?」

「ええ、ミズ・ヴィは決してそんなことはしないわ。ドティーはサロンとトリートメントルーム、奥の更衣室とリラクゼーション・ルームのあいだを何度も駆けまわってるの。それに、サーシャは資格をとってフェイシャルエステやボディエステを行ってるから、そういう雑用をこなすゆとりがないのよ。これまではなんとかやってきたけど、誰かがそういう仕事を引き受けてくれたら、本当にありがたいわ」

「わかったわ」シェルビーは驚きが入りまじる笑い声をもらした。「ぜひここで働かせてちょうだい」

「これで決まりね。じゃあ、職探しをするために使うはずだった一時間をここで働いてもらうわ。あそこの部屋に行ってちょうだい。もうタオルが乾いてるはずだから、それを畳んで持ってきて、それぞれの美容師の持ち場に補充して」

シェルビーは頭をかがめてヴィオラの頬に頬を押しつけた。「ありがとう、おばあちゃん」

「これから忙しくなるわよ」

「望むところよ」そう言って、シェルビーは仕事にとりかかった。


キャリーを連れて帰宅したときには、シェルビーがちゃんと働けるようにスケジュールが組まれていた。トレイシーとは一週間に一日ずつお互いの子供を預かり、土曜日に仕事が入ったときは彼女に娘を頼んでベビーシッター代を払うことにした。そして、週に一度、エイダ・メイが〝おばあちゃんとキャリーが一緒に過ごす日〟と称して孫娘の面倒を見てくれることになった。

万が一、誰にも預けられないときは、キャリーを職場に連れていくまでだ。

金曜の晩は、母と祖母に交代でキャリーの面倒を見てもらう予定だ。それはふたりからの提案だった。そんなことを考えながら、シェルビーは私道に車を停めた。

これで、ちゃんと生計を立てながら、娘もしっかり面倒を見てもらえる。これ以上望むことはないわ。

キャリーは家までの短いドライブのあいだにとろんとした目つきになった。これならすぐに寝かしつけられそうだ。娘が昼寝をしている隙に、一九四〇年代の曲を調べて、歌う曲を選び始めるとしよう。シェルビーはうとうとしているキャリーを抱いて二階に直行した。

キャリーが目を覚まさないよう揺らしながらハミングし、娘の部屋のほうに曲がったシェルビーは、突然廊下に現れたグリフを見て、短い悲鳴をあげた。

キャリーも腕のなかでびくっとし、短い悲鳴どころか金切り声をあげた。

「ごめん！」グリフがイヤフォンを外した。「きみの足音が聞こえなかったんだ。本当に申し訳ない。エイダ・メイから――。やあ、キャリー、怖がらせてごめんよ」

キャリーはシェルビーにしがみつきながら、グリフをじっと見つめてすすり泣いていたが、次の瞬間彼に抱きついた。

「よしよし、もう大丈夫だ」彼はキャリーの背中をさすり、シェルビーに微笑んだ。

「エイダ・メイから新しいバスルームをつくってほしいと言われて、時間があきしだい、立ち寄って部屋のサイズを測ることになってたんだ。うわっ、今日はすごくきれいだね」

「ちょっと座らせてもらえる？」シェルビーは階段の一番上の段に腰をおろした。

「あなたのトラックは見かけなかったわ」

「ミズ・ビッツィーのところから歩いてきたんだよ。ついさっき向こうのリフォームが終わって、来週からはここの工事にとりかかれる」

「来週？」

「ああ」グリフは泣きやんではなをすすっているキャリーを揺らし、背中をぽんぽんと叩いた。「ちょっとした仕事がいくつか入ってるけど、ここのリフォームと並行して進める予定だよ。さっきは音楽を聴いてたせいで、きみの足音が聞こえなかった」

「気にしないでちょうだい。あれで寿命が十年縮んだとしても、きっと必要のない十年だから。わたしは娘に昼寝をさせようと思ってたの」

「オーケー。部屋はここだろう？」

　グリフはキャリーの部屋に足を踏み入れ、シェルビーが立ちあがってあとを追ったときには、キャリーをベッドに横たえて薄地の毛布をかけ、娘がよく寝る前に思いつく単調な質問に小声で答えていた。

「ねえ、キスして」キャリーがせがんだ。

「オーケー」彼はキャリーの頬にキスをすると、立ちあがってシェルビーを見た。

「たったこれだけでいいのかい?」

「ええ」そうこたえながらも、シェルビーはベッドから離れるように手振りで示し、部屋を出た。「あんなに簡単に寝てくれたのは、チェルシーの家ですっかりくたくたになったからよ」

「キャリーはさくらんぼのにおいがしたよ」

「きっとジュースを飲んだのね」

そして、キャリーの母親は山間の草原のにおいがする——さわやかで甘くワイルドなにおいが。今日のキーワードは〝フェロモン〟にすべきだな、とグリフは考えた。

「今日は本当にすてきだね」

「仕事を探しに行ったから、見苦しくない格好をしようと思ったの」

「見苦しくないなんてもんじゃない」グリフは〝セクシー〟だと口走りそうになるのをぐっとこらえた。「すばらしいのひと言だよ。で、職探しはどうだったんだい?」

「バッチリよ。まさに満塁ホームランね」

野球にたとえるなんて、もう彼女と結婚するしかないな。

「コーラが飲みたいわ。あなたも飲む?」

「そんな誘いを断るわけがないだろう」とりわけ、シェルビーともう少し一緒にいられるなら。「で、なんの仕事をするんだい?」

「このあたりじゃ、そのきき方は直接的すぎるわ」階段をおりながら、彼女が警告するように言った。「まずどうやってその仕事を手に入れたのか、探りを入れないと」

「ごめん、ぼくはまだ北部の習性をぬぐい去ろうとしている最中なんだ」

「全部ぬぐい去る必要はないわ、それはあなたの魅力でもあるもの。で、何を聴いてたの?」彼女は自分の耳を人さし指で叩いた。

「かなり吟味した選曲リストだよ。たしか、きみの寿命を十年縮めたときは、ザ・ブラック・キーズの《フィーヴァー》だった」

「少なくとも、わたしは好きな曲のせいで十年を失ったのね。それじゃ、あなたの質問に話を戻すわね。まず、わたしは〈アートフル・リッジ〉に職探しに行って門前払いされ、プライドがずたずたになったわ。そこの店長が高校時代のライバルだったの。もっとも、自分が店を切り盛りしてると思っているのは彼女だけみたいだけど」

「メロディー・バンカーか。彼女なら知ってるよ。しつこく言い寄られたことがある」

「嘘でしょう」シェルビーはびっくりして口をつぐみ、目をみはった。その隙に、グリフはじっと彼女の瞳を見つめ、それがほぼ紫に近いブルーだと気づいた。

「本当なの？」

「あのとき、彼女は酒を二、三杯飲んでいて、ぼくはまだ新参者だった」

「まさかその誘いに応じたの？」

「そうしようかとも思った」グリフはシェルビーとともにキッチンへ移動した。「メロディーはなかなかの美人だからね、でも意地悪な性格が透けて見えた」

「誰もがそれに気づくわけじゃないわ――とりわけ男性は」

「ぼくは意地悪な人間に鼻がきくんだ。メロディーは女友達と一緒だったが、ずいぶん……。〝性悪〟って言葉を使わずに説明するには、どうしたらいいかな」

「性悪でいいわよ、メロディーにぴったりの言葉だもの。彼女は昔から悪意に満ちた噂話をするのが大好きだったわ。それに、このうえなく意地悪だった。今日はわたしにまぬけで役立たずだと思わせようとして失敗したわ。意地悪の芸を極めようとしたんでしょうけど、まだまだその域に達していなかった」

シェルビーははっとしてかぶりを振ると、コーラとグラスをとりだした。「そんなことはどうだっていいわ。断られてよかったんだもの。よかったどころか、最高よ」

「メロディーになんて言われたんだい？　これも直接的すぎるかな？」

「まず、この髪のことでちょっと嫌味を言われたの」

「きみの髪はとてもきれいじゃないか。魔法の力を持つ人魚の髪みたいだ」

シェルビーは噴きだした。「そんなことを言われたのは生まれて初めてよ。魔法の力を持つ人魚の髪ね。今度キャリーに言ってみるわ。とにかく、意地悪なメロディーから、わたしの現状についてあれこれ嫌味を言われたんだけど、仕事がほしいから我慢してたの。でも、彼女はわたしの自尊心までずたずたに引き裂こうとした。わたしには〈アートフル・リッジ〉に必要とされる品格もなければ頭脳もないし、そもそも応募する資格なんてないと。あの店で働ける可能性はこれっぽっちもないと悟った時点で、わたしも反撃したわ。もっと品のあるさりげない言葉で」

「だろうね」

シェルビーは冷笑を浮かべながら、氷を入れたグラスにコーラを注いだ。「わたしが店をあとにしたとき、すっかり頭に血がのぼったメロディーは、ミス・テネシー・コンテストで二位になったと叫んだの。それが彼女の人生でもっとも輝かしい瞬間だったのね。わたしはそれに対し、南部の女性らしくとびきり甘い哀れみの捨て台詞を吐いてやったわ」

「その台詞なら知ってるよ」グリフが人さし指で指した。「〝まあ、それはお気の毒だこと〟って言ったんだろう」

「あら、ずいぶんのみこみが早いわね」ふたつのグラスにコーラを注ぎ終えると、片方を彼にさしだした。「あの台詞はかなりこたえたはずよ。でも、わたしのほうもすっかり逆上してたから、そのまま〈ブートレガー・バー&グリル〉に直行したの。タンジーにウエイトレスとして雇ってもらえないか頼もうと思って。そのときデリックに会ったわ。彼、まるでアクション映画のスターね」

「そんなこと、思ったこともなかったよ」

「あなたは男性の視点で彼を見てるからよ。でも、女性の視点からすると――」シェルビーはまた笑って、顔の前で手を振った。「タンジーはラッキーね。それにデリックも運がいいわ。だって、彼女は優しくて賢くて繊細な女性だもの。あのときわたしは憤慨していたせいでついデリックに失礼な態度をとってしまって、あとから謝ったんだけど、ウエイトレスには雇ってもらえなかったわ」

「職探しは散々だったみたいだね」

「ところが、その逆なの。実は、ふたりから金曜の晩に歌ってほしいと頼まれたのよ。わたしは金曜の晩〈ブートレガー・バー&グリル〉で娯楽を提供するの。というか、タンジーいわく、わたしがあの店の〈フライデー・ナイツ〉になるんですって」

「嘘だろう？　すごいじゃないか、レッド。ほんと最高だよ。みんなからきみの歌のうまさは聞いてるよ。何か歌ってくれないか？」

「いやよ」

「そんなこと言わないで。二、三小節でいいから」

「じゃあ来週の金曜日に〈ブートレガー・バー&グリル〉に来てちょうだい。そうすればわたしの歌をたっぷり聴けるわよ」シェルビーはグラスをかかげて彼と乾杯してから、満足した顔でコーラを飲んだ。「実はそれだけじゃないの。その後、職探しでほかの店を二、三軒まわる前に、祖母に〈フライデー・ナイツ〉のことを伝えに行ったら、サロンでパートタイムで働くよう頼まれたの。わたしがサロンで働けば本当に助かると説得されたけど、あれが本心であることを願うわ」

「ぼくはミズ・ヴィと知りあってまだ日が浅いけど、彼女が口にする言葉はたいてい本心だ」

「たしかにそうね。それに、クリスタルも誰かをパートタイムで雇おうと話してたところだと言ってたし。だから、サロンでも働くことにして、ふたつの仕事を手に入れたのよ。ちゃんとお給料がもらえる仕事を。ほんと最高の気分だわ」

「お祝いしたいかい？」グリフの目の前で、うれしそうに輝いていたシェルビーの瞳に、やや警戒するような色が浮かんだ。「マットやエマ・ケイトを誘ってディナーでもどうだろう？」

「そうね、とっても楽しそう。でも、わたしは本腰を入れてステージで歌う曲を選ばないと。タンジーは毎週テーマを変えるつもりなの。だからちょっと調べ物をしないといけなくて。それに、キャリーのこともあるし」

「キャリー？　キャリーはピザが好きかい？」

「もちろん好きよ。一番好きなアイスクリームと、ほぼ互角なくらい」

「だったら、いつか仕事のあとに、きみたちふたりを〈ピッツァテリア〉に誘うよ」

「まあ、あなたって本当に優しいのね、グリフ。あの子、すっかりあなたのとりこになってるわよ」

「お互いさまさ」

シェルビーはグリフに微笑み、彼のグラスにコーラをたっぷりと注ぎ足した。「あなたはランデヴー・リッジに引っ越してきて、どのくらいになるの、グリフ？」

「もう一年になるよ」

「それなのに、まだ恋人がいないの？　あなたみたいな容姿の男性なら、独身女性がむらがってくるはずなのに」

「メロディーに言い寄られたのはせいぜい十分程度だ。それに、ぼくにはミズ・ヴィがいる。彼女がこの気持ちにこたえてさえくれたら――」

「あなたはわたしの祖母をめぐって祖父と戦うことになるわよ」

「だったら、汚い手を使ってでも戦うよ」

「祖父だってそうよ。それに、ものすごく抜け目がないの。正直、エマ・ケイトが——さもなければ、ミズ・ビッツィーが——あなたに誰かを紹介しようとしなかったことが驚きだわ」

「いや、しようとしたけど、うまくいかなかっただけさ」彼は肩をすくめてコーラを飲んだ。「どの女性にも特に興味がわかなくて。これまでは」

「そうね、そういうのって時間がかかるし……。なんですって？」恋愛からすっかり遠ざかっていたが、恋をしている男性のまなざしや声のトーンは忘れないものだ。シェルビーはどぎまぎしながらも胸のときめきを無視できず、慎重にコーラをひと口飲んだ。「あの、グリフ、正直言って今のわたしは複雑で厄介な状況なの」

「ぼくならその状況を修復できる、レッド。それがぼくの生業だからね」

シェルビーは緊張気味になんとか笑った。「わたしの場合、全面的な修理が必要なの——いわば改築工事ね。それに、相手はわたしひとりじゃなく、娘とペアなのよ」

「ぼくはきみたち親子が気に入っているし、こんなふうにきみに言い寄るのは時期尚早だとわかってる。それでも、率直に気持ちを伝えたほうがいいと思ったんだ。きみがミズ・ビッツィーのキッチンに入ってきた瞬間、ぼくは完全にノックアウトされてしまった。本当はもっと如才なくゆっくりことを進めるつもりだった。でも、なぜ待たなきゃいけないんだ、シェルビー？」

　シェルビーはその率直な告白に不安を覚えると同時に、うれしい気持ちになった。

「あなたはまだわたしのことをよく知らないのに」

「これから知るつもりだよ」

　シェルビーはぼうっとしながら笑い声をもらした。「簡単に言うのね」

「きみがぼくを大嫌いだというのなら話は別だが、そんなことはないと思う。ぼくは好感の持てる男だ。きみの心の準備が整って、その気になったら、ぜひデートしたい。それまでも、顔を合わせる機会はあるだろう。何しろ、ぼくはエマ・ケイトとつきあっているマットの仕事仲間だからね。それに、きみのお嬢さんのことも大好きだし」

「見ればわかるわ。あるいはキャリーがあなたとわたしの仲をとりもとうとしていると思ったら、これはまったく別の話になるでしょうね。正直、あなたにはなんて言えばいいのかわからない」

「しばらく考えてみてくれ。ぼくはもう行かないといけないし、きみもやることがあるだろう。エイダ・メイに工事のための計測はすんだと伝えてくれ。それから、彼女がタイルや照明器具を選んだら、それを発注すると」

「わかったわ」

「コーラをごちそうさま」

何物でもないわ。

「どういたしまして」シェルビーはグリフとともに玄関に向かいながら、この緊張感について考えた。こんなふうに胸がドキドキしたのは本当に久しぶりだわ。でも、だからといって人生のこの時点で気持ちのままに行動するのは間違いだ。間違い以外の何物でもないわ。

「ピザのことは本気だよ」玄関先で彼が言った。

「きっとキャリーが大喜びするわ」

「日にちを決めたら教えてくれ」彼はおもてに出たとたん一瞬眉をひそめ、通り過ぎた車を目で追った。「きみの知り合いにグレーのホンダ車に乗ってる人はいるかい？二〇一二年型のようだが」

「誰も思い浮かばないけど、どうして？」

「同じ車を何度も見かけたんだ。ここ数日、何度もこの周辺で」

「このあたりにも人家はあるわ」

「フロリダのナンバープレートなんだ」

「観光客じゃない？　まだ涼しいけど、そこらじゅうで野草が咲き乱れ、ハイキングにはいい時季だから」

「ああ、きっとそうだな。とにかく、首尾よく仕事が決まっておめでとう」

「ありがとう」

シェルビーは歩き去るグリフを見送った。たしかに、あの肩で風を切る姿はたまらなく魅力的だわ。こんなふうに体じゅうの血が駆けめぐる感覚をすっかり忘れてたけど、彼のおかげで思いだしたわ。

とはいえ、今はキャリーと新しい仕事、それにとてつもない借金地獄から抜けだすことに集中するべきよ。

シェルビーは負債のことを考えながら階段をのぼり始めた。着替えたら、新たに生活費の予算を立て、自宅の売却が進んでいるか、委託販売店で何か売れたか確認しよう。そのあと、ステージで歌う曲を考えればいいわ。

それは仕事だけど、楽しみでもあるし、まず厄介な用事から片づけるのが賢明だ。

シェルビーは自分の寝室の戸口でぴたりと立ちどまった。

フロリダのナンバープレートをつけたグレーのホンダ車。あわててドレッサーに駆け寄り、フィラデルフィアから持ってきた名刺が入っている引き出しを開けた。

あったわ。テッド・プリヴェット、私立探偵。フロリダ州マイアミ。

やっぱり〈ブートレガー・バー&グリル〉で見かけたのはプリヴェットだったのね。彼はランデヴー・リッジまでわたしを尾行してきたんだわ。なぜそんなことを？　いったいどういうことかしら？

あの男はわたしを監視しているんだわ。

シェルビーは窓辺に移動し、私立探偵を捜して外をうかがった。

借金を抱えたまま故郷に戻ってくるしかなかったけれど、ここでもリチャードの問題に人生を邪魔されるのをただ傍観しているつもりはない。

シェルビーは仕事にとりかかる代わりに携帯電話をつかんだ。

「フォレスト？　仕事中に邪魔してごめんなさい。でも、ちょっと問題が生じて、助けが必要なの」


フォレストはひと言も口をはさまず、質問もせずに、シェルビーの話に黙って耳を傾けていた。そのせいで、彼女はかえって緊張し、べらべらと洗いざらい打ち明けた。兄は氷のように冷ややかな態度で椅子に座り、心中が読みとれない目で妹の顔を見つめていた。

「それで全部か？」彼女が話し終わると、フォレストが口を開いた。

「そうだと思うわ。ええ、そうよ、これで全部。これだけでも充分すぎると思うけど」

「貸金庫で見つけた身分証明書はここにあるのか？」

「ええ」

「それは渡してもらう必要がある」

た。

「いいから座ってろ。まだ話はすんでない」

シェルビーはふたたびキッチンカウンターの椅子に腰をおろし、両手を組みあわせ
「その銃は持ってるのか?」

「えっ……ええ。弾倉を外して、キャリーの手が届かないように、わたしのクローゼットの一番上の箱に入れたわ」

「現金も持ってるのか?　貸金庫に入ってた現金も?」

「三千ドルは手元にあるわ。それも二階のわたしの部屋のクローゼットのなかよ。さっき話したように、残りはいろんな支払いでほとんど使ってしまったの。それに、一部はここの銀行口座に預けたわ。ランデヴー・リッジで口座を開いたから」

「全部持ってきてくれ。その身分証明書と銃と現金と封筒、それに貸金庫からとりだしたものを全部」

「わかったわ、フォレスト」

「それじゃ、聞かせてもらおうか。いったいなぜ今になって洗いざらい話す気になったんだ?」

「気がついたらとんでもない状態になってたの、それもあっという間に。まず、リチ

ャードが亡くなって、どうすればいいか考えていたら、弁護士から山ほど問題があることを知らされた。それで、請求書に目を通し始めたわ。それまでは一度も見たことがなかった。リチャードがすべてしまいこんで鍵をかけてたの。わたしには関係ないことだからと――だからって、わたしを批判するのはやめてちょうだい。あなたはあの場にいなかったし、あの生活も経験しなかったんだから。わたしは自宅やほかのありとあらゆる問題を把握し、自ら対処しなければならなかった。貸金庫の鍵を見つけたときは、その中身をどうしても突きとめなければと思ったの。やがて、貸金庫を見つけて中身を確かめたとき……わたしは自分が結婚して、ひとつ屋根の下で暮らし、ともに娘をもうけた相手が誰なのかわからなくなった」

シェルビーは長々と息を吸った。「でも、そんなことを気に病んで、ほかの問題を棚あげにするわけにはいかなかった。重要なのは過去ではなく現在で、この苦境から抜けだすために問題に対処しなければならなかったから。キャリーに悪影響が及ばないように。あの私立探偵はなぜここまでわたしを追いかけてきたのかしら。わたしは何も持ってないし、何も知らないのに」

「その件はおれにまかせてくれ」

「ありがとう」

「だが、これだけは言わせてもらうぞ、シェルビー。こんなことを言うのはおまえの目を覚まさせるためだ。おまえはおれの妹で、おれたちは家族なんだぞ」

シェルビーは感情をこらえるために、また両手を組みあわせた。「わたしがそのことを忘れてたと思ってるなら、それは誤解よ。わたしがそのことをないがしろにしていると思うなら、あなたはまぬけだわ」

「じゃあ、どう受けとればいいんだ?」フォレストが言い返した。

「わたしは正しいと思うことをしたのよ。この問題から抜けだす道筋をつけるまでは、故郷に戻ってこられなかったの、フォレスト。それに、そんなことはしたくなかった。プライドにしがみついてるだけだとか、ただまぬけなんだと思うかもしれないけれど、さっさと故郷に戻って、家族にこの山積みの問題を押しつけるわけにはいかなかったのよ」

「救いの手を求めることだってできただろう? おまえを引っ張りあげてくれる救いの手に向かって手をのばすことも」

「フォレスト、わからないの? わたしはまさに今そうしているのよ。でも、救いを求めて手をのばすには、ある程度立ちあがらなければならないの。それが今、わたしのしていることよ」

フォレストは立ちあがって行ったり来たりし始め、窓辺で足をとめると、黙って外を眺めた。「わかったよ。おまえの言い分も理解できる気がする。おまえが正しいとまでは言わないが。じゃあ、さっき話したものを全部持ってきてくれ」

「で、これからどうするつもり？　これはまだわたしの問題なのよ、フォレスト」

「そのフロリダの私立探偵と直接話して、妹へのストーカー行為を快く黙認する気はないと伝える。それから、おまえの結婚相手がいったい何者なのか調べるつもりだ」

「あの貸金庫に入っていた現金は、リチャードが盗んだか詐欺で手に入れたものだと思うわ。ああ、フォレスト、あのお金をすべて返さなければならないとしたら——」

「その必要はない。おまえは合法的な手段でその金を手に入れた。あの男が何をしたにせよ、どの被害者にも返済できる金が残っていないことは明らかだ。それと、もうひとつ。おまえはほかの家族にもすべて打ち明けるべきだ。洗いざらい何もかも」

「ギリーは出産間近なのよ」

「言い訳がましいことを言うんじゃない、シェルビー。今夜キャリーを寝かしつけたら、腰を落ち着けてみんなに告白するんだ。必ず全員そろうよう、おれが連絡しておく。おまえはよその州からやってきた私立探偵がおまえのことを尋ねまわっていると いう噂を赤の他人の口から家族に聞かせたいのか？」

シェルビーは兄の言葉に納得し、指先をまぶたに押しつけた。「いいえ。あなたの言うとおりよ。みんなにはわたしから話すわ。でも、お母さんやお父さんが借金の返済を手伝うと言いだしたら、わたしに加勢してちょうだい。両親には絶対にそんなことさせないから」

「それに関して異論はないよ」フォレストが近づいてきて、シェルビーの肩に両手をのせた。「まったくまぬけなやつだな。だが、おれはおまえの味方だよ」

シェルビーは兄の胸に額をつけた。「この数年間を消し去りたいと願うことはできないわ。それはキャリーの存在を否定することになるから。でも、リチャードに立ち向かえるだけの強さがあったらよかったのにと思わずにはいられない。彼との結婚生活は、自分の足場を見つけたと思うたび、何かが変化して、また足を踏み外すような感じだったの」

「話を聞く限り、あの男は周囲の人間がそれぞれの足場を見つけないようにするのがうまかったようだ。さあ、クローゼットの上の箱の中身をとってきてくれ。おれが捜査を開始できるように」


その私立探偵は巧妙に身を隠そうとしていなかったので、見つけるのにさほど時間はかからなかった。プリヴェットは本名でホテルに宿泊していた。だが、フリーランスのトラベル・ジャーナリストだと名乗っていた。

フォレストはホテルで対面することも考えたが、きつく懲らしめてやることにした。非番の時間になったとたん車で巡回し、〈アートフル・リッジ〉の前に停まっているホンダ車を見つけた。

フォレストはトラックを停めており立つと、店の前をぶらっと通り過ぎた。案の定、プリヴェットはメロディーと一時間ほど立ち話をしていた。

あの女からシェルビーのことをたっぷり聞きだしているに違いない。標的を発見したところでトラックに戻り、フォレストは相手が出てくるのを待った。

やがてプリヴェットが出てきて通りを渡り、〈ブートレガー・バー&グリル〉に向かった。〈アートフル・リッジ〉と違って、あそこではたいして情報を得られないはずだ。だが、あの男が優秀なら――あの走り方からして、無能ではなさそうだ――いくらかは情報を聞きだすだろう。

十五分後、プリヴェットが〈ブートレガー・バー&グリル〉から出てきて、通りの先のサロンに入った。どうやら、あちこちで聞きこみをしているらしい。

今日のシェルビーの足取りをたどっているようだ。つまり、朝から妹を尾行していたことになる。

そう考えて、フォレストは胃がきりきりと締めつけられた。

今回の滞在はずいぶん長かった。フォレストがサロンの前をぶらっと通り過ぎてなかの様子をうかがうと、プリヴェットは椅子に座って髪をカットしてもらっていた。少なくとも、情報収集をしながら地元の経済に貢献しているようだ。

フォレストがふたたびトラックのシートに腰を落ち着けて辛抱強く待っていると、ようやくプリヴェットが姿を現し、車へ引き返した。

フォレストはすいている通りでゆっくりプリヴェットの車を尾行した。分かれ道にさしかかると、プリヴェットはシェルビーのいる実家に向かう道を選んだ。ホンダ車は実家を通り過ぎて脇道に入ったかと思うと、大きくハンドルを切って実家が面した通りへとふたたび車を向けた。

フォレストは点滅式赤ランプをとりだし、車の屋根につけて待った。

プリヴェットが実家の前をまた通り過ぎ、数メートル先の路肩に駐車すると、フォレストは路肩から走りだし、プリヴェットのバックミラーに映るよう赤ランプを点滅させた。

ホンダ車の背後に車を停め、フォレストは助手席の窓に——もう開いている窓に——歩み寄った。

プリヴェットは地図を手に、困った表情を浮かべていた。

「何かトラブルじゃないといいんですが。ちょっと教えてもらえませんか。どうも曲がるところを間違えたみたいで。わたしが探しているのは——」

「おれの時間を無駄にするな。おれが誰か知ってるはずだ。おれもあんたの正体を知っている、ミスター・プリヴェット。はっきり見えるよう、両手をハンドルにのせろ。

さっさとやれ」フォレストは拳銃に手をかけながら言った。「銃の携帯許可を持っていることはわかってる。ハンドルの上に両手をのせなければ、困ったことになるぞ」

「問題は起こすつもりはない」プリヴェットが両手を持ちあげて用心深くハンドルにのせた。「ただ自分の仕事をしているだけだ」

「それはおれも同じだ。あんたはフィラデルフィアでおれの妹を訪ね、身分を偽って自宅に侵入した」

「向こうから招き入れられたんだよ」

「幼子を抱えている女性を追いつめたあと、州の境界線を何度も横断して彼女を追いかけ、監視してつけまわした」

「わたしは私立探偵だ、保安官代理。わたしのライセンスは――」

「さっきも言ったが、あんたの正体はわかってる」

「ポメロイ保安官代理、わたしにはクライアントが――」

「もしリチャード・フォックスワースがあんたのクライアントに詐欺を働いたんだとしても、おれの妹にはまったく関係ない。フォックスワースはもう死んでいる。あんたのクライアントにとってはついてないことだが。シェルビーと十分間一緒に過ごしたのに、おれの妹がその事件になんらかの形で関与していると思うなら、あんたは大ばか者だよ」

「マザーソン。あの男はデイヴィッド・マザーソンと名乗っていた」

「あの男がどう名乗っていたとしても、この世に生まれたときなんと名付けられたとしても、もう死んだんだ。個人的には、サメの餌食になってることを願うよ。問題を起こすつもりはないと本気で思ってるなら、おれの妹をつけまわしたり、ダウンタウンで妹のことをかぎまわったりするのはやめろ。今〈アートフル・リッジ〉や〈ブートレガー・バー&グリル〉や祖母のサロンに行ったら、あんたがやってきて、どういうわけかシェルビーの話題になったと言われるはずだ。金輪際そんなことはやめてもらう。今度同じことをしたら、逮捕するからな。このあたりじゃ、あんたがやってることはストーカー行為だし、それを禁じる法律もある」

「わたしの業界では、ただ仕事をまっとうしているだけだと受けとられるはずだが」

フォレストは打ちとけたように窓枠にもたれた。「ひとつきかせてくれ、ミスター・プリヴェット。今ここであんたを逮捕して連行したら、このあたりの判事はあんたが助手席に双眼鏡を置いた状態でここにいても、なんの支障もないと判断すると思ってるのか?」

「わたしはアマチュア鳥類学者だ」

「じゃあ、グレート・スモーキー山脈に生息する野鳥を五種類あげてみろ」フォレストが二秒待ったところで、プリヴェットが顔をしかめた。「ほらな、野鳥観察って言い訳も通用しない。おれはあんたがここで実家とシェルビーを監視し、おれの妹と姪をつけまわして、父親を亡くした娘を持つ未亡人についてまわっていることを上司に報告し、ハリス判事にも伝えるよ。ちなみにその判事はおれの遠縁の親戚にあたる。ハリス判事が〝別にかまわないんじゃないか。好きにさせればいいさ〟とでも言うと思うか？　それとも、あんたは今夜ホテルのベッドの代わりに留置場の簡易ベッドで寝ることになると思うか？」

「マザーソンに金をだましとられたのは、わたしのクライアントだけじゃない。やつはマイアミで総額三千万ドル弱の宝石を盗んだこともある」

「その話は信じるよ。あいつがとんでもないろくでなしだったということも。やつが妹を散々傷つけたことは決して忘れない。あんたにも同じまねはさせないからな」

「保安官代理、二千八百万ドルを発見した場合の謝礼がいくらかわかるか？」

「謝礼金はゼロだ」フォレストは冷静にこたえた。「あんたがおれの妹に接触してそのありかを突きとめようとしているのならな。いいか、もう金輪際シェルビーには近寄るな、ミスター・プリヴェット、さもないと、とんでもない羽目になるぞ。もしあんたが妹につきまとっているのを目撃したら、必ずそうなるように仕向けるからな。クライアントにはお気の毒だったと伝えてくれ。おれがあんただったら、フロリダに戻ってそうするよ。今夜じゅうにな。だが、どうするか選ぶのはあんただ」フォレストは身を起こした。「わかったか？」

「ああ、わかったよ。ひとつききたいことがある」

「ああ、なんだ？」

「どうして妹さんはマザーソンと何年も暮らしながら、やつの正体に気づかずにいられたんだ？」

「こちらもひとつ質問させてくれ。あんたのクライアントはそこそこ頭が切れる人間じゃないのか？」

「ああ、知的なタイプだ」

「だったら、どうして金をだましとられたりしたんだ？　さあ、とっとと立ち去れ、もう二度とこの通りには戻ってこないほうが身のためだぞ。文字どおりの意味でな」

フォレストはトラックに引き返し、プリヴェットが走り去るのを待った。それから、実家まで車を走らせ、シェルビーがすべてを家族に告白する場に立ち会えるよう、車を停めた。

第二部『ルーツ』

〝わたしたちはあまりにも密接につながっている。
そして、友と別れて帰宅することは、正気に返ることを意味する〟
——ロバート・フロスト

11

　真実を告白するのは、体も脳も消耗させる。翌朝、シェルビーは体を引きずるようにしてベッドから抜けだし、一日が始まったばかりだというのに、もうへとへとなのに気づいた。

　自分を育ててくれた家族を失望させてしまったことが、いやでたまらない。いつかキャリーも何かまぬけなことをしでかして、こんなふうにぐったりした気分で目覚めることがあるのだろうか。

　きっと、その可能性は高いだろう。シェルビーは今朝のことを忘れず、そのときが来たら、娘を大目に見てあげようと心に誓った。

　まだ幼すぎてとんでもなくまぬけな失敗をしでかす恐れのないキャリーは、自分の部屋のベッドに座り、フィフィとおしゃべりしていた。そのベッドに飛びこんで挨拶代わりに娘を抱きしめると、気分が多少よくなった。

　娘ともども着替えると、シェルビーはキャリーを連れて一階におりた。

まずコーヒーをいれる準備をし、ゆうべ失った信頼を回復するために両親にフレンチトーストをつくることにした——それに、父の大好物のポーチドエッグも。

母親がおりてきたときには、シェルビーは子供用の補助椅子に座ったキャリーにスライスしたバナナとイチゴを食べさせながら、朝食の準備を着々と進めていた。

「おはよう、お母さん」

「おはよう。今朝はずいぶん早起きだったのね。おはよう、キャリー」母はキャリーにも声をかけ、歩み寄ってキスをした。

「今日は卵のパンだよ、おばあちゃん」

「まあ、そうなの。それは朝からご馳走ね」

「もうすぐできるわ」シェルビーは言った。「今はお父さんにポーチドエッグをつくってるところよ。お母さんも食べる?」

「ありがとう。でも、今朝は遠慮しておくわ」

エイダ・メイがやってきて、コーヒーを注ぐと、シェルビーは母のほうを向いて背後から抱きしめた。「まだ怒ってるのね」

「もちろん、まだ怒ってるに決まってるじゃない。怒りはライトみたいにつけたり消したりできないものよ」

「まだわたしに対してかなり怒ってるのね」

エイダ・メイがため息をもらした。「その怒りに関しては、薄暗い明かりぐらいに弱まったわ」

「本当にごめんなさい、お母さん」

「ええ、わかってるわ」エイダ・メイはシェルビーの手をぽんと叩いた。「本当よ。それに、あなたが陥った状況についても理解しようとしているの。あなたが救いを求めてこなかったのは家族を信頼していなかったからじゃないと」

「ええ、決してそんなことはないわ。絶対に。わたしはただ……。今回の件は自分で招いたようなものでしょう。それに、わたしは自分の問題にはきちんと向きあって、自ら対処するよう誰かさんに育てられたから」

「どうやらわたしたちのしつけは行き届いていたようね。でも、問題は分かちあったほうが少なくなるという教えはそこまで浸透しなかったのね」

「わたしは自分を恥じていたの」

エイダ・メイが振り向き、シェルビーの顔を両手でしっかりとはさんだ。「もう二度と、わたしの前で自分を恥じることはないわ。絶対にね」スライスされた果物を無心で食べているキャリーを盗み見た。「地獄耳がついた小さな水差しがそばにいなければ、もっと言いたいことはあるけど」

「おばあちゃん、水差しにお耳なんてないわ！　そんなの変よ」

「そうね。さてと、あなたのママがつくってくれた卵のパンをよそってあげましょうか?」

クレイトンが仕事に行く身支度をしておりてきた。いつものように白いシャツをきちんとカーキのズボンにたくしこんでいる。彼はシェルビーに歩み寄ると、拳でこつんと娘の頭を叩いてから、そこにキスをした。

「まだ週の半ばなのに週末用の朝食にありつけそうだな」クレイトンがマグをとりだした。「これはごますりか?」シェルビーにきいた。

「ええ」

「うまいやり方だな」

シェルビーはトレイシーと打ち合わせしたとおりにチェルシーを預かって、娘と一緒に公園へ連れていった。お昼時にエマ・ケイトが合流してようやくキャリーに会い、みんなでちょっとしたピクニックを楽しんだ。

「ねえ、ティーパーティーをしたことがある?」キャリーがエマ・ケイトにきいた。

「ええ。それにこんなピクニックもしたわ」

「おばあちゃんの家でティーパーティーをやるから来てね」

「ぜひ行きたいわ」

「おばあちゃんがママのティーセットをとっておいたの、だからそれを使うのよ」

「まあ、あのスミレとピンクのミニ薔薇が描かれたティーセット？」

「うん」キャリーは瞳をフクロウのように丸くした。「せんざいだから、壊さないように気をつけないといけないの」

「繊細だから、でしょう」シェルビーが言い間違いを正した。

「うん。ねえ、ブランコに行こう。ブランコに行こうよ、チェルシー！」

「かわいい子ね、シェルビー。とってもかわいいうえに、頭も切れるわ」

「そうなの。キャリーはわたしの一番の宝物よ。エマ・ケイト、今日仕事が終わったあと、時間がある？　まだあなたに話さなければならないことがあるの。あなただけに」

「わかったわ」こうなることを予想し、また願っていたエマ・ケイトは、すでに計画を立てていた。「昔よく一緒に行ったように、展望台までハイキングしましょう。今日は四時に仕事が終わるから、四時十五分には登山口で落ちあえると思うわ」

「それなら完璧だわ」

エマ・ケイトはキャリーがチェルシーとともにブランコのまわりを駆けまわるのを眺めた。「あんな子がわたしを頼りにしていたら、普段しないようなことを山ほどすると思うわ」

「逆に、あの子がいなければやるはずなのに、やらなかったこともいくつもあるわ」

「ママ！　ママ！　わたしたちを押して。背中を押してちょうだい、ママ！　ブランコを高くこぎたいの！」

「あなたにそっくりね」エマ・ケイトが言った。「あなたはどんなに高くこいでも満足しなかったわ」

シェルビーは笑って立ちあがった。「最近は地面のそばから離れないようにしてるけど」

エマ・ケイトはブランコに座った少女たちを押すために立ちあがりながら思った。それは本当に残念だわ。


シェルビーはなんとか時間をひねりだして〈フライデー・ナイツ〉用の選曲にとりかかり、委託販売店からカクテルドレス二枚とイヴニングドレス、ハンドバッグが売れたという知らせを受けて片方の拳を突きあげた。帳簿に記入して計算した結果、今度またたくさんものが売れれば、クレジットカード会社への負債をもう一社分完済できそうだ。

サロンに初出勤する翌日の準備をすませてから、古いハイキングブーツをとりだした。リチャードから絶対捨てろと言われないようクローゼットの奥にしまいこんでおいたものだ。

事前の打ち合わせどおり、キャリーをジャクソンと遊ばせるためにクレイの家に預け、娘がいとこの家の小さな裏庭にあるツリーハウスをうれしそうに探検するのを確かめてから、登山口まで車を走らせた。

車を停めており立ったとき、思っていた以上にここが恋しかったことに気づいた。あたりは静寂に包まれ、鳥のさえずりや木々を吹き抜ける風の音が聞こえる。ひんやりとしてさわやかな空気に、松の木のにおいがまじっていた。シェルビーは軽いバックパックを肩からさげた。

短時間の楽なハイキングでも必ず水と基本的な必需品は持参するよう子供のころから頭に叩きこまれている。ここでは携帯電話の電波はあてにならない。少なくとも、前回このトレイルをたどったときはそうだった。けれど、いつものようにポケットに携帯電話を入れた。

何かあれば、娘に電話をかけたりメールを送ったりできる状態にしておきたい。

今度はキャリーを連れてきて、野草や木を指さしながら一緒にハイキングをしよう。もしかしたら、鹿やすばしっこい野ウサギも見られるかもしれない。

クマの糞(ふん)の見分け方も教えてあげよう。あの年ごろなら、きっと汚いと言いつつもワクワクするはずだ。シェルビーの口元がほころんだ。

見あげると、たなびく雲が高い山のてっぺんにかかっていた。娘を連れてくるときは一泊することになるかもしれない。テントを張って、澄んだ星空の下で眠る喜びを味わわせ、たき火のまわりでいろんなお話をしてあげよう。

まさにこれこそ親から子へと受け継がれる本物の遺産よ。何年も各地を転々としてアトランタやフィラデルフィアで暮らしていたことが、まるで別世界の出来事のようだ。もしキャリーがそういう世界やまったく別の世界を選んだとしても、ここはあの子にとっていつでも好きなときに戻ってこられるルーツだ。ランデヴー・リッジにはいつでも親族がいるし、ここはキャリーの故郷なのだ。

車の音がして振り返った拍子に、シェルビーは起伏に富んだ地形に立つ町並みを眺めた。これからまた苦しい告白を行わなければならないのに、エマ・ケイトの車が隣に停まると、思わず笑みがこぼれた。

「ここがこんなにも美しい場所だってことをほとんど忘れかけていたわ。片方にダウンタウン、もう片方にトレイル、そのどちらにもすぐにたどり着ける」

「マットを連れて初めて里帰りをしたとき、彼と一緒にスウィートウォーター洞窟までハイキングをしたの。彼の実力を確かめたかったから」

「あれは相当きついコースよ。で、彼はどうだったの？」

「わたしが今もマットとつきあってることから、答えはおのずと明らかでしょう。まだそのハイキングブーツを持ってたの？」

「ちょうどいい感じに履き慣らしたから」

「昔からよくそう言ってたわね。わたしは去年ようやく買い替えたわ。今は週に一、二度ハイキングをするようにしているの。マットはウェイトトレーニングやマシーンを使うのが好きで、ガットリンバーグのジムに入会したわ。もっとも、あんな遠くまで運転しないですむように、ランデヴー・リッジにもいい場所を見つけてジムをつくると息巻いてるけど。わたしはただハイキングをしたり、ヴィオラがデイ・スパで土曜日に行っているヨガのレッスンを受けたりするほうがいいわ」

「祖母はヨガのレッスンのことなんて一度も口にしなかったわ」

「きっといろんなことをやってるからよ。展望台までのぼるなら、もう出発したほうがいいわ」

「わたしたちのお気に入りの場所ね。男の子や両親のこと、むっとしたことについてよくしゃべったっけ」

「今日もそういう話をするの？」歩きだしながら、エマ・ケイトがきいた。

「ある意味そうね。実は、家族にすべて打ち明けたの。あなたは昔からわたしにとって家族も同然だから、あなたにも告白しようと思って」

「ひょっとして警察から逃げてるの？」

シェルビーは笑いながらエマ・ケイトの手をつかむと、腕を振った。そうするのが正しいと思ったからだ。「警察からじゃないけど、ほかのすべてから逃げてる気分よ。でも、もう逃げるのはやめたの」

「よかったわ」

「あなたにはもう真実の一部を打ち明けたけど、これからその残りを話すわ。リチャードが亡くなったあとのことよ。全部その前から始まっていたけど、ありとあらゆる問題がわたしの身に降りかかってきたのは、彼が亡くなったあとだったの」

エマ・ケイトが矢継ぎ早に質問してくると、シェルビーは話を巻き戻し、前回触れなかったことを語りだした。くねくねした道の傾斜がきつくなるにつれ、いい意味で両脚が痛み始めた。ぱっと白い花を咲かせようとつぼみがほころびつつある野生のハナミズキ、そのあいだを突っ切るように飛ぶ一羽の青い鳥。

やがて気温がさがってきたが、それでも山をのぼりながらうっすらと汗ばむ感覚が心地よかった。

シェルビーは、自分の声をのみこんでくれるこの山のなかで、洗いざらい打ち明けるほうが気が楽だと気づいた。

「まず言わせてもらうと、自分の知り合いが何百万ドルもの負債を抱えているという事実がいまだにぴんとこないわ。しかも、それはあなた自身の借金じゃないのよ、シエルビー」

「わたしは住宅ローンの契約書に署名しているの。少なくともわたしはそうしたと思うわ」

「思う、ですって！」

「ローンの契約書に署名した覚えなんてないけど、時々目の前に書類をさしだされて、〝これに署名してくれ、たいした書類じゃないから〟ってリチャードに言われたのよ。おそらく、わたしの名前を使って勝手に署名したこともたびたびあったんじゃないかしら。裁判を起こしたり、何もかも放棄して自己破産したりすれば、その契約をまぬがれたかもしれない。でも、そんなことをする気はないわ。自宅を売却すれば――きっと売れるけど――負債額が大幅に減るもの。それまでは、こつこつ返済していくつもりよ」

「服を売って？」

「これまでに服を売って得た額は五万ドル弱よ――そのなかには、値札がついたままの毛皮のコートが含まれていないわ。全部売り払うころには、また同じくらいのお金を得られるかもしれない。リチャードは膨大な数のスーツを所有していたし、わたしも一度も袖を通していない服が何着もあるの。今とはまったく別世界だったのよ、エマ・ケイト」

「でも、婚約指輪は偽物だったんでしょう」

「リチャードはわたしに本物のダイヤの指輪をはめさせても無意味だと思ったんでしょうね。今なら、彼がわたしを一度も愛したことがなかったんだとわかるわ。リチャードにとって、わたしは都合のいい女だったのよ。どういう意味でかはわからないけど、きっと都合のいい女だったに違いないわ」

「貸金庫を発見した話だけど、そんなことが可能だとはとても思えない」

シェルビーはそのときのことを振り返り、無謀な試みだったことに気づいた。だけど……。「あのときは使命に燃えてたの。あなたならわかるでしょう?」

「ええ、わかるわ、使命に燃えてるときのあなたがどういう感じか」日が傾きだすと、エマ・ケイトが野球帽のつばを直した。「貸金庫のなかには多額の現金があったのよね。だからって、それが偽の身分証明書とつながっているとは限らないけど」

「リチャードがあのお金を合法的に手に入れたはずはないわ。しばらくあの現金について考えてみたけど、わたしが盗んだわけでもだましとったわけでもないし、キャリーのことも考えなければならない。だから、いつか返済しなければならなくなったら、そのときに対処するわ。今はその一部を銀行に預けてあるんだけど、問題がないとわかりしだい、それを元手に小さな家を買うつもりよ」

「その私立探偵はどうなったの?」

「わたしを尾行するなんて、あの人は時間を浪費してるわ。いずれ本人もそのことに気づくと思うけど、そうでなければフォレストに説得してもらわないと」

「フォレストはその気になれば、かなり説得力があるわ」

「兄はまだわたしに怒ってるの。少なくともまだ少しは。あなたもそう？」

「こんなに興味津々なのに、怒り続けるなんて無理よ」

ふたりは無言で歩き慣れたトレイルをたどった。

「その豪邸の家具ってそんなにひどかったの？」

親友がとりわけ家具に関心を示したことがおかしくて、シェルビーは笑った。「ひどいなんてもんじゃなかったわ。写真を撮っておけばよかった。どっしりとして光沢があって、黒っぽい色で、角張ったデザインだったのよ。いつもあの家ではお客さんのような気分で、一刻も早く出ていきたくてたまらなかったわ。リチャードは住宅ローンの初回の返済すらしていなかったのよ、エマ・ケイト。彼が亡くなったころには、わたしの知らない督促状が何通もたまっていたの」

シェルビーはいったん口をつぐみ、ミネラルウォーターのボトルを開けた。

「今振り返ると、リチャードは苦境に陥ってたんだと思うわ。たぶん、アトランタで何かあったのよ。だから、わたしには何も告げずにフィラデルフィアの豪邸を手に入れたのね。彼は何もかもお膳立てをしたうえで、ビジネスチャンスがあるから引っ越すと、わたしに告げてきたわ。わたしはその決定にしたがった。そういう意味で、わたしは都合のいい女だったのね。彼の決めたことにしたがうから。今振り返ると、何度リチャードの決定にしたがったか数えきれないわ。わたしにはリチャードの正体すらわからないし、本名を知っているかさえ断言できない。彼が何をしていたのか、どうやってお金を手に入れていたのかも。わかっているのは、すべてが――わたしの結婚も、彼との生活も――何もかも偽物だったということだけよ」

シェルビーは展望台で足をとめ、心が軽くなるのを感じた。

「これこそまさに本物だわ」

展望台からは彼方（かなた）まで見渡せた。人里離れた起伏に富む深い森、高台のあいだに横たわる渓谷――シェルビーの古いティーセットのように繊細な風景だ。雪に覆われた尾根にたなびく雲がかかり、山々はこのうえなく神秘的な静けさに包まれている。

時間が経つにつれ、いつしか日ざしがやわらいでいた。夕暮れどきには、すべてが金色がかった真っ赤な太陽で染まり、山脈はグレーへと色を変えるのだろう。

「わたしはこの景色をあたり前のものと見なしてたわ。このすべてを。もう二度とそんなことはしない」

ふたりは長年のあいだに何度もそうしたように、むきだしの岩の上に座った。エマ・ケイトがバックパックからひまわりの種の袋をとりだした。

「以前はグミベアがおやつだったわね」シェルビーが言った。

「あのころはまだ十二歳だったもの。ああ、グミベアが食べたいわ」

シェルビーは微笑みながらバックパックを開けて袋をとりだした。「時々キャリーに食べさせるの。この袋を開けるたび、あなたのことを思いだしたわ」

「グミキャンディってなぜか心を惹かれるのよね」エマ・ケイトは袋の口を開けると、さっそくグミベアを食べた。「きっと、あなたの家族はその借金の返済を手伝おうとするでしょうね。わたしもあなただったら、そんなことさせないわ」シェルビーが口を開かないうちに、そう続けた。

「ありがとう。あなたがその理由を理解してくれてうれしいわ。わたしはランデヴー・リッジでいい暮らしを築きたいの。それに、そうできると思うわ。たぶん、故郷を離れたのは、何が本物で何がそうじゃないか目のあたりにして戻ってくるためだったのかもしれない」

「それに、結局、歌で生計を立てることになったしね」

「あれはうれしいおまけよ。それはそうと、タンジーのご主人のデリックだけど、すごく気に入ったわ」

「彼、最高よね。それに、あの顔」

「たしかにハンサムよね。でも——」

わ」

「あの体」ふたりは声をそろえ、息も絶え絶えになるほど笑い転げた。

「こうして一緒に座ってると――」シェルビーは眼下に広がる緑を見渡しながら吐息をもらした。「まるで昔みたいに、まだ男の子たちの話をしているような気分になるわ」

「男性は永遠に解けない謎よ」

「じゃあ、話す価値があるわね。それに、お互い――わたしはこれからだけど――昔夢見たことをしてる。エマ・ケイト・アディソン登録看護師、あなたは自分の仕事を心から気に入ってるの？」

「ええ。大好きよ。かつてないほど一生懸命勉強して登録看護師の資格をとり、大病院に勤務した。実際に現場で働いてみて、自分の仕事を気に入ったし、とてもやりがいを感じたわ」エマ・ケイトがシェルビーを振り返った。「あのときは気づかなかったけど、実は診療所で働くほうがもっと好きだとわかった。だから、わたしもそれに気づくために、いったん故郷を離れなければならなかったのかもしれない」

「で、マットもあなたにとってはうれしいおまけなの？」

「ええ、そうよ」エマ・ケイトはにっこりして、またグミベアを口に放りこんだ。

「少なくとも、ケーキのアイシングみたいに」

「彼と結婚するつもり？」

「ほかの人と結婚する気はないわ。でも、母がそう望んでも、わたしは結婚をあせってないの。今のままで本当に幸せだから。ところで、マットたちがあなたのお母さんに頼まれて主寝室用のバスルームをつくるって聞いたわよ」

「母は見本のカタログや雑誌の写真を集めてるわ。父はばかげてると思ってるふりをしてるけど、内心ではワクワクしてるみたい」

シェルビーは水をひと口飲んでから、注意深くふたをした。

「このあいだグリフが計測に来たわ」

「マットとグリフはリフォーム案を見せるのを楽しみにしているわ。リフォーム案を作成しているときは、ふたりともまるで少年みたいなの」

「ふうん」例の件を持ちだして、打ち明けるべきかしら。シェルビーがあたりを見渡すと、蛇行する小川が日ざしを浴びてきらめいた。ここで男性の話をするのは、伝統のようなものよね。「実は、グリフが母の依頼で計測に来たとき、興味があるとはっきり言われたの。このわたしに興味があると」

エマ・ケイトは鼻を鳴らすと、またグミベアを口に放りこんだ。「そうなることはわかってたわ」

「それって、彼がしょっちゅう女性に言い寄ってるから？」

「たしかにグリフは普通の男性と同じように女性をデートに誘うことがあるけど、そうじゃないわ。あの日あなたがわたしの実家のキッチンに入ってきた瞬間、彼が雷に打たれたような顔をしたからよ」

「そうだったの？　全然気づかなかったわ。気づくべきだったのかしら？」

「あなたは罪悪感やら気まずさやらで、ほかのことを考えられなかったでしょう。で、彼になんてこたえたの？」

「わたしは今手探り状態で、そんなことは考えられないって」

「でも、実際はそういうことを考えてるんでしょ」

「そんなことすべきじゃないわ。リチャードが亡くなったばかりだもの。それに、まだその死だって正式に証明されたわけじゃないし」

「リチャードは——というか、本名が何かわからないけど、その男は——もういないのよ」そいつのことを考えただけではらわたが煮えくり返り、エマ・ケイトは何かを丸めて投げ落とすふりをした。「あなたはこうしてランデヴー・リッジに戻ってきた。あなたの結婚生活は不幸で、あなた自身が言ったとおり偽物だった。だから、喪に服す必要なんかいっさいないわ、シェルビー」

「別に喪に服してるわけじゃないわ。ただ、正しいことだと思えないだけ」

「これがおそらく正しいと自分に言い聞かせてることをやるのに、うんざりしてないの？　もう四年半そういうことをやり続けてきて、その結果、大変な目に遭ってるじゃない」

「わたしは彼のことをよく知らないのよ。彼っていうのは、グリフのことだけど」

「もちろんグリフのことだってわかってるわよ。それに、相手のことを知るために、デートと呼ばれるものが発明されたんでしょう。どこかに出かけて、おしゃべりをして、共通の関心事を見つけて、互いに惹かれるかどうかチェックするために。で、セックスは？」

「事故の数カ月前からリチャードは興味を失って――。あっ、あなたがきいてるのは、グリフとの可能性ね。ああ、もう、エマ・ケイトったら」シェルビーは笑ってグミベアに手をのばした。「わたしたちはまだそのデートっていう発明を試してもいないのよ。それなのに、彼とセックスなんかできないわ」

「なんでだめなの？　あなたたちはお互い自由な身で、若くて健康な男女なのよ」

「でも、前回わたしが出会ったばかりの相手とセックスしたときは、とんでもない羽目になったわ」

「わたしが約束するわ、グリフはそんな正体不明の男とはまるで別人だと」

「わたしはもうデートの仕方がわからないの」

「ゆっくり試してみればいいのよ。わたしたち四人でどこかに出かけるとか」

「そうね。グリフはわたしたちを〈ピッツァテリア〉に連れていきたがってるわ。わたしったらうっかりそれをキャリーに話しちゃって。あれ以来、娘からそのことについて二度もきかれたわ」

「ほらね」エマ・ケイトはもう解決したと言わんばかりに、シェルビーの脚を叩いた。「キャリーと一緒に〈ピッツァテリア〉に連れていってもらいなさいよ、それか、わたしたち四人でディナーを食べましょう。そのあと、ふたりきりで会えばいいわ」

「わたしの人生はまだめちゃくちゃな状態なの、エマ・ケイト。誰かとデートしてる場合じゃないわ」

「シェルビー、独身のときにハンサムな男性とデートするのは生きてる証拠よ。いいから、一緒にピザを食べに行きなさい。そこからどう発展するか様子を見ればいいわ」

「ああ、あなたのことが無性に恋しかった。それに、こんなふうにここで過ごすのも。この場所に座って、あなたにいろんなことをしゃべりながら、グミベアを食べるのも」

「それこそいい人生よ」

「ええ、最高の人生だわ」シェルビーは気分が高揚したまま、エマ・ケイトの手をつかんだ。「ねえ、誓いを立てましょう。わたしたちが八十歳ぐらいになったとき、もしここまでのぼってこられなかったら、若者に連れてきてもらって、ここに座ってグミベアを食べながらいろんな話をするの」
「それでこそ、わたしの覚えてるシェルビー・ポメロイよ」エマ・ケイトは胸の前で十字を切った。「ええ、誓うわ。でも、その若者はセクシーじゃないとだめよ」
「そんなこと、言うまでもないと思ってたわ」

シェルビーは新たに充実した日々をスタートさせた。〈フライデー・ナイツ〉用の曲を選んでは練習し、サロンで働きながらランデヴー・リッジの世界にもふたたびなじみ始めた。

不思議なことに、そしてすばらしいことに、ありとあらゆる記憶が一気によみがえってきた。人々の声や生活のリズム、たわいのない噂話、町の風景、春の訪れとともに草木が芽吹く山々。

予定どおり工事が始まったため、仕事や用事で出かける前の午前中は、実家に男性の話し声やハンマーやドリルの音が響いた。

グリフやマットを見かけるのにも慣れた――そして、グリフとデートすることも考えた。時々、ほんの少しだけ。毎日ツールベルトを腰に巻いた男性が実家にやってきて、例のまなざしを向けるのだから、彼のことを考えずにいるのは困難だった。

「今朝はいい歌声だったね」

シェルビーが途中で立ちどまってバッグをつかむと、昔使っていた寝室からグリフが現れた。

「えっ？」

「きみのことだよ。いい声をしてるね。シャワー室で歌ってただろう」

「ええ、シャワー室はリハーサルにもってこいなの」

「きみは歌が上手だね、レッド。あれはなんという曲だい？」

「たしか……」シェルビーはとっさに思いだせなかった。「《ストーミー・ウェザー》よ。一九四〇年代の」

「いつの時代に聴いてもセクシーな曲だ。やあ、リトル・レッド」

キャリーが階段を駆けあがってくると、グリフはしゃがみこんだ。「ママはひいおばあちゃんのお店に働きに行くの。おばあちゃんもお仕事があるから、わたしはチェルシーの家に行くのよ」

「みんな楽しそうだね」

「ねえ、ピザを食べに行ける？」

「キャリー――」

「約束は約束だよ」グリフがさえぎるように言った。「今夜ならピザを食べに行けるよ。今夜のきみの都合はどうだい？」彼がシェルビーにきいた。

「わたしは……」

「ママ、わたしはグリフとピザが食べたい」もう決まりだと言わんばかりに、キャリーはグリフに抱きつき、シェルビーのほうを見てにっこりした。

「そんなふうに言われたら断れないわ。誘ってくれてありがとう」

「六時でいいかな？」

「いいわ」

「迎えに来るよ」

「それじゃチャイルドシートをつけ替えることになるから、お店で落ちあうほうが簡単だわ」

「わかった。じゃあ、六時に。今夜はデートだよ」

「うん、デートね」キャリーは彼にキスをした。「行こう、ママ。チェルシーのおうちに行こう」

「今すぐ行くわ」シェルビーが言うと、キャリーは階段をおり始めた。「本当にありがとう。あなたのおかげで、娘は大喜びよ」

「それはお互いさまだよ。じゃあ、あとで」

　グリフが持ち場に戻ると、マットが眉をつりあげた。「地元のスターにアプローチしてるのか？」

「ああ、一歩ずつね」

「彼女は美人だが、かなり複雑な事情を抱えてるぞ」

「ああ。だが、ぼくには問題を解決する道具がある」グリフはネイルガンを手にとった。「それに、その使い方も心得ている」

その日一日グリフはシェルビーのことを考えた。彼女ほど興味をそそられた女性はほかに思い浮かばなかった。用心深い悲しげな瞳、警戒するのを忘れたときにふっと見せる笑顔。娘との自然なやりとり。スキニージーンズをはいた姿。

そのすべてに心を惹かれた。

工事が順調に進んでいるのが残念だと思いそうになるほどだ。何か問題があれば、シェルビーと毎日数分でも顔を合わせる期間がそれだけのびるのに。

けれど、エイダ・メイはミズ・ビッツィーとはまったく違った。ひとたびタイルや色や照明類を決めたら、心変わりすることはなかった。

グリフはシャワーを浴びて着替えるため、いったん家に帰った。男は仕事で汗ばんだ体におがくずをつけたまま、すてきな母娘(おやこ)とピザを食べに行ったりしないものだ。三歳児を連れていくことを考えると、早めのお開きになるだろう。まあ、それが一番だ。そうすれば食事のあと、自宅のリフォームに二、三時間費やせる。

次は寝室にとりかかるべきかもな。床に敷いたエアマットをベッド代わりにしている状態で、美しい女性を自宅に招くわけにはいかない。

グリフはいずれシェルビーを自宅のベッドにいざなうつもりだった。彼女自身と寝室の準備が整ったらすぐに。

ダウンタウンまで車を走らせ、〈ピッツァテリア〉から数軒先の路肩に駐車スペースを見つけた。シェルビーが二台前のミニヴァンからおり立つのを見て、自分のタイミングは完璧だと思った。

グリフはチャイルドシートからキャリーを抱きあげているシェルビーに歩み寄った。

「手伝おうか？」

「いいえ、大丈夫よ。ありがとう」

「シェルビー」グリフはシェルビーの涙声に気づいた。キャリーを抱いた彼女が向きを変える前、その目がうるんでいたのも見えた。「どうしたんだい？　いったい何があったんだ？」

「ただちょっと――」

「ママは幸せなの。それはうれしい涙よ」キャリーが説明した。

「きみは幸せなのか？」

「ええ、とても」

「ぼくとピザを食べに行くからって、たいていの女性は涙ぐんだりしないが」

「そうじゃないの。ついさっき電話で話したのよ。キャリーが待ち合わせに遅れるんじゃないかとやたらと心配するものだから、少し早めに到着したの。そうしたら不動産業者から連絡があって、フィラデルフィアの自宅が売れたんですって」目元をぬぐう前に、ひと粒の涙が頬を伝った。

「うれしい涙よ」キャリーが言った。「ママをハグしてあげて、グリフ」

「いいよ」

シェルビーがよける前に、彼はシェルビーとキャリーに両腕をまわした。

一瞬シェルビーは身をこわばらせてから、ふっと肩の力を抜いた。

「あまりにほっとしたものだから。まるで肩にのしかかってた山が崩れ落ちた気分よ」

「よかったね」グリフはシェルビーの頭のてっぺんにキスをした。「ぜひともお祝いしないとな。そうだろう、キャリー？　今夜は幸せのピザだ」

「あのおうちは嫌いだったの。もうわたしたちのおうちじゃなくなってうれしいわ」

「ええ、そうね」シェルビーは息を吸い、さらに一瞬だけグリフにもたれてから身を起こした。「わたしたちはあの家が気に入らなかったし、あれはわたしたちの家じゃなかった。今はあの家を気に入った人たちのものになったわ。今夜は最高に幸せなピザね。ありがとう、グリフ」

「もう少し時間が必要かい?」

「いいえ、大丈夫」

「じゃあ、ぼくがキャリーをだっこするよ」彼はキャリーを両腕に抱いた。「さあ、パーティーを始めよう」

12

愛らしいキャリーは、グリフを楽しませると同時に魅了した——さらに、ボックス席ではどうしても隣に座りたいと言い張って彼を喜ばせた。

キャリーの母親も娘に負けないくらいあからさまに気のあるそぶりを見せてくれたらいいのにと一瞬思ったが、男はすべてを手にできるわけではない。

今夜は仕事と自宅のリフォームのあいだのいい息抜きになりそうだ。

店長がやってきて、シェルビーを立ちあがらせてハグすると、グリフは自分の反応をチェックした。

正確には嫉妬じゃないが、ふたりの様子をうかがいながら店長に向かって内心〝下手なまねはするなよ〟と考えていた。

「ずっと会えなくて寂しかったよ」ジョニー・フォスターはいたずらっぽく微笑み、やけに親しげな態度で、シェルビーの肩に両手をのせたまま、長々と彼女を見つめた。

「だが、やっと戻ってきたんだな。きみがグリフと知り合いだとは知らなかったよ」

ジョニーはシェルビーの肩を抱き、グリフのほうを向いた。「ぼくとシェルビーは長いつきあいなんだ」

「昔、ジョニーは兄のクレイと一緒にトラブルの種ばかり探してたわ」

「そして、しょっちゅう無茶をした」

「きみたちは親戚なのか？」

「はとこか何かよね」シェルビーが言った。

「まあ、挨拶にキスを交わすぐらいの親しい親戚さ」ジョニーはそう言うと、シェルビーに軽くキスをした。「そして、きみがキャリーだね。ストロベリーフロートみたいにかわいいな。会えてうれしいよ、キャリー」

「わたしはグリフとデートなの。今日はピザを食べるのよ」

「じゃあ、この店はまさにうってつけだ。また今度ゆっくりと積もる話をしよう」ジョニーがシェルビーに言った。「いいね？」

「ええ。今ではあなたがここの店長だと、クレイから聞いたわ」

「そうなんだよ。まさかそんなことになるとは誰も想像しなかったよな。もう注文はしたのかい？」

「ええ、ついさっき」

「ちょっとこっちを見てごらん、キャリー」ジョニーは白いエプロンをした男性が生地にソースを塗っているカウンターを指した。「きみのピザは特別にぼくがつくってあげるよ。ぼくはいろんな技を知ってるんだ。ああ、グリフ、言おう言おうと思ってたんだが、きみが修理してくれたおかげで焼き窯はすこぶる調子がいいよ。あれ以来、トラブル知らずだ」

「それはよかった」

「じゃあ、もうしばらくピザの到着を待ってくれ」

シェルビーはボックス席にふたたび腰をおろした。「あなたとマットはランデヴー・リッジのいたるところで何かしら修理しているようね」

「今後もそうする予定だよ。ぼくたちならオーブンの温度がおかしくなっても、日曜のディナーに人を招待したのにその朝トイレが壊れても修理できる。おかげで人気者さ」

シェルビーは笑った。「誰だって人気者になりたいものね。でも、忙しいでしょう。どうやって人気者になることと、トリップルホーンの古い家のリフォームを両立してるの?」

「人気者になるのは仕事で、自宅のリフォームはプロジェクトだ。いいプロジェクトを抱えてたほうが、仕事もうまくいくんだよ」

「ママ、見て!」キャリーがシートの上で身を弾ませた。「さっきのおじさんがすごいことをしてる」

「新たな技を身につけたようね」ジョニーが生地を放りあげてくるっと一回転して受けとめるのを見て、シェルビーは言った。

「どうやら、ぼくたちは魔法のピザを食べることになりそうだ」

キャリーは目をまん丸くしてグリフのほうを見た。「魔法のピザ？」

「きっとそうだよ。ほら、魔法の粉が飛び散ってるのが見えないかい？」

ブルーの目を驚きにみはり、キャリーはジョニーに視線を戻して息をのんだ。「あっ、光ってる！」

子供の想像力は豊かだと、グリフは思った。「そうだろう。魔法のピザを食べたら、夢のなかでフェアリー・プリンセスになれるんだよ」

「そうなの？」

「ぼくはそう聞いたよ。もちろん、魔法のピザを食べたあと、きみのママが寝る時間だと言ったら、すぐベッドに入って、フェアリー・プリンセスになれますようにってお祈りしないといけないけどね」

「うん、そうする。でも、あなたは男の子だからフェアリー・プリンセスにはなれないわ。そんなの変だもん」

「だから、ぼくは牙のある猛獣を退治するプリンスになるんだ」

「プリンスはドラゴンを退治するのよね！」

「どうしてそうなるんだ？」グリフはわざと悲しげなため息をもらして、かぶりを振った。テーブルの向こうでシェルビーが微笑んでいるのが見える。「ぼくはドラゴンが大好きなんだ。もうひとつ願いごとをすれば、きみは自分のドラゴンを手に入れられるかもしれない。そうしたら、そのドラゴンに乗って王国じゅうを旅できるよ」

「わたしもドラゴンが好き。自分のドラゴンに乗って飛べたらいいな。彼女の名前はルルにするわ」

「ドラゴンにぴったりの名前だね」

「あなたはやりたい放題ね」シェルビーがそうつぶやくと、グリフはテーブル越しににやにやした。

「こんなのまだまだ序の口だよ」

「そうでしょうね」

グリフは騒がしい〈ピッツァテリア〉で幼い女の子を楽しませたり、その母親を笑わせたりして、今日一日で最高の気分を味わっていた。どうして普段のスケジュールにこういう時間を組みこめなかったんだろう。

誰だって時々魔法のピザが必要になるはずだ。

「とても楽しかったわ」シェルビーは車までグリフに送ってもらいながら言った。

「あなたのおかげで、キャリーの初めてのデートは決して忘れられないものになったわ」

「二度目のデートもしないとな。また一緒に出かけてくれるかい、キャリー?」

「うん。わたし、アイスクリームが好きなの」

「すごい偶然だな。ぼくたちは結ばれる運命なんじゃないかと思えてきたよ。実は、ぼくもアイスクリームが好きなんだ」

キャリーはまつげの下から魔性の女としか言いようのない微笑みを投げかけてきた。

「じゃあ、今度はアイスクリーム屋さんでデートしてもいいわよ」

「あらまあ、あなたが二度目のデートなんて言うから」シェルビーはおもしろがりながら、キャリーを抱きあげてチャイルドシートに乗せた。

「今度の土曜はどうだい?」

キャリーのシートベルトを締めるのに忙しいシェルビーが肩越しに振り返った。

「えっ?」

「今度の土曜日にアイスクリーム屋さんでデートしないか?」

「いいわ!」キャリーがチャイルドシートの上で飛び跳ねた。

「わたしは仕事があるわ」シェルビーが言った。

「ぼくもだよ。だから、仕事のあとで」

「うーん……そうね。本当にいいの？」

「そうじゃなきゃ誘わないさ。お願いごとをするのを忘れちゃだめだよ、キャリー」

「わたしはフェアリー・プリンセスになってドラゴンに乗るわ」

「キャリー、グリフに言うことがあるでしょ」

「今日はデートしてくれてありがとう」純真なキャリーはうれしそうに両腕を広げた。

「キスしてちょうだい」

「ああ、いいよ」

　グリフは頭をかがめてキャリーにキスをした。笑いながら、キャリーは彼の頬をこすった。

「グリフのおひげ、くすぐったくて大好き。じゃあ、ママにもキスして」

「オーケー」

　きっとシェルビーは頬をさしだすだろう。だが、グリフは頬で妥協する気はなかった。いざとなれば男は相手に悟られることなくぱっと動ける。とりわけ、その相手とキスすることをずっと考えてきた場合は。

　グリフはシェルビーのヒップに両手をのせ、見つめあったまま、その手を背中へ這(は)わせた。彼女は驚きに目をみはったが、いやがるそぶりは見せなかった。それを確認したうえで己の衝動にしたがった。

頭をかがめると、お互い時間がたっぷりあるかのように唇を奪った。大通りの歩道に立っていることも、通行人や近くの建物のなかから見られる可能性が高いことも忘れることはたやすかった。何しろ、シェルビーがとろけるように身をゆだね、あたたかく柔らかい唇で従順にキスにこたえているのだから。

シェルビーは頭が空っぽになり、あらゆる思考が――過去も現在も未来も――かき消え、情熱の波にのまれていた。体の感覚が目覚めると同時にぐったりとし、おいしいワインを飲みすぎたように頭がくらくらした。

石鹸（せっけん）や肌のにおい、歩道に置かれたプランター代わりのウィスキーの樽（たる）から漂うヒヤシンスの香り。やがて、自分自身の喉の奥から甘い声がもれていることに気づいた。

グリフは唇を奪ったとき同様、さりげなくシェルビーを放したが、彼女の瞳から注意深く目をそらさなかった。

「やっぱりそうか」彼がつぶやいた。

「わたしは……ただ……」脚の感覚がなく、シェルビーはちゃんと脚があるか見おろして確認したい衝動をぐっとこらえなければならなかった。「もう行かないと」

「ああ、また」

「わたし……。ドアに手をはさまれないように鼻に手をあてなさい、キャリー」

キャリーが指を鼻に押しあてた。「バイバイ、グリフ。バイバイ！」

シェルビーがドアを閉めるあいだ、グリフはキャリーに手を振り、親指をポケットに引っかけた。運転席側にまわったシェルビーが少しふらついたのを見て、思わず口元がゆるんだ。

しばらく手こずったのち、シェルビーがエンジンをかけて走りだすと、彼はふたたび手を振った。

やはり今日一日で一番のひとときだった。またこんな時間を過ごすのが待ち遠しいな。

シェルビーはいつも以上に気をつけて家まで運転した。ピザを食べながらコーラではなく、ワインでも一本あけたような気分だ。おまけに、キスの余韻でみぞおちのあたりが震えているせいか、あの甘い声が何度も喉元までこみあげる。

実家までの短いドライブのあいだに、キャリーはうとうとし始めた。大興奮だった一日の反動だろう。けれど、シェルビーが車を停めると、また元気になり、はしゃぎ始めた。

こうなったら、またへとへとにさせるしかないわね。ふたたび睡魔に襲われるまで、そんなにかからないはずだ。わたしはその隙に頭をすっきりさせ、さっきの出来事をいったん棚あげにしなければならない。胸がドキドキしたり、甘い声をもらしたりしている場合じゃないわ。

シェルビーはキャリーが祖父母を相手に今夜のデートの詳細を興奮気味に語るあいだ、ただ耳を傾けていた。

「それで、今度の土曜日にアイスクリーム屋さんでデートするの」

「まあ、そうなの。かなり真剣なおつきあいのようね」エイダ・メイが探るようにシェルビーを盗み見た。「あなたのデート相手がどういうつもりなのか、おじいちゃんにきいてもらったほうがいいかもしれないわね」

「それに、その男の今後の意図も」クレイトンが言い足した。

「わたしはキャリーたちのお目付役よ」シェルビーは明るく言った。「そうそう、ジョニー・フォスターに会ったわ。忙しそうだったから、あまり話せなかったけど。今は彼が生地づくりの担当なのね。ジョニーに魔法のピザをつくってもらったのよね、キャリー？」

「うん。グリフはわたしがドラゴンに乗れるって言ってた。それに、えーと……なんだったっけ、ママ？」

「牙のある猛獣を退治してくれるんでしょう」

「そう、グリフがそれを退治したら、わたしたちは結婚するの」

「そいつは、たいしたピザだな」クレイトンが言った。

「魔法のピザを食べたら、おじいちゃんは王さまに、おばあちゃんは女王さまになれるわ」キャリーは部屋じゅうをくるくるまわっては飛び跳ねた。「クランシーも来ていいわよ」そう言って老犬を抱きしめた。「わたしはきれいなドレスを着て、グリフは〝花嫁にキスを〟って言われるの。グリフにキスされると、くすぐったいよね、ママ」

「えっ――」

「そうなの?」エイダ・メイがとり澄ました笑みを浮かべた。

「うん。ねえ、土曜日っていつ、ママ?」

「もうすぐよ」シェルビーは走りまわるキャリーをつかまえて、くるりとまわした。「さあ、二階にあがるわよ。ハンサムなプリンスと結婚する夢を見る前に、お風呂に入らないと」

「うん」

「二階にあがって洗濯用のバスケットに服を入れておきなさい。わたしもすぐに行くから」キャリーが階段に向かって駆けだすと、シェルビーは言った。「あの子はとっても楽しんでたわ」

「あなたはどうだったの?」

「楽しかったわ。グリフはキャリーにとても優しかったし。でも、今お父さんとお母さんに伝えたいのは、ディナーの直前に電話がかかってきて、あの家が売れたとわかったことよ」

「あの家?」エイダ・メイは一瞬ぽかんとしてから、すとんと椅子に座って目をうるませた。「ああ、シェルビー。フィラデルフィアの家ね。なんてすばらしいニュースなの。本当によかったわね」

「うれし涙ね」シェルビーはポケットに常備しているティッシュをとりだした。「わたしも泣いてしまったの。これで肩の荷がだいぶ軽くなったわ」シェルビーは近づいてきた父親のほうを向いた。クレイトンは娘を抱きしめると、左右に揺らした。「ずっとそれを背負ってきたから、どのくらいの重みかわかってるつもりだったけど、こうして自宅が売れたら、思っていた以上に負担だったことに気づいたわ」

「残りの借金の返済は、わたしたちも手伝う。もうおまえのお母さんと話しあったんだ。それで――」

「やめて、お父さん。そんなことしなくていいの。本当にありがとう。愛してるわ」シェルビーは父親の頬に両手をあてた。「でも、借金はわたしが返すわ。しばらくかかるけど、自分自身で返済するつもりよ。それに、そのほうが気分もいいの。この数年、わたしはいろんなものを手放して質問するのをやめ、何もかもほかの人にまかせきりだった。それを多少でも挽回(ばんかい)できるから」シェルビーは父にもたれ、母に向かって微笑んだ。「でも、これで峠は越えたわ。あとは自分自身で対処できる。それに、もしまた重荷が耐えきれないほど重くなったら、救いを求められるとわかっているのは本当にありがたいわ」

「そのことをもう二度と忘れるんじゃないぞ」

「ええ、忘れないと誓うわ。それじゃ、キャリーをお風呂に入れないと。今日はいい一日だったわ」シェルビーは身を引いて、バッグを肩からさげた。「本当にいい一日だった」

　キャリーを寝かしつけたあと、シェルビーは腰を落ち着けて帳簿を眺めた。おそらく問題が解決するまで待つべきだけど、楽観的になる権利はあるはずよ。自宅の売却額を帳簿に入力すると、まぶたを閉じて息を吸った。

　それでも、まだかなりの額の借金が残っているけど、最初に比べたら激減したわ。これで峠は越えたわね。この先には何が待ち受けているんだろう?

　シェルビーはベッドに横たわってエマ・ケイトに電話をかけた。

「ピザはどうだった?」

「魔法のピザだった。というか、グリフがキャリーに魔法のピザだと信じこませたのよ。今夜のキャリーはベッドに入るときも満面の笑みで、フェアリー・プリンセスになってドラゴンに乗る夢を見るんだとワクワクしてたわ。そのあと、グリフと華やかな結婚式を挙げるんですって」

「グリフは子供の相手が上手なの。きっと少年っぽさが多分に残ってるからだと思うわ」

「グリフにキスされたわ」

「それも魔法みたいだった？」エマ・ケイトは間髪容れずにきいた。

「まだわたしの頭はふわふわしてるわ。マットには内緒にしてね。彼からグリフの耳に入ったら、まぬけな気分になるから。こんなふうになるのは真剣にキスされたのが久しぶりだったせいなのか、単に彼のキスが上手だったからなのかはわからないけど」

「わたしが聞いた話だと、グリフはキスがうまいそうよ」

シェルビーは微笑んで体を丸めた。「あなたもマットに初めてキスされたとき、頭がふわふわした？」

「脳みそが溶けて耳から流れでたわ。言葉にするとグロテスクね、でもまさにそんな感じだった」

「最高の気分だったわ、あんな気分を味わうのがどういう感じかすっかり忘れてたくらい。だから、どうしてもあなたに電話せずにはいられなかったの。自宅が売れたうえに、大通りで頭がぼうっとなるようなキスをされたんだもの」

「えっ――。ああ、シェルビー、すばらしいニュースじゃない！　どっちもすばらしいけど、あの家を処分できたなんて、本当によかったわね」

「徐々に視界が開けてきた気がするわ、エマ・ケイト。自分の進む道がはっきり見えてきたの。乗り越えなければならない障害はまだいくつかあるけど、もう真っ暗闇じゃないわ」

　こうしてベッドで丸くなりながら親友とおしゃべりできるのもそのおかげだ。

　すばらしい一日はそれから一週間続いた。シェルビーは楽しく生産的に過ごし、自ら生計を立てる喜びを実感した。

　床にモップをかけ、シャンプーを補充し、予約を受け、レジ打ちをし、噂話に耳を傾けた。クリスタルが恋人のことで愚痴をこぼせば同情し、マッサージ師のヴォニーの祖母が安からに息を引き取ったときは、彼女を慰めた。

　デイ・スパの小さな裏庭に椅子やテーブルを並べ、鉢に植えた花を飾った。

　この秋からチェルシーが通う保育園を調べ、キャリーも入園できるよう申しこんだ。シェルビーはキャリーに対して誇らしい気持ちを味わうと同時に、自分のもとから娘が少しずつ離れていくことに寂しさを覚えた。これを皮切りに何度も別離を経験し、そのたびにこういう気持ちを味わうのだろう。

シェルビーはグリフとアイスクリームを食べに行き、二度目のキスは一度目のキスに劣らずすてきだった。けれど、ディナーに誘われたときは、躊躇した。

「今は時間が限られてるの。サロンの仕事はスケジュールが決まっているから楽だけど、金曜日の晩に歌うようになるまでは様子を見ないと。今はあいている時間をすべてショーのためのリハーサルや計画に注ぎこんでるの」

「じゃあ、金曜日以降にしよう」グリフは新しいバスルームのタイル張りの床をあたためる電熱線を設置していた。「金曜日の晩はきっと大成功するから」

「そう願うわ。もしよかったら、あなたも金曜日に〈ブートレガー・バー&グリル〉に聴きに来てちょうだい」

彼は床にお尻をつけて座った。「レッド、もちろん行くに決まってるじゃないか。きみがシャワー室でリハーサルしてるのを聴くのが好きなんだから」

「わたしは〈ブートレガー・バー&グリル〉の開店前にリハーサルするために、そろそろ出かけるわ。タンジーの読みどおり、お客さんがポークチョップやナチョスを食べながら、誰かの歌う懐メロを聴きたがってるといいけど」シェルビーはおなかに手をあてた。「もうすぐ彼女の読みがあたってるかどうかわかるのね」

「緊張してるのかい？」

「人前で歌うから？　いいえ、歌うこと自体は緊張しないわ、気持ちよすぎるくらいよ。でも、お客さんに払った額に見合う娯楽を提供できるか不安なの。もう行かないと。このバスルームはすてきだわ」

「もうじき完成するよ」グリフはシェルビーに微笑んだ。「今日のキーワードは〝ステップ〟だ。少しずつ進んでるからね」

「なるほど」グリフが言っているのは、この新しいバスルームのことだけじゃないと、シェルビーにはわかった。


シェルビーは金曜の午前中に最終リハーサルをねじこんだ。二、三人のミュージシャンと共演できれば、いろいろ曲をアレンジできるのに。

それでも、昔のスタンダードナンバー《アズ・タイム・ゴーズ・バイ》を自己流にちょっとアレンジしてみた。

「あれを弾いて、サム」バーカウンターの奥からデリックが『カサブランカ』の台詞を口にした。

「世界じゅうには星の数ほど酒場があるのに」シェルビーも『カサブランカ』の台詞を返した。

「きみは古い映画のファンなのかい？」

「父がそうだから、必然的にわたしたちもそうなったの。それに、『カサブランカ』

が好きじゃない人なんている？　で、わたしの歌はどうだった、デリック？」

「どうやらタンジーの読みは正しかったようだ。〈フライデー・ナイツ〉は大盛況になるぞ」洗ったばかりのグラスを積み重ねながら、彼はシェルビーに向かって片方の眉をつりあげた。「で、きみ自身はどう感じてるんだい？」

「うまくいくことを期待してるわ」小さなステージから床におりた。「ただ、もしも大勢のお客さんを呼べずにうまくいかなかったとしても問題ないと言いたいの」

「きみは最初から失敗するつもりでいるのか、シェルビー？」

　彼女は小首を傾げてバーカウンターに近寄った。「今言ったことは忘れて。今夜は思いきりやって大成功をおさめましょう。そうなったら、あなたはわたしの報酬をあげざるをえないわ」

「調子に乗るんじゃない。コーラでもどうだい？」

「できれば飲みたいけど、もうサロンに行かないと」ポケットから携帯電話をとりだし、まだ間に合うか時刻を確認した。「今夜はにぎわうはずよ、とりあえず様子見の客で」シェルビーは言った。「しばらく故郷を離れていたわたしが出演するし、タンジーが大々的に宣伝したから。ちらしもそこらじゅうで配られてるし、あなたのフェイスブックにはわたしの顔写真が何枚も載ってるわ。それに、わたしの身内だけでもちょっとした数で、その大半が今夜来るはずよ。それだけでもかなりの人数になるわ」

「思いきりぶちかましてやれ」

「そうね。じゃあ、また今夜」

シェルビーは店を出たときも、まだ頭のなかでリハーサルを行っていたせいで注意力散漫だった。そのため、話しかけられるまで、ひとりの女性が隣に近寄ってきたことに気づいていなかった。

「あなたがシェルビー・フォックスワース?」

「えっ?」〝ポメロイ〟という旧姓にあっという間に馴染んでいたため、とっさに違うと言いそうになった。「ええ、そうですが。こんにちは」

シェルビーは立ちどまって微笑み、記憶を総ざらいした。だが、目をみはるほど美人で、冷ややかなブラウンの瞳に完璧な形の真っ赤な唇をしたブルネットの女性に見覚えはなかった。

「ええ、わたしがシェルビーです。すみません、あなたに見覚えがないんですが、どなたですか?」

「わたしはナタリー・シンクレア。ジェイク・ブリムリーの妻よ。あなたは彼のことをリチャード・フォックスワースという名前で知ってると思うけど」

その言葉が外国語のように響き、シェルビーは中途半端な笑みを浮かべた。「えっ？　今なんておっしゃったんですか？」

女性は狡猾そうな目つきになった。「わたしたちはじっくり話す必要があるわ、どこか人目につかない場所で。この近くにかわいい公園があったわ。そこに行きましょう」

「いったいどういうことですか？　わたしはジェイク・ブリムリーなんて人は知りません」

「名前を変えたって中身は変わらないわ」ナタリーは淡いブルーのハンドバッグから一枚の写真をとりだした。「見覚えがあるでしょう？」

その写真には、目の前のブルネットと頬を寄せあうリチャードが写っていた。彼の髪はシェルビーが記憶しているよりも長く、色も若干明るかった。それに、鼻の形がどこか違う気がする。

だが、写真のなかで微笑んでいるのはリチャード本人だった。

「つまり――すみません――つまりあなたは、リチャードと結婚していたと言うんですか？」

「違うわ。さっきはっきり言ったでしょう。ちゃんと理解できてないなら、もう一度言ってあげる。わたしはジェイク・ブリムリーの元妻じゃなく、今も彼の妻なの。リチャード・フォックスワースなんて人間は存在しないのよ」

「でも、わたしは――」

「あなたの居場所を突きとめるのにずいぶん手間取ったわ、シェルビー。さあ、ちょっとおしゃべりしましょう」

ブリムリーは貸金庫で発見した身分証明書に印刷されていた名前ではなかった。ああ、なんてこと、リチャードにはほかにも名前があったの？　別の名前に、別の妻も。

「ちょっと電話をかけさせてください。仕事に遅刻しそうなので」

「いいわよ。ここは古びたところね。銃や迷彩服が好きな人は気に入るでしょうけど」

この女性はリチャードと口調がそっくりだわ。「ここにはアートもあるわ」シェルビーは嚙みつくように言った。「音楽や伝統や歴史も」

「そんなにカリカリしなくたっていいじゃない」

「わたしたちを田舎者呼ばわりする人は、たいていよそから来た尊大な俗物よ」

「きついこと言うわね」おもしろがりながら、ナタリーはぶるっと身震いした。「神経を逆撫でしちゃったかしら」

電話で事情を説明する代わりに、シェルビーは祖母にメールを送り、少し遅刻すると謝った。

「世の中には古びた場所を好む人もいるわ。わたしは都会人だけど」ナタリーは横断歩道のほうを指し、ヒールの高い淡い金色のすてきなサンダルで歩きだした。「ジェイクもそうよ。でも、あなたはここでジェイクと出会ったわけじゃないでしょう」

「リチャードと出会ったのはメンフィスです」今となっては何もかもぼんやりとした記憶だ。「当時、わたしは大学の夏休みを利用してバンドのリードボーカルとして歌ってました」

「そしてジェイクに心を奪われたのね。彼、そういうの得意なの。刺激的で魅力的でセクシーだものね。きっと、パリにも連れていってもらったんでしょう。左岸にある小さなカフェに行ってジョルジュサンクに泊まり、白薔薇をプレゼントされたのよね」

シェルビーは不快な気分に襲われ、胃が重くなった。どうやら、それが顔に出てしまったようだ。

「ジェイクみたいな男は行動がパターン化してるのよ」ナタリーがシェルビーの腕をぽんと叩いた。

「わたしにはどういうことか理解できません。どうしてあなたとリチャードが結婚しているなんてことがありうるんですか？　彼はもう亡くなってますが、これまでずっと夫婦だったなんて。わたしとリチャードは四年以上も結婚生活をともにし、子供もいるのに」

「ええ、それにはびっくりしたわ。でも、ジェイクにとっては家族という立場が好都合だったんでしょうね。わたしがあの人と結婚したのは判断ミスよ。勢いでラスヴェガスに行っちゃったの。あなたのケースと似てるでしょう。でも、わたしはまぬけじゃないから、ジェイクに見殺しにされたときも離婚しなかった」

そのひと言がシェルビーの肩に重くのしかかった。「わたしはリチャードと結婚していなかったんですね。そういうことですよね、あなたが言っているのは」

「ええ、法律上ジェイクは今もわたしの夫だから、あなたと彼は夫婦じゃないわ」

「彼はそのことを承知してたんですよね」

「もちろん知ってたわ」ナタリーは笑った。「ひどい男よね！ もちろん、それが彼の魅力でもあるけど。なんて姑息（こそく）な男なの、わたしのジェイクは」

公園は静寂に包まれていた。子供たちがブランコやシーソーで遊んだり、芝生を駆けまわったり、ジャングルジムによじのぼったりしていないせいで。

ナタリーはベンチに腰をおろして脚を組み、隣のスペースをぽんと叩いて座るよう促した。

「わたしにはあなたがそのことに気づきながらもジェイクの芝居につきあっていたのかどうかわからなかった。どうやらあなたはまんまとだまされてたようね。でも、彼はそういう人なの」一瞬ナタリーの顔を悲しみのようなものがよぎった。「というか、そういう人だった」

「わたしには考えられません」シェルビーはベンチに腰かけた。「なぜリチャードはそんなことをしたんですか？　それに、どうしてそんなことができるんですか？　まさかほかにも奥さんがいるとか？　彼はほかの女性にもこんなことをしてたんですか？」

「わからないわ」ナタリーがひょいと肩をすくめた。「でも、ジェイクがわたしからあなたにすぐに乗り換えたことを思うと、わたしたちのあいだに別の妻がいたとは思えない。それに、わたしが興味を持っているのはあなたたちの結婚生活の期間なの」

「どういうことですか？」突然緊張で息もつけなくなり、シェルビーはベンチの背にもたれると、髪に両手をさし入れて一瞬ぎゅっと握った。「これまでの話もさっぱり理解できません。結局わたしはリチャードと結婚していなかったんですね」ゆっくりと言った。「あの結婚生活は婚約指輪のように何もかもまがいものだったんですね」

「しばらくはかなり羽振りのいい暮らしをしてたんでしょう」ナタリーは小首を傾げ、シェルビーを蔑むように見た。「パリにプラハ、ロンドン、アルバ島、セント・バーツ島、ローマ」

「どうして全部知ってるんですか？　わたしがリチャードと一緒に行った場所を全部」

「調べたからよ。あなたはアトランタで高級なコンドミニアムに住み、カントリークラブのメンバーで、ヴァレンチノのドレスを何枚も持ってた。そのあとヴィラノーヴァの豪邸に移り住んだ。ジェイクに贅沢させてもらわなかったとは言わせない。わたしからすれば、あなただっていい思いをしたはずよ」

「いい思い？　いい思いですって？」緊張していたことも忘れ、シェルビーはその侮辱に憤慨した。「リチャードはわたしに嘘をついてたのよ。それも最初から。彼はわたしを知らぬ間に娼婦（しょうふ）に仕立てあげた。わたしはリチャードを愛していると思ってたわ。最初は、家族や自分のすべての夢を手放してもかまわないくらい愛していると」

「あなたも過ちを犯したのね、でも、その埋めあわせはあったんじゃない。この小さな田舎町から連れだしてもらったんだもの。あら、失礼、このアートと文化に彩られた町からね。その後数年は、贅沢三昧の暮らしも味わった。だから泣き言を並べたてないで、シェルビー。そういうの見苦しいわよ」

「あなたはいったい何がしたいの？　わざわざやってきて、わたしにこんな話をするなんて。ひょっとして、あなたも嘘をついてるんじゃない？」

「じゃあ、調べてみれば。でも、あなたはわたしが嘘をついてないと承知しているはずよ。ジェイクは女を惚れさせて、思いどおりに操るところがあったわ」

「あなたは彼を愛していたの？」

「ジェイクのことは大好きだったし、一緒にとびきり楽しい時間も過ごしたわ。それだけで充分だった。もし彼がわたしを窮地に陥れたりしなければそれだけで充分だったはず。わたしはいわばジェイクに投資したのよ。しかも、そのせいで高い代償を払った。だから、報酬を受けとりたいの」

「報酬って？」

「二千八百万よ」

「二千八百万って？　二千八百万ドルってこと？　頭がおかしいんじゃないの？　リチャードはそんな大金を持ってなかったわ」

「いいえ、持ってたのよ。どうしてそんなことがわかるのかって？　それはわたしがその大金を手に入れる手助けをしたからよ。総額三千万ドル弱の光り輝くダイヤモンドにエメラルド、ルビー、サファイア、希少な切手。その取り分はどこにあるの？　わたしは半分もらえればいいわ」

「わたしがダイヤモンドやエメラルドなんか持ってるように見える？　リチャードのせいで借金地獄に陥ってるのよ。彼を信じたせいで、わたしはその代償を払ってるの。あなたが払った代償はなんだったの？」

「フロリダ州デイド郡の刑務所で四年間と二カ月と二十三日過ごしたことね」

「あなたは――刑務所に入ってたの？　なんの罪で？」

「詐欺罪よ、ジェイクやミッキーと組んで、曲芸師さながらの鮮やかな手口で人からお金を巻きあげてたの。ミッキー・オハラっていうのが、この愉快な三人組のもうひとりのメンバーよ。最後に聞いた話だと、二十年の刑を言い渡されたそうだけど」冷笑を浮かべながら、ナタリーはシェルビーに向かって人さし指を振った。「あなたはミッキー・オハラの標的にはなりたくないはずよ、シェルビー。わたしを信じて」

「あなたは私立探偵を雇ってわたしをつけまわしたでしょう」

「それはわたしがやったことじゃないわ。わたしは自分で調べるタイプだもの。それがわたしの強みのひとつよ。分け前は半分でいいわ、シェルビー。それさえもらったら消えてあげる。わたしにはその報酬を受けとる権利があるの」

「わたしはあなたと山分けできるようなものは何も持ってないわ」シェルビーは立ちあがった。「あなたはリチャードが何千万ドルものお金を盗んだっていうの？　フロリダから来た私立探偵の言っていたことは本当だったの？」

「それがわたしたちの生業だもの。まあ、ジェイクに関しては、もう過去のことだけど。わたしたちはまず標的を見つけた。ジェイクにとって一番のカモは、裕福で孤独な未亡人だった。彼はほんの数日で相手を自分の言いなりにして、いとも簡単に不動産投資をさせたわ。それがジェイクの得意分野だったから。でも、あの大きなヤマで、かつてないほど大きなヤマで、問題が生じたの。宝石や切手は盗めたけど、あの未亡人の屋敷にはほかにもすばらしい美術品があったのに。とにかく、あなたが何も知らないと白を切ったところで、わたしは鵜呑みにしないわ」

「わたしは白を切ってなんかいないわ。もしリチャードがそんなものを持っていたなら、わたしが彼の借金を返済しているはずがないでしょう」

「ジェイクは昔から盗品を隠し持つタイプだったわ。それに、あの宝石は警察が行方を追ってた。切手だって、それに見合う額を出す蒐集家を見つけなければならなかった。あのヤマで問題が生じたとき、ジェイクは盗品を持ち去ることはできたけど、それを売却しようとしたら、たとえ宝石を小さくカットしたとしても警察につかまったでしょうね。だから、数年間は身をひそめているのが得策だったの」

「身をひそめる」シェルビーはオウム返しにつぶやいた。

「ええ、それがわたしたちの計画だった。四、五年経ったら、盗品をお金に換えて引退しようと。まあ、完全な引退じゃないかもしれないけど。だって、こんなに楽しいことはやめたくないもの。あなたはジェイクの隠れ蓑だったのよ。それは明らかだわ。だけど、あなたが何も知らなかったほどまぬけだったと、わたしに信じこませるのは、至難の業よ」

「わたしは愚かにもリチャードを信じた。だから、その事実を背負って生きていくわ」

「しばらく考える時間を与えてあげる。たとえあなたが純真無垢なお嬢さんだったとしても、あの男と四年以上一緒に暮らしてたんでしょう、シェルビー。一生懸命考えれば、何か思いだすかもしれないわ。三千万ドル弱の半額が手に入ると考えたら――今の相場ならもう少し高額かもしれないけど――いい動機づけになるはずよ」

今度はシェルビーのほうが蔑むように相手を見た。「わたしはあなたたちが盗んだものなんか山分けしたくないわ」

「選ぶのはあなたよ。そんなお堅いことを言うなら、あなたの取り分を警察に届けて発見した謝礼を受けとったら？　そうすれば、借金がだいぶ減るんじゃない？　さっきも言ったけど、わたしは自分の取り分を受けとったら立ち去るわ。こんなへんぴな田舎町で、はした金のためにおばあさんのサロンで働いたり、金曜の晩にうぶな田舎者相手にバーで歌ったりしたいなら、それはあなたの勝手だけど。わたしは自分の取り分を手にし、あなたの手元にはあなたの取り分が残る。あなたはかわいいお嬢さんのことも考えないとね」

「わたしの娘に近づいたら、娘に近づこうとなんて思ったら、八つ裂きにするわよ」

ナタリーはシェルビーのほうを見て、口角をあげた。「そんなことできると思うの？」

シェルビーは何も考えもせずにとっさに行動した。手をのばしてナタリーのブラウスをつかみ、彼女を立ちあがらせた。「ええ、できるし、そうするわ」

「これがジェイクの目にとまったのね。彼は激しい感情を秘めた女が好きなのよ、たとえ相手が標的でも。さあ、リラックスして。わたしは少女に興味はないし、また刑務所に戻るつもりもないから。いい、半分ずつ山分けよ、シェルビー。もしわたしがミッキーを呼びだしたら、あなたは何も得られないどころか心身ともに苦痛を味わうだけよ。彼はわたしみたいに礼儀正しく交渉したりしないから」ナタリーはブラウスをつかんだシェルビーの手を払いのけた。「よく考えるのね。じゃあ、また連絡するわ」

シェルビーは脚が震えだしそうになり、ナタリーが歩き去ると、ベンチにまた座りこんだ。

二千八百万ドル？　盗まれた宝石や切手？　重婚？　わたしが結婚した相手はいったい何者なの？　もっとも、わたしがそう思っていただけで、実際には結婚していなかったの？

もしかしたら何もかも嘘だったのかもしれない。でも、それがわかったからってなんの意味があるの？

でも、確認しよう、何もかも。

シェルビーは立ちあがると、携帯電話をとりだし、歩きながらトレイシーにかけてキャリーの様子を確かめた。

サロンにたどり着いたときには、またすっかり激怒していた。

「ごめんなさい、おばあちゃん」

「いったいどうしたの？　それに、なぜそんなに怒った目つきをしているの？」

シェルビーは受付のカウンターの下にバッグを突っこんだ。「おばあちゃんとお母さんの手があきしだい、話さなければならないことがあるの。あっ、すみません、ミセス・ハリスター。今日はお元気ですか？」

ヴィオラの前の椅子に座っていた女性——あのハリスター家の少年の祖母——が微笑んだ。「ええ、とても。今日はのびた白髪を染めてもらいに来たんだけど、ヴィオラに丸めこまれてハイライトを入れることにしたの。果たして夫は気づくかしら」

「春に向けて明るい色にするのはすてきですよね。おばあちゃん、ちょっと電話をかけてから、シャンプー類を補充したほうがいいかチェックするわ」

「タオルは洗い終わって、あとは畳むだけのはずよ」

「じゃあ、それもやるわ」

仕事の話をしながら、ふたりは視線を交わした。ヴィオラはうなずくと、椅子の背の陰で手をあげた。五分後に。

シェルビーは洗濯機と備品がある奥の部屋へ行き、フォレストに電話をかけた。

13

シェルビーは何も考えられなかった。キャリーは安全だし、トレイシーにまかせておけば大丈夫だ。盗まれた宝石のことなど皆目わからないし、希少な切手なんて額に張りつけられてもその価値を理解できないだろう。もしあのナタリーという女性がそれを信じないなら、がっかりするのが落ちだ。

けれど、リチャードが——いや、ジェイクか、はたまた別の名前の男が——泥棒で嘘つきだったという話をいとも簡単に信じられたことが、シェルビーはショックだった。

でも、彼はわたしの夫ではなかったのだと、タオルを畳んで積み重ねながら思った。その真実を受けとめた今、かえってそれに慰めを見いだした。

とにかく今は笑顔でお客さんとおしゃべりしたり、備品を補充したりして、ちゃんと仕事をしよう。そして家に帰って幼い娘と夕食を食べたら、〈ブートレガー・バー&グリル〉に行き、タンジーとデリックが準備に費やしたお金に見合うだけの歌を披露しよう。

自分を含め、もう誰も失望させるわけにはいかない。

帰宅する前に、小さなパティオの掃き掃除をしていると、フォレストがやってきた。

「彼女は見つかった？」シェルビーは詰問した。

「いや。その名前やそういう容姿の女性はホテルにもロッジにもキャビンにもB＆Bにも泊まってなかった。彼女はランデヴー・リッジに滞在していないようだ。それに、詐欺罪でデイド郡の刑務所に服役したナタリー・シンクレアに関する情報は、今のところいっさい見つからない」

「きっと本名じゃないのね」

「ああ、おそらくそうだろう。美人のブルネットがランデヴー・リッジに滞在しておまえのことを尋ねまわっていたら、誰かの記憶に残ってるはずだ。もし彼女が戻ってきて、またおまえの手を焼かせるようなことがあれば、さらに捜索範囲を広げる」

「わたしはあまり心配してないわ」

「だったら、これからはするんだな。母さんには話したのか？」

「ええ、おばあちゃんにも。ふたりがほかの家族に話してくれるわ。フォレスト、わたしは危険を冒すつもりはないの。でも、彼女がほしがっている宝石や切手のことはまったく知らないわ」

「おまえは思っている以上のことを知ってるのかもしれない」フォレストはシェルビーがぱっと自分のほうを向くと言った。「かっとなるなよ。落ち着け、シェルビー。おまえが関与してるとは思ってないよ。ただ、この数年間に、あいつが何か口走ったり、何かやったりしたとしても、当時のおまえはなんとも思わず、聞き流していたかもしれない。だが、そういうことが記憶に残っていて、ひょんなきっかけで手がかりを思いだす可能性がある。ただそれだけだ」

疲労を覚えつつ、シェルビーはずきずき痛む眉間をこすった。「あの女性のせいで、わたしは神経質になってるの」

「だろうな」

シェルビーはふっと息を吐いた。「あの人と結婚していなかったとわかって、心の奥底では喜んでるなんて頭がどうかしてると思う?」

「いや、いたって良識的な反応だよ」

「だったら、よかった。これからは分別がある人間にならないと。わたしはサロンの仕事を終えて、今から家に帰るわ。お母さんはもうチェルシーの家にキャリーを迎えに行ってくれてるの。しばらくキャリーと過ごしてから、おいしい夕食を食べさせるわ。そのあと、金曜日の晩にステージで歌うのにふさわしい身支度をするつもり」

「家までおれも車であとをつけるよ。あとから後悔するより、毎回安全策をとったほうがいい」シェルビーが異を唱える前に、フォレストは言った。

「わかったわ、ありがとう」

わたしは何か知っていて、その記憶が頭の奥底に眠ってるのかしら。シェルビーはフォレストの車をしたがえて家まで運転しながら、そう自問した。たしかに今振り返れば、リチャードが何かたくらんでいそうな気配はそこここにあった。わたしが部屋に入ってきたりそばを通ったりすると唐突に電話を切ったり、ドアや引き出しに鍵をかけたり。何をしていたのか、どこに行ったかわたしが尋ねると、ぴしゃりとはねつけた。

夫の浮気を疑ったことなら何度もある。でも、今日までは、あの私立探偵が何を言い張ろうと、夫が窃盗を――しかも、あんな大がかりな盗みを働いていたとは本気で思っていなかった。総額何千万ドルもの宝石を盗んだなんて。

まさに巨額の窃盗以外の何物でもない。

こうして真実が明らかになり――。シェルビーはかぶりを振って、車を私道に停めた。わたしの手元には何もない。そんな盗品は何も。

荷物をかき集めて、フォレストに手を振った。玄関のドアを開けた瞬間、キャリーの笑い声が聞こえて、ほかのことはいっさい忘れた。

キャリーはシェルビーとハグやキスを交わしたあと、チェルシーとの一日を興奮気味に語り、シェルビーが夕食の支度をする母親を手伝い始めると、塗り絵帳とともにキッチンに腰を落ち着けた。

「あなたの部屋にきれいな白いチューリップがあるわよ」

「ああ、お母さん、白いチューリップはわたしの大好きな花よ！　ありがとう」

「感謝する相手はわたしじゃないわ。一時間ほど前に届いた花の贈り主はグリフよ」

エイダ・メイは娘をちらっと見て、微笑んだ。「どうやらボーイフレンドができたようね、シェルビー・アン」

「違うわ、わたしは――。なんていい人なのかしら。本当に優しいわね」

「彼は優しいけど、歯が浮くほど甘ったるいわけじゃないわ。とても好感の持てる若者よ」

「わたしはボーイフレンドも若者も求めてないわ」

「探していないときにぱっと見つかるほうが、ずっと刺激的だと思うわ」

「お母さん、わたしはキャリーのことを考えなければいけないし、すでに抱えている問題に今朝発覚した厄介ごとが加わったのよ」

「それでも人生は謳歌（おうか）しないと、シェルビー。それに、花を贈ろうと思ってくれるような感じのいい若者は、人生に彩りをそえてくれるものよ」

母の言うことは一理あるわ。シェルビーは白いチューリップを眺めながら、それを否定できなかった。わたしの大好きな花を選ぶなんて、きっとグリフはわたしを知る誰かに尋ねたに違いない。シェルビーはそんなことを考えながら、オーソドックスなデザインのシンプルな黒のドレスに着替えた。

わたしが求めていようがいまいが、グリフはロマンティックな気分を味わわせてくれる。誰かがそんなことをしてくれたのは、本当に久しぶりだ。

きっとグリフはこの花が彼とのキスを――すでに二度交わした口づけを――わたしに思いださせると知ってるはずだ。でも、だからって責められないし、またキスされることを想像しても自責の念がわき起こらないことに気づいた。

またすぐにキスされたとしても。

シェルビーはイヤリングをつけた。ステージ用の派手なものにしようかと思ったが、ドレス同様シンプルにして、左右の髪はピンでとめ、カールした髪を背中にたらした。「どうかしら、キャリー?」娘の前でモデルのようにターンした。「今夜のママはどう見える?」

「とってもきれいよ、ママ」

「あなたもよ、キャリー」

「わたしも一緒に行きたい。お願い、連れていって!」

「そうできたらどんなにいいか」シェルビーはしゃがんで、ふくれっ面をする娘の髪を撫でた。「でも、子供は入れないの」

「どうして?」

「法律みたいな決まりなの」

「フォレストおじちゃんは法律の人でしょう」

シェルビーは笑って娘を抱きしめた。「ええ、法律をみんなに守らせる人よ」

「やっぱりね。そのフォレストおじちゃんが言ったの、わたしを連れていってくれるって」

「今夜はだめよ、でも、こうしたらどうかしら。来週リハーサルをするとき、一緒に連れていってあげる。あなただけのための特別ステージよ」

「パーティー用のドレスを着てもいい?」

「ええ、かまわないわ。今夜はひいおばあちゃんとひいおじいちゃんがキャリーに会いに来てくれるそうよ、とっても楽しそうじゃない?」ライブの一セット目が終わったら、シェルビーの両親は帰宅し、祖父母と子守を交代する予定になっている。

家族が聴きに来てくれると思うと心強いわ。

「さあ、一階に行きましょう。わたしはもう出かけないと」

〈ブートレガー・バー&グリル〉は満員だった。シェルビーは好奇心に駆られた客や彼女の力になろうとする身内や友人で初回はにぎわうだろうと予想していた。どんな理由で来てくれたにせよ、初日の晩にこれだけ大勢の客を呼べたのは最高の気分だ。

シェルビーは何度も挨拶を交わしたり、励ましの言葉にお礼を言ったりしたのち、グリフが座る最前列のテーブルにたどり着いた。

「とてもきれいだよ」

「ありがとう。そう見えるようにおしゃれしてきたの」

「その努力はしっかり報われてる」

「お花をありがとう、グリフ。とてもきれいなチューリップだったわ」

「気に入ってもらえてうれしいよ。エマ・ケイトとマットはこっちに向かってるか、もうそろそろ家を出たはずだ。ぼくはふたりの席を確保するために十数人の客と椅子の争奪戦になった。タンジーからビッグ・バドと呼ばれてる大男とは、文字どおりけんかになる寸前だったよ」

「ビッグ・バド？　彼も来てるの？」さっと店内を見まわすと、大きな体をボックス席に押しこんでスペアリブを食べているビッグ・バドの姿が目にとまった。その向かいには痩せた女性が座り、退屈した顔で皿にのった料理をつつきまわしている。

「彼は高校の同級生なの。今は長距離トラックの運転手をしてるって聞いたけど……」

　そのときアルロ・キャタリーが目につき、彼と目が合うと、シェルビーは口ごもった。

　アルロはたいして変わっていなかった。あの淡い色の目にじっと見つめられると、いまだにぞっとせずにはいられない。

　彼は昔からつるんでいる男友達ふたりと同じテーブルに座り、後ろにそっくり返っていた。

　どうかあの人たちが長居をせず、蛇のような目つきのアルロが普段ビールを飲んでいる〈シェイディーズ・バー〉に行ってくれますように。

「どうしたんだい？」グリフが尋ねた。

「なんでもないの。ただ昔の知り合いがいただけ。そのなかには、今夜わたしが成功するか失敗するか見届けに来た人もいるはずよ」

「センセーション」グリフは言った。「今日のキーワードは〝センセーション〟だ。きみはまさにセンセーションを巻き起こすからね」

　シェルビーはアルロのことを忘れて、グリフに向き直った。「あなたって言葉遊びが上手ね」

「その日のキーワードは、ぴたっとあてはまるものじゃないとね。センセーションはまさに今日のキーワードだよ。きみに伝えるように言われたんだが、タンジーがきみのご両親とクレイとギリーにそこのテーブルを用意したそうだ」グリフは〝ご予約席〟と書かれた大きなカードが置かれている右隣のテーブルを指した。「その席に関しては、誰も彼女に抗議しなかった。ビッグ・バドでさえも」

「ビッグ・バドは昔からクレイを崇拝しているの。彼はいい人よ、グリフ。ただ……時々頑固なこともあるけど。父はおめかししている母を待ってるだけだから、もうすぐ両親も到着するはずよ。あなたが今夜来てくれて本当にうれしいわ」

「ほかにどこに行くっていうんだ？」

シェルビーはためらってから、腰をおろした。まだ時間はたっぷりある。「グリフ、あなた、わたしの話にちゃんと注意を払ってなかったでしょう？　このあいだ話したけど、今わたしの人生はひどい状態で問題が山積みなの」

「ぼくにはそんなにひどい状態には思えない」

「それは、あなたが当事者じゃないからよ。おまけに、今日さらなる問題が発覚したわ。もっとひどい問題が。今はそのことについて話せないけど、とんでもなく厄介なことなの」

グリフは彼女の手の甲を撫でた。「きみが問題を解決するのを手伝うよ」

「それってあなたが修理屋だから？」

「ああ、それと、きみに惹かれる気持ちが日に日に大きくなるからだ。きみだってぼくに惹かれてるじゃないか」

「そう言いきれる？」

グリフは微笑んだ。「今こうしてきみを見つめてるからね、レッド」

「わたしはあなたに惹かれてる場合じゃないの」そうつぶやきながらも、帰宅してキャリーの笑い声を聞いたときのように、ほかのことを頭から締めだした。「でも、惹かれているのかもしれない」シェルビーは席を立ち、誘惑的な笑みを浮かべた。「ひょっとしたらね」彼の腕に指先を滑らせると、かすかな震えが伝わってきた。こうやってささやかに誘惑するのがどれほど気分を高揚させるか、すっかり忘れてたわ。

「じゃあ、ステージを楽しんでちょうだい」

シェルビーは大忙しの厨房に戻り、ひと息つくために事務所のクローゼットに入った。

そこにタンジーが駆けこんできた。「ああ、シェルビー、店は大忙しよ。お客さまに対応するために、デリックもバーカウンターの奥で手伝ってるわ。調子はどう？準備はできてる？　わたしは緊張して吐きそうよ」おなかに手をあてた。「なのに、あなたったら涼しい顔をしちゃって。全然緊張してないの？」

「ええ、このステージには。緊張せずにいられないことがほかに山ほどあるけど、これは古いスリッパを久しぶりに履くようなものだから。わたしはあなたに成功をもたらすわ、タンジー」

「ええ、信じてる。あとほんの数分で、まずわたしがステージにあがり、お客を静かにさせてからあなたを紹介するわ」タンジーはポケットからぼろぼろのメモをとりだした。「わたしのチェックリストよ。これがあったほうがうまくいくの。カラオケマシーンはあなたの希望どおりに準備してあるわ。で、あなたはステージの上で何をすればいいかわかってるわね?」

「ええ」

「もし何か機材に不具合が生じたら――」

「即興で歌うわ」シェルビーは安心させるように言った。「両親のために席を確保してくれてありがとう」

「何を言ってるの? もちろん、最前列を確保するに決まってるじゃない。わたしのチェックリストの最重要項目だもの。あなたのご両親が帰って、おじいさんやおばあさんが到着するまでのあいだもちゃんと確保しておくわ。わたしはこれからいくつか確認しなければいけないことがあるけど、それがすんだら始めましょう。何か必要なものはある?」

「いいえ、準備万端よ」

シェルビーは落ち着いて自然にふるまいたかったので早めに店内へ戻り、バーカウンターにいた数人の知り合いとおしゃべりしたあと、水のボトルをつかんだ。

母はシェルビーがステージに立つ前は興奮しがちなので――今はわからないが、以前は決まってそうだった――両親のテーブルには行かずに、ただ笑みを投げかけた。続いて、マットやエマ・ケイトにも微笑んだ。グリフにも微笑みかけたとき、タンジーが小さなステージに現れた。

タンジーがマイクで語りだすと、話し声や物音が若干静かになった。「第一回目の〈フライデー・ナイツ〉へようこそ。今夜〈ブートレガー・バー&グリル〉は一九四〇年代にタイムスリップします。どうか今夜のショーが行われるあいだ、お客さまはゆったりとくつろぎ、マティーニやハイボールをお楽しみください。みなさんの多くはシェルビーをご存知で、彼女の歌も聴いたことがあるでしょう。まだお聴きになったことがないかたは、大いに楽しまれること請けあいです。デリックとわたしは今夜このステージで彼女に歌ってもらえることをうれしく、また誇らしく思っています。では、ランデヴー・リッジのみなさん、シェルビー・ポメロイをあたたかくお迎えください」

シェルビーはステージにあがって客のほうを向き、喝采を浴びた。「今夜はお越しいただき、ありがとうございます。こうしてランデヴー・リッジに戻ってこられて本当によかったです。おかげで、昔なじみの声を耳にしたり、清々(すがすが)しい山の空気を吸ったりできました。最初の曲は、故郷を離れていたころの気持ちを思い起こさせる曲です」

シェルビーはまず《アイル・ビー・シーイング・ユー》を歌った。

ステージの上で、彼女は本来の自分らしさを実感していた。シェルビー・ポメロイは今、もっとも得意とすることをしているのだ。

「すごいのひと言だな」グリフはつぶやいた。「彼女はまさにセンセーションだ」

「昔からそうだったわ。あなた、目に星が輝いてるわよ」エマ・ケイトがグリフの腕をぽんと叩いた。

「かまわないよ。星が輝いていても視界は良好だし、ますます明るく見えるだけだ」

順調に一セット目を終えたシェルビーは、店に入ってきた客やバーカウンターやテーブルの客を見て、うれしい気持ちになった。最初の休憩に入ると、クレイがまっすぐやってきて、彼女を抱きしめて持ちあげた。

「おまえを心から誇りに思うよ」兄が耳元でささやいた。

「わたしも気分がいいわ。ほんと最高の気分よ」

「もっと長居したいけど、もうギリーを連れて帰らないといけないんだ」

「彼女は大丈夫なの？」

「ただ疲れてるだけだ。九時をまわっても起きていたのは、今月に入って初めてだったからね」クレイは笑って、シェルビーをふたたびぎゅっと抱きしめた。「ぼくたちが帰る前に、テーブルに寄ってくれ」

シェルビーがそのテーブルのほうを見ると、家族と友人がひと固まりになるようマットとグリフがふたつのテーブルをくっつけていた。

一日の始まりは最悪だったけど、今日は最高の夜になりそうだわ。

シェルビーは家族や友人としばらくともに過ごしてから、もっと水を飲むためにバーカウンターへ引き返した。

アルロと彼の仲間が立ち去るのが見えたが、胸は痛まなかった。これで、彼にじっと見つめられる居心地の悪さから解放される。

十代のころも、アルロはよくあんなふうにわたしをじっと見つめていた。思い返してみると、彼はわたしをバイクに乗せたがったり、一緒に学校をサボってビールを飲もうと誘ってきたりした。

だが、わたしはどちらの誘いにも応じなかった。

あれから何年も経った今も、アルロがトカゲのようにまばたきもせず、シェルビーをじっと見つめることが、このうえなく薄気味悪かった。

グリフがバーカウンターの隣の席にすっとやってきたおかげで、シェルビーははるかに好ましい男性について考えられるようになった。

「明日の晩デートしてくれないか？」

「えっ――」

「どうかぼくにチャンスをくれ、シェルビー。きみとぜひ一緒に過ごしたいんだ。きみとふたりきりで」

シェルビーはグリフのほうを向き、彼の瞳を――大胆で聡明なグリーンの瞳をじっとのぞきこんだ。この目に見つめられても、いっさい居心地の悪さは感じない。

「わたしもそうしたいけど、ふた晩続けてキャリーを置いて外出し、また両親に子守を押しつけるのは気が進まないわ」

「オーケー。じゃあ、来週の都合のいい晩を教えてくれ。いつでもかまわないし、きみが行きたい場所ならどこでもいい」

「そうねえ……。たぶん一番都合がよさそうなのは火曜日かしら」

「じゃあ、火曜日だ。どこに行きたい？」

「実は、あなたの家をぜひ見たいの」

「そうなのかい？」

シェルビーはにっこりした。「ええ、本当よ。どうすれば家に招かれて、なかを案内してもらえるか、ずっと考えてたの」

「じゃあ、決まりだな」

「ディナーをつくって持っていきましょうか？」

「それはぼくにまかせてくれ。七時でいいかい？」

「七時半にしてもらえれば、キャリーをお風呂に入れられるわ」

「じゃあ、七時半にしよう」

「まず母に確認しないといけないけど、たぶん大丈夫だと思うわ。それから、実際デートをする前に、あなたはわたしとつきあうとどんなことになるか知っておくべきよ」

「もう今度会うのがデートだよ」彼はそっとキスをして歩き去った。

シェルビーはそのすばやいキスが刻印のようにはっきりした宣言に思えた。ただ、それがいやなのかどうか自分でもわからなかった。いったん彼のことは頭の隅に押しやり、二セット目を始めるべくステージへ引き返した。

そのとき、フォレストが祖父母と一緒に入ってきて、あいている席に座るのが見えた。

だが、二セット目の半ばにさしかかったとき、シェルビーはあのブルネットがいることに気づいた。思わず鼓動が跳ねあがったが、目が合っても歌い続けた。

あの女性は陰になってほとんど見えない隅のテーブルにずっと座っていたのかしら。

シェルビーは目をそらしてフォレストの視線をとらえようとしたが、兄は席を立ってバーカウンターに向かい、こっちを見ていなかった。

ブルネットも立ちあがり、その場でマティーニを飲み干すと、グラスを置いてダークブラウンのジャケットを身につけた。それからにっこり微笑み、シェルビーに向かって投げキスをして立ち去った。

シェルビーは二セット目の曲を最後まで歌いきった。途中で投げだすわけにはいかなかったからだ。だが、終わったとたん、フォレストのもとに直行した。

「彼女がいたわ」

フォレストは瞬時にそれが誰かのことか察した。「どこに？」

「奥のテーブルよ」

「誰のことだ？」グリフが詰問した。

「もう立ち去ったわ」シェルビーは続けた。「少なくとも十五分前に。彼女はもういないけど、たしかにこの店にいたわ」

「いったい誰のことだ？」グリフがまた問いただした。

「簡単には説明できないの」シェルビーは誰かに名前を呼ばれると、笑顔を張りつけ、振り返って手を振った。「わたしはステージに立たないといけないから、代わりにみんなに説明してもらえる、フォレスト？　彼女を見つけたとき、あなたに知らせようとしたけど、気づいてもらえなかったの。でも、たしかに彼女はここにいたと誓うわ」

「いったい誰のことだ?」グリフが同じ質問を三度繰り返したとき、シェルビーは別のテーブルへ移動した。

「あとで説明するよ。だが、今はちょっと外を確かめてくる」

「ぼくも一緒に行くよ」マットが立ちあがろうとすると、グリフはかぶりを振った。

「ここにいてくれ。すぐに戻るから」

「いったい何事なの?」ヴィオラが身を乗りだした。

「何も心配ないよ。戻ってきたら説明するから」フォレストは祖母の肩をさすり、グリフとともに店の外へ向かった。

「いったいどういうことだ、フォレスト? その女はいったい何者なんだ? シェルビーがあんな目をするなんて、その女はいったい何をしたんだ?」

「どんな目だ?」

「怯えと怒りが入りまじった目だよ」

フォレストが戸口で立ちどまった。「おまえはシェルビーのことをよく理解してるんだな」

「じっくり注意を払ってるからな。そのことには慣れてくれ」

「へえ、そうなのか?」

「ああ、そうだとも」

フォレストは目を細くしてうなずいた。「それに関してはちょっと考えないといけないが、とりあえず今はセクシーなブルネットを捜そう。三十前後で、身長は百七十センチ弱、目の色はブラウンだ」

「なぜその女性を捜すんだ?」

「その女は、シェルビーが結婚したと思っていた男の妻らしい」

「えっ? 思っていたって、どういうことだ?」

「おまけに、その女は相当のワルだ——あのろくでなし同様に。どうやらシェルビーはあいつと結婚していなかったようだ。悪いやつだと思っていたが、とんでもない極悪人だったよ」

「じゃあ、シェルビーは結婚していなかったのか?」

「断言はできない」

「なぜできないんだ?」いらだって癇癪が爆発しそうになるのを感じつつ、グリフは両手を振りあげた。「答えはイエスかノーのどちらかだろう」

フォレストは車が何台も路肩に停まっている閑散とした通りに目を走らせた。「どうして北部の連中はこんなに足が速いんだ? さっきの件だが、きちんと説明するには時間がかかる。店の裏手にまわって確認しながら話すよ。で、おまえはおれの妹に手を出したのか？」

「たいしたことはしてないよ。今はまだ。だが、いずれ手を出すつもりだから、慣れてくれ」

「シェルビーはそれを望んでるのか？」

「ぼくは女性に無理強いするような人間じゃないともうわかってるはずだろう、フォレスト。シェルビーが望まない限り、手は出さないよ」

「おまえのことはよく知ってるが、相手はおれの妹だ。だから、警戒してるんだ、グリフ。おまけに、妹は散々な目に遭ってきた。それも警戒する理由のひとつだ」

フォレストは〈ブートレガー・バー＆グリル〉の建物の側面にまわり、裏手の駐車場をめざしながら事情を説明し始めた。

「で、きみはその女性がありのままの真実を話したと思うか？」

「ああ、シェルビーが一緒に暮らしてたろくでなしが嘘つきの泥棒だったことに関しては。その女が誰かからだましとったと主張する総額数千万ドルの宝石や切手については、ちょっと調べてみるつもりだ」

薄暗い明かりに陰った目で、フォレストは周囲を見まわした。「ブルネットのテーブルが片づけられていなければ指紋を採取して、女の名前を、本名を突きとめられただろう」

「その女が本人の言葉どおりフォックスワースと結婚していたなら、やつは最初からシェルビーを利用していたことになる」グリフはポケットに両手を突っこみ、その場を行ったり来たりし始めた。「そしてキャリーは……」

「いずれにしろ、キャリーは大丈夫だ。シェルビーが必ず娘を守る。だが、おれはシェルビーをつけまわすその女と話をしなければならない」

「ブラウンの目をしたセクシーなブルネットだよな」

「ああ、そうだ」

「きみが彼女と話すことはできないと思うよ。ちょっと来てくれ」グリフが深く息を吸うと、フォレストが駆け寄ってきた。「どうやらその女性を発見したようだ」

彼女はシルバーのＢＭＷの運転席にぐったりと座り、大きく見開いた目で宙を凝視していた。額にあいた小さな黒い穴からは今も血が染みだしている。

「くそっ、くそっ」フォレストが繰り返した。「車に触るなよ」

「ぼくは何も触ってない」グリフが言い返すと、フォレストが携帯電話をとりだした。

「銃声なんか聞こえなかったのに」

フォレストは側面と正面から写真を撮った。「口径が小さい銃を使ったようだ。ほら、射入口のまわりが焦げてる。銃口を押しあてたせいだ。額に銃口を押しあててそのまま引き金を引いたんだろう。発砲音を耳にした人がいるかもしれないが、そんなに大きな音じゃなかったはずだ。上司に報告しないと」

「シェルビーは？」

フォレストもグリフのように〈ブートレガー・バー＆グリル〉を振り返った。「知らせるのは少し待とう。あと少しだけ。まずはこの一帯の安全を確保することだ。その後、〈ブートレガー・バー＆グリル〉にいる人たちに事情聴取をする必要がある。もしもし、保安官ですか？」

フォレストは足を踏み換え、体の向きを変えた。「はい。〈ブートレガー・バー＆グリル〉の駐車場で遺体を発見しました。はい、完全に息絶えてます」話しながらグリフをちらっと見て、つい微笑みそうになった。「ええ、間違いありません。今目の前にその女性の遺体があって、至近距離から撃たれた額の射入口を目にしてるので。わかりました」

フォレストはため息とともに携帯電話をポケットに突っこんだ。「今日は酒とは無縁の長い夜になりそうだ。こんなことになるなら、あのビールを飲み干しておけばよかった」しばし遺体を観察したのち、グリフに向き直った。「おまえを保安官代理に任命する」

「えっ？」

「おまえは有能だ、グリフ、遺体を発見しても冷静さを失わないことを自ら証明した。おまえはそう簡単に怖気づくやつじゃない、そうだろう？」

「死体を見たのは生まれて初めてだよ」

「なのに、女の子みたいに悲鳴をあげなかった」フォレストは励ますようにグリフの肩に手をのせ、親しげにぽんと叩いた。「それに、たまたまおまえはおれと一緒に店にいたから、彼女を殺した犯人じゃないことは明らかだ」

「そいつはよかった」

「遺体はまだあたたかいし、死んでからそれほど経っていない。おれはトラックに戻ってやらないといけないことがあるが、おまえにはここに残ってもらわなければならない。ここから動くなよ」

「それならぼくにもできる」どうせほかにできることは何もない。フォレストがトラックに向かうあいだ、グリフはそう胸のうちでつぶやいた。

彼は今回の件についてじっくり考えてみることにした。この女性は店内にいたが、店をあとにして車に乗りこんだ。ちなみに、運転席側の窓は開いている。

たしかに、今夜はあたたかい。新鮮な空気を吸いたくて窓を開けたのだろうか？　それとも、誰かが車に近づいてきたからか？　バーの駐車場にたったひとりでいる女性が、赤の他人に窓を開けるだろうか？

相手が知り合いならともかく、赤の他人に窓を開ける可能性は低いはずだ。

だが……。

「なぜ運転席側の窓が開いてるんだと思う？」グリフはフォレストにきいた。「きみの話では、彼女はこのあたりに誰も知り合いがいないんだろう。世慣れた女性のはずなのに、なぜ窓を開けたんだ？」

「たった二分前に保安官代理になったばかりなのに、もう刑事みたいに考えてるな。おれの人を見る目がたしかだって証拠だ。これをはめてくれ」

グリフはさしだされた手袋を見つめた。「おいおい」

「おまえには何もしてほしくないが――まあ、念のためだ。おれの代わりに携帯でメモをとってくれ」

「なぜだ？　同僚か誰かが駆けつけるんじゃないのか？」

「ああ、やってくる。だが、この女が脅迫していたのは、おれの妹だ。だから、一刻も早く捜査を開始したい。まず車種とナンバープレートの確認だ。ナンバープレートの写真を撮ってくれ。彼女は高級なレンタカーを利用している。どこで借りたか突きとめよう」フォレストはペンライトで車を照らした。「ハンドバッグがまだ助手席にある。口は閉じていて、キーはイグニッションに刺さったまま、エンジンは切れている」

「彼女は窓を開けるためにキーをひねったはずだ。なじみのない町だし、ドアはロックしていただろう」

「グリフ、もし大工をやめたくなったら雇ってやるからな」フォレストは助手席のドアを開き、バッグを開けた。「彼女はここにこんなかわいいサイズの拳銃を隠し持ってたぞ」

　グリフもフォレストの肩越しにのぞきこんだ。「彼女はバッグに拳銃を忍ばせてたのか?」

「ここはテネシーだぞ、グリフ。〈ブートレガー・バー&グリル〉にいる女性の半数が銃を携帯しているはずだ。弾が装塡されている盗品じゃない銃を。この銃が最近使われた形跡はない。この女がフロリダ州で取得した運転免許証の名義はマデリン・エリザベス・プロクターになってるが、それはシェルビーに伝えた名前とは違う。住所はマイアミだな。生年月日は一九八五年の八月二十二日。それと、口紅も入ってる。見たところ新品のようだ。それに、コンバットナイフも」

「嘘だろう」

「しかもブラック・ホーク社のいいナイフだ。同じ名義でつくられたVISAカードとアメリカン・エキスプレス・カード。二百……三十二ドルの現金。ガットリンバーグの〈ザ・ロッジ・アット・バックベリー・クリーク〉の客室のカードキー。高級好みだな」

「逮捕されたくなかったんだろう」フォレストが自分のほうを見ると、グリフは肩をすくめた。「彼女はシェルビーの兄が警官だと知ってたはずだ。シェルビーを脅迫すれば、警察に捜索されることになる。それに、この町じゃ彼女の親族が大勢いて守りを固めている。だから、地元のホテルには泊まれなかった。ランデヴー・リッジにも高級ホテルはあるのに。彼女はここから距離を置いて、シェルビーに偽名を告げたんだ」

「ほらな、おれがおまえを保安官代理にした理由がわかっただろう。で、おまえはいったいここで何があったと思う？」

「本気できいてるのか？」

「車内に女の遺体があるんだぞ、グリフ」好奇心に駆られながら、フォレストは上体を起こして肩をまわした。「ああ、本気も本気さ」

「ぼくが思うに、彼女が今夜店に来たのは、シェルビーを動揺させるためだろう。シェルビーに自分のことを忘れさせないためだ。だから、シェルビーの目にとまれば、あとは長居は無用だった。彼女は店を出て車に乗りこみ、ガットリンバーグに戻ろうとした。すると、誰かが車に近づいてきた。彼女はそれが知り合いだと気づき、その場から走り去ったり銃をとりだしたりせずに窓を開けた。それぐらい気を許せる相手だったんだろう。窓を開けると……」

グリフは額に銃口を押しあてて、引き金を引くふりをした。

「おれもまさに同じことを考えた。母がポーチにやすりをかけてペンキを塗らないといけないときに、おれじゃなくおまえに電話するって知らなければ、おまえを保安官事務所に勧誘するんだが」

「やめてくれ。ぼくは銃が嫌いだ」

「そんな苦手意識は克服できるさ」フォレストは到着したパトカーに目を向けた。

「くそっ、保安官がまずバロウをよこすと予想しておくべきだった。気のいいやつだが、亀並みにのろまなんだ。グリフ、店に戻ってデリックをつかまえて事情を説明してくれないか」

「デリックにこの件を知らせるのか？」

「ああ、そのほうが時間の節約になる。デリックは有能だし、ほとんど毎晩〈ブートレガー・バー&グリル〉で働いてるから、不審な人物を目撃した可能性がある」

「そいつが誰であれ、とうに高飛びしているはずだ」

「ああ、今はな。おまえはバロウよりはるかに頭が切れるよ、グリフ。もっとも、あいつと比べたら誰でもそうだが」

「いったい何があったんだ、フォレスト？　やあ、グリフ、調子はどうだい？　保安官が言うには——うわっ！」死体を見るなり、バロウが叫んだ。「彼女は死んでるのか？」

「ああ、答えはイエスだ、ウッディー」フォレストはグリフに向かって目をぐるりとまわした。

グリフはデリックをつかまえて事情を説明するために店へ戻った。

14

シェルビーは小さなオフィスの椅子に座り、タンジーから押しつけられたコーラを両手で持っていたが、とても飲めそうになかった。

ハーディガンはシェルビーが記憶している限り、ずっとこの町の保安官だった。ハーディガンのことは昔から少し怖かったが、それは彼自身というより保安官バッジのせいだろう。別に、今まで厄介ごとに――正真正銘のトラブルに――巻きこまれたことは一度もないけれど。ランデヴー・リッジを離れているあいだに、彼の髪はすっかり白くなり、短く刈りこまれているせいでスチールたわしのように見えた。以前に比べ、角張った顎がたるみ、かなり恰幅(かっぷく)がよくなっていた。

保安官は煙草(たばこ)のにおいにまじってペパーミントの香りがした。

シェルビーは優しく接してもらっていることに気づき、感謝した。

保安官はフォレストからシェルビーと被害者が――彼はあの女性を〝被害者〟と呼んだ――接触したときのことを逐一聞いたと話したうえで、また一から話してほしいと告げた。

「じゃあ、今朝まで彼女に会ったことも、連絡を受けたことも、話したこともなかったんだね？」

「はい、ありませんでした」

「そして、きみの……。きみがリチャード・フォックスワースだと思っていた男は、ナタリー・シンクレアとかマデリン・プロクターという人物について一度も口にしたことはないんだね？」

「はい、わたしが覚えている限り、ありません」

「で、その私立探偵の——テッド・プリヴェットだが、彼から彼女の名前を聞いたこともないんだね？」

「はい、保安官。それに関しては間違いありません」

「じゃあ、彼女が口にしたそのミッキー・オハラという男は？」

「それまで彼の名前を耳にしたことも一度もありません。あの女性から彼のことを聞くまでは」

「わかった。きみが今夜彼女を目撃したのは、何時ごろかわかるかい？」

「たぶん午後十時半ごろだったはずです。それか、十時二十五分でしょう。あれは二セット目の半ばで、二セット目は十時から始まったので。彼女は店の一番奥の右隅にいました」シェルビーは片手をあげて、方向を指した。「わたしから見て右手ということです。それまで彼女に気づきませんでした。店の奥は薄暗かったんです」そこであえてコーラを飲んだ。「わたしが気づくと、彼女はあわてることなく席を立ちました。〝あなたが気づいたから、もう目的は果たしたし、これで帰れるわ〟と言わんばかりでした。彼女はマティーニのグラスを持ってましたが、誰があのテーブルの給仕をしていたのかはわかりません。わたしが二セット目の曲を歌い終えてフォレストに彼女のことを伝えるまで、少なくとも十五分以上経過していたはずです。もしかすると、それ以上、ただ、二十分は上まわらないと思います。彼女を目撃してから二セット目を終えるまで、あと四曲残っていました。曲と曲のあいだのトークは手短にすませたので、約十五分、おそらく十七分は上まわらなかったでしょう」

「誰かが彼女のあとを追うのを目撃したかい？」

「いいえ。でも、それは彼女が席を立って歩きだしたとたん、フォレストを目で捜し、ドアのほうは見ていなかったからかもしれません」

「今夜の客のなかには知り合いが大勢いたんだろう」

「ええ。みんなの顔を見ることができて本当にうれしかったです」シェルビーの脳裏にアルロの顔がよぎった。「ほとんどの人に関しては」

「見知らぬ客も大勢いただろう」

「ええ、タンジーが大々的に宣伝し、そこらじゅうでちらしを配布してくれたので。今夜はホテルやロッジの宿泊客だけでなく、到着したばかりのキャンプ客も大勢来てくれたようです。何か新たな情報をつかんだんですか？」

「わたしも来られればよかった。次回は妻とともに絶対に聴きに来るよ。で、誰か気になった人物はいたかい、シェルビー？　不審な人物は？」

「特に気になった人はいませんでした。アルロ・キャタリーがいつもつるんでいる友人ふたりと来ていましたが、一セット目が終わると立ち去りました」

「たいていアルロは〈シェイディーズ・バー〉かナイトクラブにいるはずだが」

「アルロはただ座ってビールを何杯か飲んだだけで立ち去りました。彼のことが頭に浮かんだのは、昔から変な人だと思っていたからです」

「たしかに、昔からあいつはまっとうじゃなかった」

「それに、見慣れた顔のほうが思いだしやすいからでしょう。あと印象に残っているのはカップルです。今夜の曲はロマンティックなものが多く、そういうときはカップルに向けて歌ってたので。犯人はランデヴー・リッジの住民ではないはずです、保安官。そもそも誰も彼女のことを知らないんですから」

　保安官はシェルビーの手をぽんと叩いた。「もう心配する必要はない。われわれが真実を突きとめる。何かほかに、なんでもかまわないから思いだしたことがあれば、知らせてくれ。それか、そのほうが気が楽なら、フォレストに話してもらってもかまわない」

「わたしは今回の事件をどう考えたらいいのかわかりません。何もかもわからないんです」

店内では、グリフが最大限協力していた。保安官代理が事情聴取したり氏名だけ尋ねたりできるように、人々の誘導を手伝った。さらに、別の保安官代理が厨房スタッフに事情聴取を行うあいだ、客にコーヒーやソフトドリンクや水をふるまうデリックにも手を貸した。

外の空気を吸うためにいったん外へ出ると、ＢＭＷのまわりにパトカーの明かりが見え、袋に入れられた遺体が検死官のワゴン車に乗せられるのをうっかり目撃してしまった。

こんな経験は二度とごめんだな。

コーヒーのお代わりを配っていると、グリフはフォレストに脇に呼ばれた。

「シェルビーがあと数分で解放される。おれはここでの捜査で手一杯だ。だから、妹のことを頼む、グリフ、おまえなら信頼できるからな」

「彼女が危ない目に遭わないよう注意するよ」

「ああ、そうしてくれ。シェルビーはエマ・ケイトを無理やり帰らせたが、それがかえってよかった。ほかの女性から慰められたり根掘り葉掘り詮索されたりしなければ、それだけ早くシェルビーも帰れる。おまえは妹を家まで送り届けてくれ」

「まかせてくれ」

「ああ、頼んだぞ。銃弾を摘出すればたしかなことが判明するが、検死官は射入口をじっくり観察した結果、二十五口径だと踏んでいる」

「まだあの女性の身元がわからないのか？　それに本名も？」

フォレストは上の空でかぶりを振った。「指紋を採取したから、今夜自分で調べてみるよ。今はシェルビーのことが最優先だ。妹とちょっと話をさせてくれ。それからシェルビーを連れだせ。あいつが口答えしたら抱きかかえてもかまわない」

「本当にそうすることになっても、ぼくを撃たないでくれよ」

「ああ、今回は見逃してやる」フォレストはシェルビーのもとへ行くと、肩に手をのせ、妹の顔をしげしげと眺めてから引き寄せて抱きしめた。

フォレストが何を言っているのかは不明だが、シェルビーは抱きつきながら何度もかぶりを振った。やがて、ふっと力を抜き、肩をすくめた。フォレストが手を離すと、彼女はグリフのほうにやってきた。

グリフもシェルビーのほうへと歩きだした。

「フォレスト曰く、あなたはわたしを家まで送り届けないといけないんですって。兄があんなにやきもきしているせいで、本当にごめんなさい」

「フォレストが何を言おうと、ぼくはきみを家まで送るつもりだった。男はやきもきしたりしない。それは女性がすることだ。男は論理的で保護欲が強いだけさ」

「わたしからすれば、そういうのをやきもきしてるって言うんだけど。でも、ありがとう」

「さあ、行こう」

「まずタンジーを見つけないと、それかデリックか――」

「あのふたりは今は忙しそうだ」グリフはシェルビーを抱きかかえはしなかったが手をつかみ、〈ブートレガー・バー&グリル〉やまぶしい明かりから遠ざけるように歩きだした。「きみのミニヴァンで帰ろう」

「そうしたら、あなたはどうやって――」

「それは心配しなくていい。きみにはミニヴァンが必要だ。運転はぼくがする」グリフはキーを催促するように手をさしだした。

「わかった。もうすっかり気が動転して言い争う気力もないわ。このあたりで彼女を知ってる人なんてひとりもいないのに。ランデヴー・リッジの住民は見知らぬ女性にいきなり歩み寄って、額を撃ち抜くなんてことは絶対にしないわ」

「つまり、犯人はよそ者だってことだ」

シェルビーはすっかり安堵したようにグリフを見あげた。「わたしは保安官にそう言ったのよ」

「トラブルを招いたのは彼女自身だ、シェルビー。ぼくはそう解釈してる」

「犯人はオハラっていう男に違いないわ」シェルビーはブルネットから危険だと警告された人物を思いだした。「その男は刑務所に入ってると彼女は言ってたけど、自分の名前を偽ってたくらいだもの、ほかにどんな嘘をついていたっておかしくないわ。もしその男が犯人で、彼女がリチャードや数千万ドルの盗みについて語ったことが真実なら、わたしのそばにいるのは危険よ」

「あまりにも不確かなことが多すぎる。それに、ぼくもいくつかつけ加えたいことがある」さっとシェルビーに視線を投げかけたグリフは、歌っていたときの輝きがすっかり薄れてしまったのを見て、言葉で言い表せないほど落胆した。「もしそのオハラっていう男が彼女を殺した犯人で、総額数千万ドルの盗品についてきみが何か知ってると思いこんでいるとしたら、そいつがきみを傷つけるはずないよ」

グリフはシェルビーがミニヴァンに乗りこむのを待って、運転席に座った。

「それに、オハラがそんな極悪人なら、なぜ彼女は車を発進させず、ハンドバッグから銃もとりださなかったんだ？　なぜ黙ってその場に座ってたんだ？」

「わからない」シェルビーはシートの背に頭を預けた。「まさか状況がさらに悪化するなんて思ってもみなかった。リチャードが亡くなって借金がのしかかってきたとき、これ以上の地獄はないと思ったわ。でも、事態は悪化した。わたしはこれ以上悪くなりようがないから、なんとか乗り越えようと思った。そうしたら、彼女がやってきて、事態はますます悪化の一途をたどった。まさか、今度はこんなことになるなんて」

「きみは悪運を引き寄せるところがあるね」

「まあ、そうとも言えるわね」

「だが、運は変化するものだし、すでにきみの運は変わりつつある」グリフはスピードを出さずに曲がりくねった道に車を走らせた。「自宅を売却して借金を大幅に減らしたじゃないか。それに、今夜は〈ブートレガー・バー&グリル〉を客で埋めつくして、みんなを夢中にさせた」

「本当にそう思う?」

「ぼくはその場にいたんだよ。おまけに、きみは近々ぼくとデートすることになっている。ちなみに、ぼくは結婚相手として理想的なタイプだ」

シェルビーはもう笑顔になどなれないと思っていたが、彼のおかげで口元がほころんだ。「へえ、そうなの?」

「そうだとも。ぼくの母に、いや、きみのお母さんにきいてみてくれ」

「あなたは自分に自信が持てないタイプじゃないのね、グリフ?」

「ぼくは自分がどういう人間かよくわかってる」グリフは彼女の家の私道に車を停めた。

「あなたはどうやって帰るの?」シェルビーはずきずき痛む眉間を指で押した。「そのことを考えもしなかったわ。この車に乗って帰っていいわよ、明日の朝、父に送ってもらって、車を引きとりに行くから」

「心配しなくていいよ」

グリフは車からおりて助手席側にまわった。シェルビーは彼より先にドアを開けたが、おりようとすると、手をつかまれた。

「玄関まで送ってもらわなくてもけっこうよ」

「ぼくが理想の結婚相手だと言われるのにはいろんな理由があるが、そのひとつは玄関まで女性をちゃんと送り届けるからだ」

私道を歩いていると、玄関のドアがぱっと開いた。

「ああ、シェルビー」

「わたしは大丈夫よ、お母さん」

「もちろん大丈夫に決まってるわ。あなたも入って、グリフ」エイダ・メイはシェルビーを抱きしめた。「あなたのおばあちゃんとおじいちゃんが帰りに寄ってくれて、話は全部聞いたわ。フォレストは今も現場にいるの?」

「ええ、今も〈ブートレガー・バー&グリル〉にいるわ」

「よかった。キャリーのことなら心配しないで。五分前に様子を確かめたら、ぐっすり眠ってたから。何か食べるものをつくりましょうか？」

「今はとても食べられそうにないわ、お母さん」

「わたしにも娘の顔を見せてくれ」クレイトンがやってきて、シェルビーの顔を上向かせた。「顔色が悪いし、疲れてるな」

「ええ」

「眠れないなら睡眠薬を用意する。だが、まずは寝る努力をしたほうがいい」

「そうするわ。もう二階にあがるわね。お父さん、グリフはわたしを送るために、〈ブートレガー・バー&グリル〉の駐車場にトラックを置いてきてしまったの。ありがとう、グリフ」振り返って彼の頬にキスをした。

「わたしはあなたがちゃんと眠るのを見届けるとするわ」エイダ・メイがシェルビーの腰に片方の腕をまわした。「娘の面倒を見てくれてありがとう、グリフ。あなたはいい人ね」

「でも、理想の結婚相手じゃないんですか？」

シェルビーが疲れた笑い声をもらすと、エイダ・メイが困惑した顔で微笑んだ。

「いいえ、最高の結婚相手だと思うわ。さあ、行きましょう、シェルビー」

ふたりが階段をのぼるのを待って、クレイトンが口を開いた。「ビールを飲みながら詳しい話をする時間はあるかい、グリフ？」

「ビールじゃなくてコーラかジンジャーエールなら、時間はあります。どのみち、このソファで寝させてもらおうと思ってたので」

「きみのトラックまで送ってもかまわないよ」

「今夜はお宅のソファで眠ったほうが安心です。もう何も問題は起こらないと思いますが、ここにいたほうが安心なので」

「わかった。じゃあ、コーラを飲みながら話そう。そのあと、きみに枕と毛布を用意する」

一時間後、グリフはソファに横たわっていた――かなり心地よいソファに。これよりはるかに寝心地の悪い場所で寝たことなら何度もある。しばらく天井をじっと見つめながらシェルビーのことを考え、今夜彼女が歌った曲を頭のなかに響かせた。

やがて、今日の出来事を振り返った。ひとつひとつの事実を思い起こし、全体像が描けるまで断片的な記憶を組みあわせたり、ばらばらにしたりした。

今、脳裏にはっきりと映っているのはシェルビーだけだ。

彼女がとんでもないトラブルに巻きこまれているのは、疑念の余地がない。もしかすると、ぼくは〝窮地に陥った女性〟に弱いのかもしれないな。もっとも、そんなことを口にする気はない。それに、そんなふうに呼ばれて喜び、ぼくに助けてもらうあいだ、ただ黙ってぼうっとしているような女性なら、ぼくはすぐに飽きてしまいそうだ。彼女へのいらだちが頂点に達し、もう二度と顔も見たくないと思った直後に。

だから、よく考えると、シェルビーに惹かれるのは彼女が窮地に陥っているからじゃない。彼女は聡明で強い女性で、ただちょっと助けを必要としているだけだ。ぼくはそんなシェルビーの容姿や声や人柄に惹かれている。

彼女のすべてをほしがらないとしたら、その男はまぬけだ。

そして、ぼくはまぬけじゃない。

グリフはまぶたを閉じ、もう寝るよう自分に命じた。うとうとして浅い眠りに落ち、うっすら夢を見始めた矢先、物音がして、ぱっと目が覚めた。

古い家がきしんだのか？　彼は耳を澄ませた。

いや、床がきしむ音にまじって足音が聞こえる。ソファから立ちあがり、足音を忍ばせながら音がするほうに向かった。攻撃に身構えつつ、明かりのスイッチを押した。

シェルビーがぱっと口を手で覆い、悲鳴をのみこんだ。

「ごめん！　ほんとにごめん」グリフは言った。

シェルビーはあいているほうの手を振って首を横に振り、ぐったりと壁にもたれた。

そして、口にあてていたほうの手をゆっくりとおろした。「今のでまた十年寿命が縮んだわ。いったいここで何をしてるの？」

「リビングルームのソファに寝させてもらってるんだ」

「まあ、そうだったの？」シェルビーが髪をかきあげ、カールした髪をさらにかき乱すと、グリフは全身の筋肉が張りつめた。「ごめんなさい。どうしても眠れなくて、紅茶か何かをいれようと思っておりてきたの」

「そうか」

「あなたも紅茶か何か飲む？」考えこむように眉間にしわを寄せ、彼女は小首を傾げた。「スクランブルエッグを食べたい？」

「ああ、ぜひ」

グリフはシェルビーのあとについてキッチンへ向かった。彼女はコットンのパジャマのズボンと――鮮やかなブルーの生地に黄色の花が全面にプリントされたズボンと――黄色のTシャツを着ていた。

ああ、アイスクリームのように彼女をなめてしまいそうだ。

シェルビーはケトルを火にかけ、フライパンをとりだした。

「どうしても頭のスイッチが切れないの。でも、父に睡眠薬を頼んだら、母がまた心配するに決まってるし」

「ご両親はきみを心から愛してるからね」

「わたしはそういう両親に恵まれて幸せだわ」シェルビーはフライパンに小さなバターの塊を入れて溶かすあいだ、卵を割りほぐした。「今日の午前中、あの女性にあれこれ言われたときは、私立探偵に調査を依頼したのはきっと窃盗の被害者だと思ったわ」

「その読みがあたっている可能性は高い」

「でも、ひょっとしたら彼女がクライアントだったのかもしれない。プリヴェットがわたしを見つけだして、ここまで尾行してきたのも、すべて彼女のためだったのかも。そうじゃないかと問いただしたら、彼女は否定してたけど、あの人は嘘つきよ――いえ、嘘つきだった。だから、探偵にわたしを尾行させたのち、わたしの知らない盗品を手に入れようとここまで脅迫しに来たのかもしれないわ」

「それもいい読みだが、きみはあの私立探偵が彼女を殺したと思ってるのか？　だが、なぜ彼がそんなことをするんだ？」

「プリヴェットが彼女に裏切られた可能性ぐらいしか思いつかないわ。彼はフォレストに盗品を発見した場合の謝礼金について話したそうよ。わたしは窃盗の話を信じなかったけど。だって、まさかリチャードがそんな大規模な盗みを働くとは思わなかったから」

「きみが言いたいことはわかるよ」

「でも、今は信じられるわ。きっと、彼女とリチャードはその手のことに――盗みや裏切りに長けた犯罪者だったのよ。もしかしたら、ふたりは――あの女性とプリヴェットは恋人同士で、彼女が裏切ったのかもしれない」

「それはどうかな」

ふたたび眉間にしわを寄せながら、シェルビーはトースターにパンを入れた。「なぜそう思わないの？」

「愛情かセックス、あるいはその両方が絡めば、殺人の動機は――もっと個人的なものになる。きみが被害者ならまず抵抗するんじゃないか？」

シェルビーはその可能性について考えた。「そうね」

「大半の人は抵抗するはずだ」グリフは断定した。「相手に文句を言いたいだろうし、つかみかかりたくもなるだろう。だが、あれはかなり冷酷な殺人だという印象を受けた」

「彼女を発見したのは本当にあなたなの？」

「フォレストは左側を向き、ぼくは右側を見ていた。それで、たまたま第一発見者になっただけだ」

「あなたはすごく落ち着いてたわ。少なくともそう見えた。店に戻ってきたときも冷静だった。あなたの様子からは何か問題があったなんてわからなかったわ。たいていの人はパニックに陥るはずなのに」

「ぼくがとり乱さないようにしていたのは、パニックに陥れば、混乱を引き起こして事故につながり、けがをする羽目になるからだ。十七歳のとき、ぼくはアニー・ローバックの寝室の窓からおりようとしてひどい目に遭った」

「おりようとして？」

グリフは苦笑した。「よじのぼるのは楽勝だった」

「彼女はあなたが来ることを知ってたの？」

「もちろん知ってたよ。あの半ばわれを忘れた至福の六カ月半、ホルモンに突き動かされていたぼくはアニーのとりこで、ぼくは彼女のものだった。ぼくたちは麻薬に溺れたうさぎみたいにやりまくった。廊下をはさんだ向かいの部屋には彼女の両親が寝ていたが、それは無鉄砲な行為をエスカレートさせただけだった。ある晩、抱きあったあと気絶したように横たわっていたとき、彼女が水のボトルをとろうと手をのばした拍子にランプを倒したんだ。それが床に叩きつけられ、爆弾のような音がとどろいた」

「まあ大変」

「まさに最悪の事態さ。アニーの父親が彼女の名前を呼ぶのが聞こえ、ぼくは飛び起きてジーンズをはこうとした。心臓が激しく打ち、冷や汗が噴きだした。まあ、笑いごとだよな」シェルビーが噴きだすと、グリフは言った。「だが、あのときは『エルム街の悪夢』そのものだった。アニーは大丈夫だと叫び返して、また何かを倒し、ぼくに小声で〝早く出てって〟と繰り返した。ドアに鍵をかけたか思いだせないからと。だから、ぼくは半裸のまま窓から身を乗りだし、足を踏み外した」

「またしてもピンチね」

「ああ、とんでもない激痛を味わったよ。運よくセイヨウツツジの上に落ちたが、手首を骨折したんだ。文字どおり、白い閃光（せんこう）が炸裂（さくれつ）したみたいな痛みだった。そんななか車をぶっ飛ばして逃げだした。あのときパニックに陥らなければ、いつものように難なく地面におりられたはずだ。それに、自宅に戻ったとき、トイレに行く途中で転倒したふりをして父親に病院まで送ってもらい、救急処置室で手当てを受けずにすんだだろう」

シェルビーはグリフの前にスクランブルエッグとトーストをのせた皿を置いた。不可解なことに、キャリーにするように彼の体に両腕をまわして身をすり寄せたい衝動がこみあげたが、ぐっとこらえた。

「まさか、わたしの気をそらすためにつくり話をしたんじゃないわよね？」

「これはまぎれもない真実だよ、だが、少しでもきみに事件のことを忘れさせることができたならよかった」

「アニーはどうなったの?」

「アニーはニュースキャスターになって、しばらくボルチモアのローカルテレビに勤務していた。今はニューヨークにいるよ。時々メールで連絡をとりあっている。彼女は二年前の夏に結婚した。感じのいい男と」彼はスクランブルエッグを味見した。「おいしいよ」

「午前三時に食べるスクランブルエッグはいつだって絶品よ。彼女が初体験の相手だったの?　そのアニーが?」

「えーと――」

「いいえ、答えないで。困らせてしまったわね。ちなみに、わたしの初体験はもうすぐ十七歳になるころだった。彼にとっても初めての経験だったの。ジュライ・パーカーにとっても」

「七月(ジュライ)?」

「七月一日生まれだったのよ。とてもいい人だった。わたしたちは手探り状態で初体験を乗りきったわ」シェルビーは笑みを浮かべ、昔を思いだしながら遠い目になった。「甘い思い出だけど、大学に進学する直前の夏まではまたベッドをともにしたいとは思わなかった。二度目はいまいちで、彼ももうそんなに優しくなかった。だから、わたしは歌やバンドや大学に集中することにしたの。リチャードはそんなわたしの心を奪った」

「その後ジュライはどうなったんだい？」

「公園保護官(パーク・レンジャー)になって、今はピジョン・フォージで暮らしてるわ。母から時々彼の噂を聞くの。まだ結婚していないけど、すてきな人とつきあってるそうよ。あなたはそのうちわたしとセックスしようと思ってるんでしょう？」

彼はうろたえることなく、よどみなく答えた。「ただ思っているだけじゃなく、そう計画してる」

「これでセックスに関するわたしの経験がどんなだったかわかったでしょう。手探り状態の甘い初体験のあと、失望を味わい、リチャードと出会った。そして、リチャードとの関係は何もかも偽りだった。ひとつ残らず」

「それでもなんの問題もないよ、レッド。ぼくがコツを教えてあげよう」

彼女は噴きだした。「あなたって肩で風を切るタイプよね」

「えっ？」

「あなたは闊歩するタイプよ、グリフ」シェルビーはスクランブルエッグを食べ終えると、皿を洗うためにシンクへ持っていった。「もしわたしがその計画に応じられるようになっても、あなたをいい気分にさせ、気絶したようになるくらいすばらしい余韻を味わわせてあげると約束はできないけど、少なくとも偽りの関係ではないわ。それって大事なことよね。おやすみなさい」

「おやすみ」

グリフは静まり返ったキッチンに長いこと座りながら、リチャード・フォックスワースがボートで沖に出なければよかったのにと思っていた。せめてやつが嵐を生きのびれば、顔を合わせるチャンスがあった。

そしたら、そのろくでなしのケツを蹴飛ばしてやれたのに。


「彼女の本名はメリンダ・ウォレンだった」フォレストはシェルビーが昔使っていた寝室にたたずみ、グリフが乾式壁の合わせ目にやすりをかけるのを眺めた。「イリノイ州のスプリングブルック出身の三十一歳だ。詐欺罪で服役している、そのことだけは事実だった。刑に服したのはそれが初めてだが、過去にも少年院に入り、窃盗や詐欺や文書偽造の容疑を何度もかけられている。だが、前回までは決定的証拠がなかった。それと、約七年前、たしかにジェイク・ブリムリーとラスヴェガスで結婚していた。ちなみに、離婚届は提出されていない」

「ジェイク・ブリムリーとリチャード・フォックスワースが同一人物だというのはたしかなのか?」

「それは調査中だ。検死官の見立てはあたってたよ。使用されたのは二十五口径の銃だった。接射か準接射で、銃弾はフライパンに入れたビー玉のように彼女の頭蓋骨のなかを動きまわったらしい」

「そいつはけっこうだな」やすりをかけ続けながら、グリフが振り返った。「なぜ逐一ぼくに説明するんだ？」

「発見者のおまえには知る権利があるだろうと思って」

「きみはおかしなやつだ、ポメロイ」

「ああ、おれはそこらじゅうでみんなを笑わせてるよ。おまえの知る権利を尊重するだけじゃなく、シェルビーにも伝えようと思って来たが、妹もほかのみんなも外出中でここにはおまえしかいなかった」

「たしかに今はぼくだけだ。マットは月曜日にここで必要な資材を調達しに行ってる。それに、ぼくのほうがマットより乾式壁の扱いが得意なんだ。あいつはあまり忍耐強くないからな」

「おまえとは違うというわけだな」

グリフは目にほこりが入らないようにかぶっていたボルチモア・オリオールズの野球帽をかぶり直した。「乾式壁は時間がかかるんだよ、いずれガラスのようになめらかになるが。シェルビーならサロンにいるよ。きみのお母さんは、妖精の庭と呼んでいる花壇に植える鉢植えを買うために、キャリーを連れて花屋に行った。あとで彼女の友人のスザンナがチェルシーを連れてきて、女の子たちは土いじりをするらしい。きみの父親は診療所にいるよ」

フォレストはボトル入りのマウンテン・デューを飲んだ。「おまえはおれの家族についてやたらと詳しいな、グリフ」

「ゆうべ一階のソファで寝たからな」

フォレストはうなずいた。「だからこそ、おまえに何もかも話してるんだ。家族が危険な目に遭わないようおれが見張っていられないときは、おまえがそうしてくれるとわかっているからな。恩に着るよ」

「ぼくにとっても、きみの家族は大切だからね」グリフは乾式壁の合わせ目に指を滑らせて満足すると、次の合わせ目にとりかかった。

「今朝は時間があったから、クレイに今回の事件やほかのすべてを話しておいた。おれたちは兄として気になるんだが、おまえはただシェルビーと寝たいだけなのか？」

「フォレスト」グリフはこつんと壁に頭を打ちつけた。

「今のはもっともな質問だぞ」

「ぼくが研磨ブロックしか持っていないのに、きみが銃を携帯しているとなれば、話は別だ」

「おまえを撃ったりしないよ。今回はな」

グリフは振り返り、友人の穏やかな笑顔を推し量るように見た。「そう聞いてほっとしたよ。ぼくはきみの妹と一緒に過ごして、今後どうなるか見極めるつもりだ。ぼくの印象では、亡くなった偽の夫のせいで、彼女はきみたちが心配しているようなことに関して相当傷ついている」

「そう聞いても驚かないよ。じゃあ、そろそろ仕事に戻るとするよ」

「もうひとりの男はどうなった？　オハラとかいうやつは？」

フォレストがまた微笑んだ。「それが、おまえに逐一報告する理由――最後の理由だよ。おまえはちゃんと関心を持ち続けるからな。やつの名前はオハラじゃなかった。ジェームズ――ジミー――ハーロウだ。そいつはあのブルネットと逮捕されたが、ハーロウのほうが重い刑を言い渡された。あの女が自供した話によれば、連中はリディア・レッド・モントヴィルという裕福な未亡人から金を巻きあげたらしい。リディアの実家も亡くなった夫も金持ちだった。正真正銘の大金持ちだ。フォックスワースは――とりあえず、今はやつをそう呼ぶが――その未亡人を口説いた。やつはアートと貿易に関心がある裕福な実業家だと示す公式文書を持っていた」

フォレストはマウンテン・デューをまたひと口飲むと、ボトルで指した。「あのブルネットはフォックスワースのアシスタントに扮し、ハーロウは護衛を演じた。三人は約二カ月かけて未亡人から百万ドル近い金をだましとった。だが、それだけでは満足しなかった。リディアは宝石を、彼女の亡き夫は希少な切手のコレクションを持っていることで有名だったからだ。金庫室にはその両方がぎっしりつまっていた。ブルネットの話では、そいつで大儲けして引退する予定だったらしい」

「それがお決まりのパターンだよな」

「未亡人の息子がフォックスワースの持ちかけた投資話にやたらと質問してくるようになり、あの三人はさっさとめあてのものを盗んでずらかることにした。だが、計画どおりにことは進まなかった」

「最後の大儲けに限って問題が生じるんだよな？　高飛びしようとする直前、へまをするのさ」

「どうやらそうだったらしい。未亡人はスパか何かに行って数日間、留守にする予定だった。だが、それはちょっと若返るための美容整形手術だったんだ」

「若い恋人ができたからだな。だが、脂肪やたるみをとるなんて恋人には言いたくなかった」

「そのとおりだ。三人組は未亡人の豪邸の金庫室に忍びこみ、中身を全部盗んで逃走する予定だった。だが、そこに未亡人が息子の車で帰ってきた。手術のあとが癒えるのを自宅で待つつもりだったんだろう。そんなわけで、やつらは盗みを働いていた最中に見つかったわけだ」

「それも巨額の盗みを」

「フォックスワースかハーロウが息子を撃ち、ブルネットが寝室から出てきて未亡人を気絶させたらしい。彼女はハーロウが未亡人を撃つのを阻止するためだったと語っているが、ハーロウは発砲したのはフォックスワースだと主張している」

「犯罪者は仲間同士で裏切るものだ。二枚舌だからな」グリフは決めつけた。「今日のキーワードにぴったりだ」

「たしかにそうだな」

「で、その後どうなったんだ？」

「その後――ウォレンもハーロウもこの結末を受け入れた――フォックスワースが宝石や切手が入った袋をつかみ、連中は出血した息子や未亡人を放置して逃げだした」

「パニックに陥ったわけか」グリフは念入りに次の合わせ目を確認した。「パニックは往々にして不慮の事故をもたらす」

「未亡人が意識をとり戻して息子のために救急車を呼んだ。彼は危篤状態だったが、なんとか一命をとりとめた。ふたりとも誰が発砲したのか特定できなかった。何もかも一瞬の出来事で、息子はその後三週間昏睡(こんすい)状態だったし、結局事件のことは断片的な記憶しか戻らなかった」

「で、悪いやつらはどうなったんだ？」

「三人組はフロリダ・キーズに向かう途中あるモーテルで落ちあい、そこから待機させておいた自家用機でセント・キッツ島に飛ぶ予定で、いったん別れた」

「セント・キッツ島には前々から行ってみたかったんだよな。どうやら悪人全員がカリブ海にたどり着いたわけじゃなさそうだな」

「そのとおりだ。ブルネットとハーロウはモーテルに現れたが、フォックスワースは姿を見せず、代わりに警察がやってきた」

「フォックスワースが密告したからか」

「おれの話を横取りしやがって。たしかに、プリペイド式の携帯から警察に匿名のたれこみがあった。フォックスワースからだと考えるのが妥当だろう」

グリフはフォレストからマウンテン・デューのボトルを奪い、ごくごく飲んでから返した。「泥棒同士の信用なんて、あてにならないな」

「ああ、まったくだ。おまけに、ハーロウのポケットには十万ドル相当のダイヤモンドの指輪が入ってた。フォックスワースがそれを忍びこませて、さらなる甘美な……罠を仕掛けたのは明白だ」

「うまい言いまわしだな」

「おれは言葉選びがうまいんだ。ハーロウは、前にも服役したことがあるが、凶暴なタイプじゃない。やつは誰も撃ってないと主張し、ブルネットは誰が発砲したかはっきり見える位置にいたが、先に司法取引をして、それが認められた。結局、ウォレンは四年、ハーロウは二十五年の刑を言い渡され、フォックスワースは総額数千万ドル相当の盗品とともに姿をくらました」

「それで怒ってるのか？」

「腹が立って当然だろう」

「だが、もしハーロウが二十五年の刑に服してるなら――」

「やつは刑務所に入っているはずだが、今は塀のなかにいない」

グリフはゆっくりと研磨ブロックをおろした。「いったいなんでそんなことに？」

「刑務所もフロリダ州も同じ疑問を抱えているよ。ハーロウはクリスマス直前に脱獄したらしい」

「ハッピー・ホリデーどころの話じゃないな」グリフは野球帽を脱ぐと、ほこりを払って、またかぶった。「やつは今回の殺人事件の第一容疑者のはずだ。なぜ真っ先にこのことを言わなかった？」

「おまえがいずれハーロウのことを尋ねるか確かめたかったんだ。それに、もうやつの顔写真をおまえ宛に送信しておいた。もっとも、三枚とも変装したものだが。やつは大柄で屈強なタイプだ」

「ビッグ・バドみたいにか？」

フォレストは笑った。「いや、おれは大柄だと言ったんだ。ハーロウは巨漢じゃない。おれが送った写真を見てみてくれ。その男とおぼしき人物を目撃したら、近寄らずに、おれに連絡してほしい」

「了解だ。フォレスト、ハーロウは暴行罪で逮捕されたことが一度もないと言ってたが、あのブルネットがシェルビーに語った話と食い違うぞ。やつは凶暴だという話だった」

「いったいどちらが正しいんだって思うよな。妹のことを頼むぞ、グリフ」

「ああ、しっかり見守ってるよ」

フォレストがその場から遠ざかりながら言った。「ずいぶん退屈そうな作業だな」

グリフは肩をすくめた。「これも仕事だからな」そう言って、ふたたびやすりをかけ始めた。

15

シェルビーはエマ・ケイトの家のこぎれいでこぢんまりとしたキッチンカウンターのそばにたたずみ、親友が耐熱容器に入ったラザニアをオーブンに入れるのを眺めた。長居はできないけれど、エマ・ケイトと会って彼女のアパートメントを見せてもらうためにわずかな時間をなんとかひねりだしたのだ。

「今夜は最高のひとときを味わえそう」邪な笑みを浮かべつつ、エマ・ケイトはオーブンのタイマーをセットした。「ほうれん草のラザニアはマットの大好物だし、診療所から帰る途中でおいしいワインも買ってきたの。ほうれん草の料理なんて、カップル向けのロマンティックなディナーにふさわしいと思えないけど、彼にとってはそうなのよ。今夜はそのメリットを味わうつもり」

「あなたとマットの関係っていいわね。ふたりの相性がぴったりだってことは見てとれるし、このアパートメントもすごく気に入ったわ」

「わたしもよ」

コンロに背を向け、シェルビーは戸口の先に目を向けた。そこにあった扉はマットがとり外してどこかにしまったらしい。戸口の先には、彼が表面をきれいに磨きあげた寄せ木のテーブルがあった。ふたりはそこでほうれん草のラザニアのロマンティックなディナーを食べるのね。

「マットとグリフは暇を持てあますと、どうやってここの壁をとり外すか、コンロの背後の壁の汚れた板をどうするか相談し始めるの。いつかマットに一から家を建てさせてあげるつもり。彼はしょっちゅう家を建てる話をしてるわ」

「あなたはそれを望んでるの？」

「マットはすっかりわたしの故郷になじんでいるわ。おまけに、グリフみたいに人里離れた山のなかに家を建てたいんですって。その気持ちはわかるわ。静寂に包まれた自分たちの家がほしいっていう気持ちは。わたしはガーデニングでも習おうかしら。だけど、今はドアを出て徒歩数分で診療所にたどり着けるから本当に楽よ」

「でも、一から家を建てるなんて楽しそうじゃない。どこにどの部屋をつくって、どこに窓を設置し、どんな家にするか決めるなんて」

「あなたたち三人はその手のことを永遠にしゃべっていられそうね。わたしは壁に何色のペンキを塗るか決める段階を過ぎたら神経がぴりぴりしそう。こういうアパートメントならほとんどのものがもうできあがってるけど。ねえ、ワインを味見してみない？」

「やめておくわ。長居はできないから。ただあなたに会って、このアパートメントを見てみたかったの。ほとんどできあがっていようがいまいが、あなたらしい住まいだわ、エマ・ケイト。明るくて陽気な雰囲気で」シェルビーはキッチンを出て、リビングルームに移動した。ふかふかの真っ赤なソファには、色彩豊かな模様のクッションが並んでいる。額縁に入った鮮やかな大きな花のポスターがさらに彩りをそえ、とてもすてきだ。

「マットも多少貢献してるわ。あの金のなる木は、彼がおばあちゃんの家から挿し木にして持ってきてくれたの。マットったらまるで初めて生まれたわが子みたいに大事にしてるのよ。なんだかかわいいわよね」

エマ・ケイトはシェルビーの腕をさすった。

「しばらく待ってみたけど、あなたはゆうべのことやそれにかかわることをいっさい話したくないみたいね」

「ええ、あまり気が進まないわ。でも、あなたには伝えておくべきね。被害者の名前はナタリーでもマデリンでもなかった。彼女はメリンダ・ウォレンで、見つかったら大変だと彼女から警告されていた男が、ジェームズ・ハーロウよ。エマ・ケイト、ハーロウは刑務所から逃げだしたんですって。それもクリスマス直前に」シェルビーは携帯電話をとりだした。「これがフォレストから送られてきた写真よ。この人物を目撃したら用心してちょうだい。兄によれば、ハーロウはおそらく髪形を変え、ちょっと見た目が違う可能性があるそうよ。もっとも、上背が約百九十センチあって、体重が百キロ前後らしいから、体格はたいして変わらないでしょうね」

「わたしも目を光らせておくわ。これは逮捕されたときの顔写真よね？」

「そうだと思うわ」

もう一度写真を見てから、エマ・ケイトはかぶりを振った。「この手の顔写真って威嚇的だったり、目つきが鋭かったり、卑劣に見えたりするものよね。でも、この人は愛想がよさそうだわ。高校時代にフットボール部に所属して、今は社会科の授業を教えながらコーチを務めていそうなタイプじゃない」

「愛想よく見せられるから、あの人たちは詐欺や窃盗ができたんだと思うわ」

「きっとそうね。で、警察はその男が彼女を殺したと考えてるの？」

「ほかに誰がやったっていうの？」シェルビーはこれまで何度もそう自問した――ほかに誰がやったっていうの？　そう自分に問いかけても、別の容疑者が思い浮かんだことは一度もなかった。「警察はゆうべ〈ブートレガー・バー＆グリル〉にいた人たち全員に事情聴取を行い、ダウンタウンで聞きこみをしているはずよ。フォレストによれば、わたしに会いに来た私立探偵とも連絡をとろうとしているけど、いまだにつかまらないみたい」

「週末だからよ」

「そうね。彼女は――メリンダ・ウォレンは結婚に関していっさい嘘をついてなかったわ」

「彼女もリチャードと結婚してたの?」エマ・ケイトはまたシェルビーの腕に触れ、今度はそのまま手を離さなかった。

「どうやらそうみたい。警察が公的文書や生い立ちなどを調べた結果、わたしが結婚したと思っていた男性とウォレンの夫が同一人物だと判明したの。でも……うん、エマ・ケイト、どうやらじゃなくて、それが真実よ」

「シェルビー……もしそのせいであなたが傷ついてるなら、本当に気の毒だと思うわ」

そのこともシェルビーは何度も自問していた。わたしは傷つき、悲しんでいるのかしら? それとも怒っているの?

あらゆる感情を少しずつ味わっているというのが正直な答えだが、ひと言で言えば安堵していた。

「そうわかってうれしかったわ」シェルビーはエマ・ケイトの手に手を重ねた。「こんなことを言うとひどいけど、うれしかった」

「ひどくなんかないわ。賢明で分別があるということよ」エマ・ケイトは手を裏返して、シェルビーと手をつないだ。「わたしも喜んでるもの」

「彼はわたしをまぬけだと思ってたけど、わたしはただ従順だっただけなの」

シェルビーはエマ・ケイトの手をぎゅっと握ってから、手をおろし、こぢんまりとした明るい部屋のなかをゆったりと歩きだした。

「今思い返すと、はらわたが煮えくり返るわ。あなたも知ってのとおり、わたしはめったに口汚く罵ったりしないけど、この件に関してはこう言いたいわ。あのろくでなしのこん畜生」

「まったくもってそのとおりね」

「当時はああするのが正しいと思ってたの。家族をまとめるにはああする以外にないと。でも、わたしたちは家族じゃなかった。その事実をいったんのみこめば、すべてを過去にできると思ったのに。でも、違った。警察がそのハーロウっていう男を逮捕しない限りは、終わらないのよ。それに、果たして警察が被害者の宝石や切手をとり戻せるのかもわからない。わたしにはリチャードがその盗品をどうしたのかなんて見当もつかないわ」

「それはあなたの問題じゃないでしょう、シェルビー」

「いいえ、わたしの問題だと思うわ」シェルビーは窓辺に近づき、エマ・ケイトのアパートメントからランデヴー・リッジを眺めた。長くのびる曲がりくねった傾斜のきつい坂道、その両脇に軒を連ねる建物。

樽やプランターの花は、春の淡い色合いのものから、夏に向けて真っ赤な花や鮮やかなブルーのものへ植え替えられている。

バックパックを背負ったハイキング客、祖母のサロンや床屋の前のベンチに座る地元の人々。

町の泉のほとりに若い家族がたたずみ、史跡の説明を読んでいるのも見えた。ふたりの少年が猛スピードでリードから逃げまわる犬を追いかけているのを見つけて、シェルビーは思わず微笑んだ。

ここからだとランデヴー・リッジの様子が一望できる。

シェルビーは一、二分ほど曲がりくねった坂道や立ち並ぶ店や花を眺めて現実逃避したのち、今も頭を悩ませている問題に注意を戻した。

「警察がすべての盗品を発見するか、リチャードがそれを――全部とは言わないまでも大半の盗品を――どうしたか突きとめれば、もう心配したりあれこれ疑問を抱いたりしないですむのに。そうなったら、今度こそすべてを過去にできるわ」

「心配したりあれこれ疑問を抱いたりしてなんになるの？」

「なんにもならないわ」シェルビーは振り返り、その現実的な指摘に心が落ち着いて微笑んだ。「だから、四六時中このことを考えたりしないつもり。逆に考えなければ、ぱっと何かが思い浮かぶかも」

「わたしは掃除機をかけてるとき、そういうことがあるわ。掃除機をかけるのは大嫌いなのよ」

「昔からそうだったわね」

「そうよ。だから、掃除機をかけながらあれこれ考えるの。すると、ぱっといろんなことが頭に浮かんでくるのよ」

「わたしもそうなることを願うわ。そろそろ帰らないと。母がキャリーとチェルシーに花の苗を植えさせた妖精の庭を見たいの。わたしたちがやらされたときのことを覚えてる?」

「ええ、覚えてるわ。毎年春にやったわね、ティーンエージャーになっても。一から家を建てることになったら、もう一度ガーデニングを試してみないと」

「この正面の大きな窓台を使えばミニチュア版の妖精の庭がつくれるわ」

「たしかにそうね、今の今まで考えもしなかった。でも、あなたにそう言われたら、小さな鉢植えをいくつも買っちゃいそう。それを飾ったらすてきよね?」

「ええ、間違いないわ」

「わたし……。ちょっと待って」電話が鳴り、エマ・ケイトは携帯電話をつかんだ。

「マットからあと三十分ぐらいで帰るとメールが入ったわ。となると、だいたい一時間後ね。きっとグリフの家のリフォームを手伝っていて、そのあとしばらくおしゃべりするだろうから。じっくり考えながら」

「それじゃ、しばらくかかりそうね。実は、今度の火曜日にグリフとデートすることになったの」

エマ・ケイトの眉がぱっとあがった。「そうなの？　それなのに、立ち去ろうとする直前まで、何も言わないなんて」

「いまだにどう考えればいいかわからなくて。でも、グリフの自宅は見たいの。しっかりしたアイデアがある人があの家をリフォームしたらどうなるのか、昔から気になっていたから」

エマ・ケイトは眉をつりあげたまままきいた。「で、あなたにとっては彼の自宅見学が、デートの唯一の目的なの？」

「まあ、理由のひとつね。正直、彼との関係をどうすればいいかまったくわからないのよ」

「わたしにアイデアがあるわ」エマ・ケイトは微笑んで両手の人さし指をあげた。「この数年、素直にできなかったことをやってみたら？　あなたはどうしたいの？」

「そんなふうに言われたら――」シェルビーは噴きだした。「心の一部は――たぶん、心の大部分は——彼に飛びつきたいと思っているわ。でも現実的な一部が、落ち着くようになだめてるの」

「どっちが勝ちそう？」

「まったくわからないわ。グリフはわたしのリストに含まれていなかったし、ほかにやるべきことが山ほどあるから」

「水曜日の朝、あなたに電話して〝グリフとのセックス〟にチェックマークを入れたか、確かめることにするわ」

今度はシェルビーが眉をあげ、人さし指を持ちあげた。「そんなこと、わたしのやることリストに入ってないわ」

「じゃあ、つけ加えるべきよ」エマ・ケイトが提案した。

そうかもしれない。シェルビーは自宅へと車を走らせながら思った。でも、今は残りの週末を娘と過ごすことにしよう。


月曜日になっても、ジミー・ハーロウの情報は皆無で、彼の風貌に該当する人物がランデヴー・リッジをうろついたり、ガットリンバーグのホテルに宿泊していたブルネットのことを尋ねまわったりしていたという目撃情報もなかった。

シェルビーは楽観的に解釈することにした。ハーロウはランデヴー・リッジにやってきて、メリンダ・ウォレンに復讐するという目的を果たし、すでに旅立ったと。

サロンの外に車を停めた時点でまだ時間にゆとりがあったので、シェルビーは〈ブートレガー・バー&グリル〉に向かった。自分は楽観的に受けとめることにしたが、みんなもそうしなければならないわけじゃない。

ドアをノックすると、タンジーに迎えられた。

「シェルビー」とたんにタンジーがシェルビーを抱きしめた。「週末はずっとあなたのことを考えてたのよ」

「今回のことは本当にごめんなさい、タンジー」

「みんなが痛ましい事件だと思ってるわ。さあ、なかに入って、ちょっと座ってちょうだい」

「これからサロンの仕事があるの。でも、まずあなたに会って伝えたいことがあって。もし、あなたとデリックが〈フライデー・ナイツ〉を中止したいなら、わたしはかまわないわ」

「なぜわたしたちがそんなことをするの?」

「初回のショーがあんなことになるなんて、誰も望んでなかったはずよ」

「あの事件は、わたしたちや、あなたや、この店とはまったく関係ないわ。デリックは昨日、保安官と個人的に話したんだけど、警察は今回の事件を彼女の過去が招いた復讐殺人だと考えてるそうよ」

「わたしはその過去にかかわってるわ」

「わたしに言わせれば違うわ。あっ……」タンジーはふうっと息を吐き、スツールに手をついた。「今朝は軽いつわりがいまだにおさまらなくて、頭がくらくらするの」

「それなのに、わたしったらこんな話をして。冷たいタオルをとってきましょうか」

「わたしにはジンジャーエールのほうが効き目があるの」

シェルビーは急いでバーカウンターの背後にまわり、グラスにクラッシュアイスをたっぷり入れてからジンジャーエールを注いだ。「ゆっくり飲むのよ」そう命じると、清潔なタオルを冷水に浸し、水がたれなくなるまでぎゅっと絞った。

バーカウンターの正面にまわってタンジーの髪を持ちあげ、うなじに布を押しあてると、タンジーが〝あー〟と声をもらした。

「すごく気分がよくなったわ」

「キャリーを身ごもっていたとき、これがよく効いたの」

「つわりはほぼ毎日だけど、たいていすぐにおさまるの。でも、たまに長引いて一、二度ぶり返すことがあるわ。ちょっとむかむかするだけだけど。わかるでしょう?」

「ええ。それにしても納得がいかないわ。妊娠はすばらしいことなのに、そのせいで女性が吐き気に悩まされるなんて。もっとも、最後には苦労した甲斐があるものを手に入れるけど」

「毎朝トイレにしがみついているとき、自分にそう言い聞かせてるわ」シェルビーがタオルを裏返して冷たいほうの面をうなじに押しあててやると、タンジーはまた吐息をもらした。

「もうおさまりつつあるわ。このやり方は覚えておかないと」タンジーが手をのばしてシェルビーの腕をぽんと叩いた。「ありがとう」

「クラッカーを二、三枚食べたらどう？　厨房からとってきましょうか？」

「大丈夫よ、本当におさまったから。さあ、ここに座って。今度はわたしがあなたの力になるわ」タンジーはシェルビーを引き寄せ、その瞳をじっと見つめた。「そのウォレンとかいう人物は、ひどい女性だったんでしょう。わたしが聞いた話だと、自分のことしか気にかけないタイプだったようね。死んで当然とは思わないけど、彼女はひどい女性だった。誰がウォレンを殺したにしろ、犯人もろくでなしに決まってるわ。あなたはその被害者も犯人もほとんど知らないのよ、シェルビー」

「わたしはリチャードを知ってた、というか、知ってると思ってた」

つわりがおさまったらしく、タンジーはしいっと言って一蹴した。「メンフィスに住むデリックのいとこは麻薬を売って生活してるわ。だからって、わたしたちはその仲間じゃない。あなたは今回の件でひどいショックを受けて、金曜日に歌えないの？

もしそうなら理解できるわ。実際ウエイトレスがひとり辞めたから」

「まあ、なんてこと。ごめんなさい」

「謝らないでちょうだい。彼女の母親が癇癪を起こしたのよ。殺人事件が起こるような店なら、〈シェイディーズ・バー〉で働いているのも同然だって。まるで毎週殺人が起きているような言いぐさよね。あの母親はしょっちゅう不満をもらすタイプなの」タンジーは手を振ってそうつけ加えた。「それに、ローナもわたしもその子が辞めても残念に思わないわ」

「わたしは今回の事件にショックを受けてるわけじゃないわ、少なくともそんなふうには。もしあなたとデリックがわたしに歌ってもらいたいなら、このまま続けるわ。もう選曲にもとりかかっているし」

「今日新しいちらしを配ったわ。金曜は記録的な売り上げだったのよ」

「そうなの？」

「ナッシュヴィルからラフ・ライダーズを招いて、五十三ドル六十セントでチケットを販売した晩の記録を塗り替えたわ。選曲がすんだら、そのリストをメールしてちょうだい。カラオケマシーンの準備をするから。ところで、あなたのお母さんや家族のみなさんはどんな様子なの？」

「なんとか対処しているわ。わたしはそろそろサロンに行ったほうがよさそう。さもないと、祖母にお給料を減らされちゃうわ」

シェルビーは時間ぴったりにサロンに足を踏み入れ、さっそく仕事にとりかかった。パティオの掃き掃除をして、鉢植えに水をやり、客が好みに応じて日陰に座れるようパラソルを開いた。

そして店内に戻り、洗濯がすんだタオルを畳み、開店と同時に入ってきた客たちのおしゃべりに耳を傾けた。奥の部屋から出ると、祖母はすでに出勤して、客に施術を行っていた。クリスタルはシャンプーをしながら、客にうれしそうに噂話を聞かせている。

ペディキュア用の椅子にはメロディー・バンカーとジョリーン・ニュートンが座り、フットバスに足をつけていた。

故郷に戻って以来、ジョリーンと鉢合わせしたのはこれが初めてで、メロディーとはあの日〈アートフル・リッジ〉で顔を合わせて以来だ。そのまま会えなくても一向にかまわなかったのに。だが、礼儀知らずなことはしないようしつけられているため、正面のトリートメントルームに向かう途中で足をとめた。

「こんにちは、ジョリーン。調子はどう?」

「あら、シェルビー、もちろんいいに決まってるじゃない!」ジョリーンはファッション誌を膝に置き、頭をのけぞらせてポニーテールを揺らした。「あなたは散々な目に遭ったのに、ちっとも変わらないわね。今日はあなたもマニキュアをしてもらいに来たの？」

「いいえ、ここで働いてるのよ」

「まあ、そうなの？」まるで初耳だと言わんばかりに、ジョリーンははしばみ色の目をみはった。「あっ、でも、そういえば聞いた気がするわ。シェルビーが高校時代のようにまたヴィオラのサロンで働いてるって、あなたが教えてくれたのよね、メロディー？」

「ええ」メロディーは顔もあげずに雑誌のページをめくった。「どうやらあなたはわたしのアドバイスを受け入れて、自分におあつらえ向きの仕事を見つけたようね」

「あのときはありがとう。ここで働くのがどんなに楽しいか忘れてたわ。じゃあ、ふたりともペディキュアを楽しんでね」シェルビーは受付のカウンターに向かい、電話に応対して予約を受けてから、正面のトリートメントルームの様子を確かめに行った。

メロディーとジョリーンが頭を寄せあうのが目の端に映り、ジョリーンの甲高い忍び笑いが聞こえた。高校時代とまるで変わらないわね。

シェルビーはその光景もふたりのことも無視し、そんなことを気に病むよりもっと重要なことがあるはずだと自分に言い聞かせた。

ふたたびサロンを歩きまわるころには、メイベリンとロリリーの親子が低いスツールに座って、メロディーとジョリーンにスクラブ入りのクリームでマッサージを行っていた。

あのふたりはデラックス・コースを選んだのね。そう思いながら、シェルビーはパック用のパラフィンがちゃんとあたためられているか確認しに行った。次に更衣室をのぞいて使用済みのローブを運びだし、午前中のやることリストの残りの項目を片づけた。

その後、フィアンセとのハイキングを一日休み、サロンにやってきたオハイオ出身の女性と楽しくおしゃべりした。シェルビーは丸一日のコースを申しこんだ彼女のために、ランチをテイクアウトで注文しましょうかと尋ねた。

「もしよろしければ、お庭で召しあがっていただいてもかまいません。お天気もいいですし」

「そうできたら最高だわ。でも、グラスワインなんて頼めないわよね?」

「もちろんご用意できます」シェルビーはメニューを二、三種類とりだした。「何を注文するか教えていただけば、スタッフが手配します。午後一時十五分ぐらいでよろしいですか？　ちょうどアロマセラピー・ラップとビタミン・フェイシャルエステのあいだに空き時間があるので」

「すっかり甘やかされてる気分だわ」

「お客さまにそういう気分を味わっていただくのが、わたしたちの仕事ですから」

「もうすっかりこのサロンが気に入ったわ。実を言うと、三日続けてハイキングをしたくないから申しこんだだけだったの。でも、何もかもすばらしいし、スタッフのみなさんもとても感じがいいわ。ランチはグリル・チキン入りのフィールド・グリーン・サラダをお願いできる？　ドレッシングはかけずに別の容器で。それから、シャルドネのグラスがあれば申し分ないわ」

「かしこまりました」

「あそこにいるここのオーナーの女性は、ひょっとしてあなたのお母さま？　あなたは彼女にそっくりだわ」

「わたしの祖母です。あとでお客さまのフェイシャルエステを担当するのが母です」

「おばあさまなの？　冗談でしょう」

シェルビーはうれしそうに笑った。「そうおっしゃっていたと伝えたら、きっと祖母は大喜びしますわ。ところで、ほかに何か必要なものはありますか？」「わたしはここに座って、くつろぐことにするわ」

「いいえ、何もないわ」女性は椅子にゆったりと身を預けた。「わたしはここに座って、くつろぐことにするわ」

「ぜひそうしてください。十分ほどしたらサーシャが迎えに来て、アロマセラピー・ラップへご案内します」

シェルビーは笑顔でサロンの受付に直行し、テイクアウトを午後一時に受けとれるよう注文を入れた。祖母のところへ行こうとした矢先、ジョリーンから声をかけられた。

「すてきなペディキュアね」シェルビーはジョリーンのつややかなピンクのペディキュアのほうを顎で指した。

「母の芍薬(しゃくやく)を思いださせる色なの。あなたって本当に忙しく働いてるのね。さっき言い忘れたけど、金曜日に〈ブートレガー・バー&グリル〉で歌ったんですって？聴きに行けなくてごめんなさい。でも、金曜日に何が起こったか聞いて、そんなところに行かなくてよかったと思ったわ。店の外で女性が射殺されたなんて知ったら心臓麻痺を起こしたでしょうから」

まるで今もその危険があるかのように、ジョリーンは胸をてのひらで軽く叩いた。

「彼女はあなたの知り合いだって聞いたけど、本当なの？」

シェルビーはメロディーをちらっと見た。「あなたはメロディーを信頼のおける情報源だと思っていて、親友のメロディーから命じられるがままに人を怒らせたり嫌がらせをしたりするのよね」

「まあ、シェルビー、わたしはただ質問しているだけ――」

「メロディーにそう質問しろって言われたんでしょう。答えはノーよ。わたしは彼女を知ってたわけじゃないわ」

「でも、あなたの夫は知ってた」メロディーが言った。「いいえ、そうじゃないわね。彼はあなたの夫じゃなかったんだもの」

「どうやらそうみたいね」

「そんなふうに裏切られたなんてさぞつらいでしょうね」ジョリーンが割りこんだ。「何年もともに暮らして、子供までもうけた相手に別の妻がいたなんてことが発覚したら、わたしなら死んじゃうわ」

「わたしは今も生きてるわ。まあ、あなたほど繊細じゃないから」

シェルビーはその場からあとずさりした。

「今何も重要な仕事がないなら――」メロディーが言った。「氷入りの炭酸水をいただけるかしら」

「わたしが持ってきます」メイベリンがそう言うと、メロディーがにらんだ。

「あなたはわたしのペディキュアを塗るので忙しいはずよ。シェルビー、あなたが用意してくれるわよね？」

「ええ。あなたも何かほしい、ジョリーン？」

ジョリーンは礼儀をわきまえていた。「もし面倒でなければ、冷たいお水をもらえる？」

「ええ、かまわないわよ」

シェルビーは踵を返し、店の奥の小さなキッチンに向かった。いらだつのはあとでいい、今は忌々しい水を用意しよう。

ふたつのグラスを持って引き返し、その片方をジョリーンに渡した。

「ありがとう、シェルビー」

「どういたしまして」

もう片方のグラスをメロディーにさしだした瞬間、彼女がそれを手で払い、グラスの縁から水があふれた。

「まあ、なんてことをしてくれたの！」

「タオルを持ってくるわ」

「このカプリパンツはシルクなのよ。ほら、水のシミがついちゃったわ。どうしてくれるの？」

「タオルを持ってくるわ」

「わざとやったんでしょう。わたしがあなたみたいな人間を自分の店で働かせたくないと思ったから」

「わたしが最後に聞いた話では、あれはあなたのおばあさまの店じゃなかった？　それに、わざとやるならあなたの膝にグラスの水を全部ぶちまけるわよ。で、タオルはいるのいらないの、メロディー？」

「あなたみたいなたぐいの人間にしてほしいことなんて何もないわ」

店じゅうがしんと静まり返った。ドライヤーの音さえしなくなり、店じゅうの人が耳を澄ませていることに気づいて、シェルビーは微笑んだ。「まあ、メロディー、あなたの執念深くてやたらと偉ぶったところは高校時代とちっとも変わらないわね。そんなどろどろしたものを胸にためこんでるなんて、さぞかし大変でしょう。あなたには同情するわ」

「わたしに同情するですって？　このわたしに？」

メロディーは雑誌を床にバンと投げつけた。「尻尾(しっぽ)を丸めてランデヴー・リッジに這い戻ってきたくせに。しかも、あなたは手ぶらで戻ってきたわけじゃない」

癇癪を起こしたメロディーは頬を真っ赤にし、声を甲高く張りあげた。

「わたしは娘と一緒に戻ってきただけで、ほかにはほとんど何も持ってこなかったわ。メロディー、ずいぶん顔がほてってるわよ。水を飲んだほうがいいんじゃない？」

「勝手に決めつけないで。指図するのはわたしのほうよ。わたしはお客なんだから。あなたはここで掃き掃除をしてるだけでしょう。マニキュアを塗ったりヘアアイロンを扱ったりするようなとるに足りない技術さえないものね」

「とるに足りない」メイベリンがそうつぶやくのがシェルビーの耳に聞こえた。長年サロンで働いている彼女は、メロディーの爪を半分塗っただけでコーラルピンクのマニキュアの瓶に注意深くふたをした。

「メロディー」ジョリーンはメイベリンの冷ややかなまなざしを見て唇を嚙み、口を開いた。

だが、メロディーはジョリーンの手を払いのけただけだった。「あなたは自分の生い立ちや、故郷に戻ってからの出来事を思ったら、もっと相手に敬意を払うべきよ。ランデヴー・リッジで金曜日の晩、その女性が射殺されたのは、いったい誰のせいだと思ってるの？」

「引き金を引いた犯人のせいでしょう」

「あなたが戻ってこなければ、ランデヴー・リッジであんなことは起こらなかった。それは誰もが知ってるわ。地元に住むまともな人はみな、あなたとかかわりあいになりたくないはずよ。犯罪者と駆け落ちしたあなたとなんか。それに、本当に彼と結婚したと思ってたなんて言わないでちょうだい。きっと、あなたもその男のように人をだましてたんでしょう。だから、彼が亡くなって窮地に陥ったとたん、私生児を連れて舞い戻ってきたのよ」

「口を慎みなさい、メロディー」シェルビーがそう言うと、ジョリーンはびくっとしてあえいだ。「本当に口を慎んだほうがいいわよ」

「わたしはなんでも思ったことを口にするし、大半の地元住民の意見を代弁するわ。わたしが何を言おうと、わたしの勝手でしょ」

「いいえ、この店では違うわ」ヴィオラが歩みでてシェルビーの腕をきつく握り、まだ手にしていた水のグラスを――持ちあげようとしていたグラスを――とりあげた。

「わたしのおかげで、あなたはびしょ濡れにならずにすんだわね。もっとも、本当ならそれどころじゃすまなかったかもしれない。おそらくシェルビーはわたしがやりたかったことをしようとしていたから――わたしがとめなければ、礼儀知らずで性悪であさましいあなたを椅子から引っ張りあげて、その頭を思いきり引っぱたいていたはずだもの」

「わたしに向かってよくもそんな口の利き方ができるわね！　いったい何さまのつもりなの？」

「わたしはヴィオラ・マクニー・ドナヒューで、ここはわたしの店よ。わたしはあなたにふさわしい口の利き方をしているだけ。それに、あなたはとうの昔に誰かに叱責されて当然だった。怠惰で意地悪なあなたたちふたりは、さっさとそのお尻を持ちあげて、わたしの店から出ていってちょうだい。出ていったら最後、もう二度と戻ってこないで」

「まだペディキュアが終わってないわ」メロディーが言い返した。

「いいえ、あなたたちに関しては、もうこれで何もかも終わり。今日の代金はけっこうよ。さあ、わたしのサロンから出ていって。そして、ふたりとも二度と戻ってこないでちょうだい」

「待ってください、ミズ・ヴィ！　わたしはウェディングのヘアアレンジをクリスタルに頼んでいて――」ジョリーンの目から涙があふれだした。「挙式前日は丸一日予約を入れてるんです」

「もう無理ね」

「心配することないわ、ジョリーン」メロディーはジョリーンの膝にのったまま忘れられていた雑誌をつかんで放り投げた。「クリスタルにお金を払って家まで来てもらえばいいじゃない」

「いくら払ってもらってもお断りします」クリスタルが声を張りあげた。

「そんな、クリスタル――」

「恥を知りなさい、ジョリーン」クリスタルは身をかがめて雑誌を拾った。「メロディーがこういう嫌がらせをすることはわかってたけど、あなたまであんな恥知らずなことを言うなんて」

「もういいわ」ジョリーンがあわてて何か言いかけると、メロディーがクリスタルにくってかかった。「谷間のぼろいトレーラーハウスにちょっと毛が生えたようなものじゃない。どっちみち、わたしたちにはこんな店必要ないわよ。わたしは奇特な心がけで地元のビジネスに貢献しようと思って来ていただけだもの。もっと品のいい店はいくらでもあるわ」

「そう言うあなたはまったく品格が身についてないわね」ヴィオラが言うと、メロディーは靴をつかんだ。「あなたのおばあさまはあんなに立派なかたなのに残念だわ。彼女に電話して、あなたがわたしの店でどんなふうにふるまい、わたしの孫娘についてーーそれから、わたしの曾孫についてーーなんて言ったか伝えたら、きっとひどくがっかりなさるでしょうね。まあ、あなたの鼻っ柱を折ることはできるけど」ヴィオラがそうつけ加えると、怒りで赤く染まっていたメロディーの頬が若干青ざめた。「あなたは忘れてたかもしれないけど、あなたのおばあさまのことは四十年以上前から知ってるし、お互い敬意を払う間柄なのよ」

「なんでも言いたいことを祖母に言えばいいじゃない」

「ええ、そうするわ。さあ、美人コンテスト二位どまりのあなた、さっさとわたしのサロンから出ていきなさい」

メロディーが足早に出ていくと、ジョリーンがあわてて立ちあがった。「ねえ、メロディー、待ってちょうだい！　ミズ・ヴィ、どうかお願いです！」

「メロディーと一緒にいることを選んだのはあなたよ、ジョリーン。もういい加減あなたも少しは大人になったらどうかしら。さあ、出ていきなさい」

ジョリーンはすすり泣きながら飛びだしていった。

一瞬静寂に包まれたあと、スタッフと客を含む数人が拍手し始めた。

「ヴィ」ヴィオラが担当していた客が椅子に座ったまま、座面をくるっとまわした。

「わたしは昔からこう言ってたのよ。メロドラマを観るより、ヴィのサロンに行くほうがよっぽどおもしろいって」

シェルビーはまだ近くにあったグラスを手にとり、水を飲み干した。「ごめんなさい、おばあちゃん。わたしはメロディーを平手打ちするつもりじゃなかったの。椅子から引っ張りあげて顔を殴るつもりだった。相手が誰だろうと、わたしの娘のことをあんなふうに言わせておけないから」

「わたしだって孫娘のことをあんなふうに言わせてはおけないわ」ヴィオラがシェルビーを片方の腕で抱きしめた。

「本当に彼女のおばあさまに電話をするつもり？」

「その必要はないわ。今ごろメロディーはフローレンスに電話して、うんざりするほど長々と告げ口してるはずよ。フローレンスはあの子を愛してるけど、孫娘がどういう子かわかっているわ。きっと三十分以内に彼女から連絡があるでしょうね。メイベリン、ロリリー、いつものように売上金からペディキュアの施術料をとってちょうだい」

「いいえ、ヴィオラ」親子がほぼ口をそろえて言った。

「その必要はないわ」メイベリンが続けた。「ヴィオラ、わたしを怒らせないでちょうだい。もうこの件で話すことはないわ。メロディーは甘皮用のニッパーでわたしに刺されなかっただけ、運がいいわよ。シェルビー、彼女はこの三十分あなたを中傷することばかり言っていたの。もうこれっきりメロディーが来なくても全然残念じゃないわ。彼女はいつもチップをけちってたし」

「ジョリーンはひとりで来れば、それほどたちが悪くないんだけど」ロリリーが割りこんだ。「でも、メロディーと一緒だと、本当に底意地が悪いの」

「わかったわ」怒りの余韻が残る顔に誇らしげな表情を浮かべ、ヴィオラがうなずいた。「今日はみんなにランチをおごるわね」

「あっ、ランチを頼んだんだったわ！」シェルビーは時計を確かめ、安堵のため息をもらした。「〈ピッツァテリア〉に行って、お客さまが注文したサラダとグラスワインを受けとってこないと。みんなが注文をとりまとめてくれたら、それもテイクアウトしてくるわ」

「今日はパーティーね。美人コンテスト二位どまりのケツに乾杯！」クリスタルがそう言って噴きだした。「ミズ・ヴィ、どうかなってしまいそうなほど、あなたを愛してるわ」

「わたしも」シェルビーはヴィオラの頬に頬を押しつけた。「わたしもよ」

殺人事件、そしてメロディーがヴィオラのサロンから追いだされたというニュースは、地元の噂話の一位の座をめぐって競いあった。たしかに、ランデヴー・リッジで殺人事件が起きたのは三年ぶり、いやほぼ四年ぶりだった。前回はバーロー・キースが〈シェイディーズ・バー〉でビリヤードのゲームをめぐって義兄に発砲し、傍観者ふたりにけがを負わせたのだ。だが、今回は、検死官事務所代わりの葬儀社別館の遺体安置所に横たわっている女性のことを誰も知らない。

その一方、メロディーとヴィオラのことなら誰もが知っている。というわけで、ふたりにまつわる噂話のほうが話題にのぼることが多かった。

火曜日の朝、フローレンス・ピードモントが孫娘を叱りつけ、シェルビーとヴィオラの両方に謝罪するよう命じたという話が駆けめぐると、また噂が盛りあがった。果たしてメロディーがその命令にしたがうのかどうか、ランデヴー・リッジじゅうの人々が固唾をのんで見守っていた。

「メロディーに謝ってほしくなんかないわ」シェルビーはシャンプー台の棚に洗ったタオルを積み重ねた。「どうせ心からの謝罪じゃないもの。だとしたらなんの意味があるの?」

「メロディーが本気であろうとなかろうと謝罪の言葉を口にして、あなたがそれを受け入れれば、フローレンスは安心するわ」ヴィオラは椅子に座ってクリスタルに白髪を染めてもらいながら言った。

「最悪の場合、メロディーのうわべだけの謝罪を受け入れるふりはできるわ」

「きっと数日先になるでしょうけど、メロディーは謝りに来るはずよ。あの子は誰のおかげで自分が恵まれた立場にあるのか承知してるもの。今日はお客があまりいないから、メイベリンにペディキュアをしてもらったら?　今夜グリフとデートするのなら、爪がきれいなほうがいいでしょう?」

今サロンにいるのはふたりのほかにクリスタルとメイベリンだけだったが、どちらもシェルビーのほうを横目で見た。

「どっちみち、彼がわたしの足の爪に気づくとは思えないわ」

「相手の女性に関心があれば、最初はなんでも気づくはずよ」

「そのとおりよ」クリスタルが同意した。「しばらくすると足の指の数が増えようが、虹みたいにひとつひとつの爪に別の色のペディキュアを塗ろうが、気づかなくなるけど。とりわけ、ビールを片手にテレビでスポーツ観戦しているときは」

「本当にすてきな春らしい色があるわ」メイベリンが口をはさんだ。「ブルース・イン・ザ・ナイトなんて、あなたの瞳の色にそっくりよ。午前中にマニキュアの予約が三件入ってるけど、ペディキュアは今日一日で一件しか予約がないの。だから、ぜひやらせてほしいわ、シェルビー」

「本当に時間があるなら、そうしてもらえるとうれしいわ。ありがとう、メイベリン」

「今夜のデートは何を着ていくつもり？」クリスタルがきいた。

「わからないわ。ただ彼の家に行って、なかを見せてもらうだけだから。昔からあの古い家が大好きだったの。だから、彼がどんなふうにリフォームしているのか興味があって」

「グリフは手料理をご馳走してくれるんだから、あなたはおしゃれをするべきよ」

シェルビーは祖母に向き直った。「彼がわたしのためにディナーをつくってくれるの？　どうしてそんなこと知ってるの？」

「日曜日の午後、グリフがサロンに立ち寄って、さりげなくあなたの大好物や嫌いなものを尋ねていったからよ」

「てっきり何かテイクアウトするんだと思っていたわ」シェルビーは喜ぶべきなのか緊張するべきなのかわからなかった。「彼は何をつくるの？」

「それはグリフからのサプライズにしないと。あなたはきれいなワンピースを着たほうがいいわ。高級じゃなくていいから、きれいなワンピースを。あなたは脚がきれいよ、シェルビー。すらりと長くてきれいだわ。わたしに似たのね」

「それに、すてきなランジェリーも忘れないで」

「クリスタル！」メイベリンは顔を赤らめ、少女のように忍び笑いをもらした。

「女性は毎日すてきなランジェリーを身につけるべきだけど、とりわけデートのときはそうしないとね。だって、自信にもつながるもの。それに、どんなときも備えあれば憂いなしよ」

「わたしがジャクソンを燃えあがらせたいと思ったら、黒のブラジャーとショーツを身につけるだけでこと足りるわ」

「ああ、もう、おばあちゃんったら」シェルビーは両手に顔をうずめた。

「わたしが彼を燃えあがらせることができなかったら、あなたはこの世に存在しないのよ。あなたのお母さんによれば、あなたのお父さんが好むランジェリーの色はミッドナイトブルーですって」

「店の奥に行っていろいろ確かめてくるわ」

「いろいろって？」ヴィオラがきいた。

「わたしの両親や祖父母が燃えあがることと関係ないものよ」

シェルビーは足早にその場から遠ざかったが、女性たちの笑い声が背後から聞こえた。

シェルビーは深い青紫のペディキュアを塗ってもらい、キャリーの主張にしたがってラッパ水仙の色のワンピースを着ることにした。そして、どうしても言われたことが頭から離れず、レースに縁取られて小さな黄色の薔薇のつぼみが刺繍されたブラジャーとおそろいのショーツを身につけた。

別にわたし以外誰もそれを目にするわけじゃないけど、たしかに自信につながるかもしれない。

身支度がすむと、キャリーが脚にしがみついてきた。「わたしもグリフとデートに行きたい」

そう言われることを想定し、シェルビーは対案を用意していた。「じゃあ、日曜日の午後にグリフをデートに誘ってみない？　ピクニックに行くのはどうかしら。フライドチキンとレモネードをつくって」

「それに、カップケーキも」

「もちろんカップケーキもつくるわ」シェルビーはキャリーを抱きあげ、寝室を出た。

「ね、楽しそうでしょう」

「うん。日曜日の午後っていつ？」

「あと数日後よ」

「まあ、なんてきれいなの！」エイダ・メイが叫んだ。「ねえ、あなたのママはきれいだと思わない、キャリー？」

「うん。ママはグリフとデートなの。日曜日の午後は、わたしたちふたりでグリフをピクニックに連れていくのよ」

「まあ、最高じゃない。おじいちゃんが裏庭にシャボン玉をつくるおもちゃを用意したけど、そんなに楽しいかわからないわ」

「シャボン玉をつくるおもちゃ？」

「裏庭に行って見てみたら？」

「わたしはシャボン玉をつくってくる、ママ。バイバイ」キャリーはシェルビーの頬にキスをして、身をよじって床におりると、ロケットのように駆けだした。

「キャリーの子守をまた引き受けてくれて本当にありがとう、お母さん」

「わたしたちはあの子との一分一秒を楽しんでるわ。あなたのお父さんもキャリーに負けないくらいシャボン玉にワクワクしてるのよ。今夜は楽しんでらっしゃい。ところで、バッグに避妊具は入ってるの？」

「もう、お母さんったら」

　エイダ・メイはパンツのポケットから避妊具をとりだした。「念のため、これをバッグに入れておきなさい。そうすれば、わたしの心配ごとがひとつ減るから」

「お母さん、わたしはただグリフの家に行ってディナーをご馳走になるだけよ」

「何があるかわからないし、聡明な女性はそういう事態にも備えているものよ。あなたも賢い女性になりなさい、シェルビー」

「わかったわ。今日は早めに帰るから」

「好きなだけ長居してらっしゃい」

バッグに避妊具を入れると、シェルビーは歩きだした。ミニヴァンのドアを開けたとたん、フォレストの車が私道に停まった。

「黄色のワンピースなんか着て、どこに出かけるんだ?」

「グリフとディナーを食べるだけよ」

「どこで?」

シェルビーはあきれたように天を仰いだ。「グリフの家よ。わたしが彼の自宅を見たいと言ったから。これ以上しつこく尋問されたら、わたしは遅刻しちゃうわ」

「あいつは待っててくれるさ。保安官からおまえに知らせてもかまわないという許可を得た。リチャードはジェイク・ブリムリーという名前でもなかった」

シェルビーの鼓動が跳ねあがり、心臓が喉元までせりあがった気がした。「どういうこと?」

「あいつの社会保障カードに印刷されていたジェイク・ブリムリーは、二〇〇一年に三歳で亡くなっている。リチャードはその身分証明書を偽造したか、金を払って誰かにつくらせたんだろう」

「つまり……彼はその名前を使っていたけど、その人物ではなかったってこと？」

「そうだ」

「じゃあ、リチャードはいったい誰なの？　ひとりの人がそんなにいくつも名前を持つことなんて可能なの？」

「おれには答えられない——いや、その答えがわからない」フォレストが言い直した。「今は捜査中だ。あいつの正体を突きとめるために全力をつくすよ、シェルビー。いずれにしろ、おまえは知りたいんだろう」

「ええ。真実を突きとめるまでは、すべてを過去のこととして片づけられないもの。あの殺人事件に関してほかに何かわかったことは？」

「実は今日、新たな情報提供者がやってきた。その女性はあの駐車場にいたんだ——別の人物とふたりで車の後部座席に。その人物は彼女の夫じゃない。ふたりが窓ガラスを曇らせるようなことをしている最中、大きな破裂音がしたらしい。タイミングからして、発砲音だろう。彼女は一瞬われに返り、誰かが車に乗りこんで数秒後に走り去るのに気づいた」

「じゃあ犯人を目撃したの？」

「そうとは言えない。彼女は男だと思ったようだが、そのときは眼鏡をかけていなくてよく見えなかったらしい。もっとも、彼女の良心が罪悪感に勝らなければ、その程度の情報すら得られなかっただろう。今回わかったのは、犯人がおそらく男で、黒っぽい車、おそらくＳＵＶに乗りこんだということだ。車種もナンバープレートもわからないが、黒かダークブルーでぴかぴかだったそうだ。新車だという印象を受けたが、断定はできないらしい」

「彼女と一緒にいた男性はどうなの？　彼は何も目撃してないの？」

「おれは彼女と一緒にいたのが男だとは言ってない」

「えっ」

「それも、彼女が出頭をためらった理由のひとつだ。そのとき、もうひとりの人物は窓ガラスより低い位置で忙しくしてたから、何も目撃していなかった」

「わかったわ。で、ハーロウは？」

「やつの行方は依然としてつかめない。グリフの家まで運転するときは気をつけるんだぞ。向こうに着いたら携帯宛にメールしてくれ」

「もう、いい加減にしてちょうだい、フォレスト」

「おまえが……忙しいときに、おれから電話されたくなかったら、向こうに着きしだい、メールを送ってくれ。さてと、残り物をせびりに行くとするか」

「みんなは裏庭にいるわ」シェルビーは家に向かう兄に呼びかけた。「お父さんがキャリーにシャボン玉のおもちゃを用意してくれたの」

「へえ。おれもビールを持って、参加するとしよう。じゃあ、メールするんだぞ」

（上巻終わり）

◎訳者紹介　　香山　栞（かやま　しおり）
英米文学翻訳家。サンフランシスコ州立大学スピーチ・コミュニケーション学科修士課程修了。2002 年より翻訳業に携わる。訳書にワイン『猛き戦士のベッドで』、ロバーツ『恋めばえる忍冬の宿』『姿なき蒐集家』（以上、扶桑社ロマンス）等がある。

裏切りのダイヤモンド（上）

発行日　2015 年 11 月 10 日　初版第 1 刷発行

著　者　ノーラ・ロバーツ
訳　者　香山 栞

発行者　久保田榮一
発行所　株式会社 扶桑社
〒105-8070
東京都港区芝浦 1-1-1　浜松町ビルディング
電話　03-6368-8870（編集）
03-6368-8858（販売）
03-6368-8859（読者係）
http://www.fusosha.co.jp/

印刷・製本　図書印刷株式会社

ISBN978-4-594-07355-8　C0197